せんねんのゆらく

なかがみけんじ

南大日本译丛

千年愉乐

［日］中上健次 著

王奕红 刘国勇 译

南京大学出版社

译序:"异界"的书写者——中上健次其人其作

王奕红

日本作家、文学评论家中上健次(1946—1992),一个同行眼中"温柔的巨人"(江藤淳),与诺贝尔文学奖获得者大江健三郎并立的日本现代文学双峰之一(三田诚广),50岁不到便倏然而逝,留下的却是一座沉甸甸的文学丰碑。在匆忙走过的短暂一生里,中上健次创作了总计15卷本的长短篇小说,6卷本评论、随笔集,文学历程中晚期以故乡被歧视部落为原型创作的"路地"小说世界,更是现代日本文学史上意义深远的文学风景,以致惺惺相惜的柄谷行人哀叹,中上健次的去世宣告了"昭和时代的终结"。

中上健次的出生地和歌山县新宫地区属于日本历史上文化积淀深厚、被视为神明居住地的熊野古国,中世纪却沦为被歧视部落区域,在日本传统文化中,这是与"天之国""中土之国"相对的"根之国"圣域,与死亡、污秽、低贱等意象相通,同时又蕴藏着难以名状的神力。中上自认为是日本"部落民与文字相遇后生下的第一个孩子",形容自己是(被歧视)部落孕育出的"熵",他从小生活的新宫东部长山(永山)地区,是流民聚集的被歧视部落生活的区域,自小玩伴之间就充斥着各种区分与禁忌,由此较早认识到共同体中的"排除"机制。永不停息的试图异化自身的愿望,以及在此基础上超越被歧视部落文化的文学理想，成为促发中上小说创作的根源性因素。虽然并非日本第一个触及部落题材的作家，之前如岛崎藤村、野间宏等也都曾经创作相关的作品，但是不断尝试以文学之笔描绘被歧视部落的生活图景和历史变迁，思考从地域文化出发突破共同体掣肘的方法和可能性，却以中上健次最为直接与执着。

中上复杂的家庭血缘关系也是其文学创作的重要影响因素之一。中上的生母木下千里生平坎坷，一直在不同的"家"之间辗转，在身怀中上时与中上生父铃木留造分手，离开前夫木下胜太郎因病去世后留下的五名子女，带着中上一人改嫁已有一子的中上七郎，组成四人共同生活的新家。而生父在中上出生的几乎同时，又与另两个女人分别生下两个女儿。这些近乎传奇的经历为中上思考、塑造文化意义上的"父亲"与"母亲"提供了契机。中上小学快毕业时，比他年长12岁的同母异父兄长木下公平上吊自杀，这一突如其来的死亡成为中上文学世界中另一个重要的"事件"，在不断的重复与变形中，中上一遍又一遍地尝试对兄长之死的文学书写。

早在和歌山县立新宫中学读书时，中上健次便已开始文学创作。1965年，高中毕业的中上以补习迎考之名来到东京，开始了一个被歧视部落民后裔在现代日本中心都市的"passing"生活。原指有色人种隐身在白人世界的"passing"（冒充），是中上在自己的文学思考中常常提到的词，也是其真实生活面貌的某种写照，实际上直到20世纪70年代末，中上才遮遮掩掩地公开了自己的被歧视部落民身份。1965年是东京奥运会举办后的第二年，整个日本处在现代化建设的热潮中，而美日"安保条约"下的东京上空飘浮的越战阴影越来越浓,美国已经正式直接参战,不久后日本新左派运动和学生运动爆发,中上也间或参与其中,并成为文学同人杂志《文艺首都》的会员,陆续发表了一系列诗歌、小说、随笔作品,中上早期小说里哀伤无奈的黑人美国兵、热衷革命却又苦于表达的大学生等形象身上,都有他自己苦闷彷徨的影子。中上自幼酷爱音乐,中学时代即参加学校合唱队,一度甚至立志以音乐为生,在东京的这段"浪人"(无业游民)时期,音乐也越来越深刻地渗入他的生活和写作当中。中上曾坦言受到 20 世纪 60 年代后期爵士乐的决定性影响,认为"爵士乐能打破旧物语、促发新物语",是其"小说和文学论解读的关键",尤其钟爱变化不羁、充满穿透力的自由爵士乐,从约翰·柯川(John Coltrane)、阿尔伯特·艾勒(Albert Ayler)等黑人乐手的演奏中感受到强烈共鸣,并将自己的写作也视为自由爵士乐运动的延长,定位于一种"破坏物语定型"的"复仇物语"。

与日本政治文化中心的相遇,促使中上不断省察自己的文学身份,直至最终发现"路地"这一文学场所,他放弃了复读升学,与文学同人纪和镜相识、结婚后,在东京定居下来,其间曾在羽田机场当搬运工、开大吊车,在体力劳动的间隙专心读书写作。中上的早期创作受大江健三郎影响较大,但对日本二战后教育的认识有所差异。中上自认为受惠于日本战后教育制度,由此才得以读书识字。酷爱读书的中上阅读量惊人,而且消化的速度极快,不少熟识他的编辑、作家同行都在回忆中惊叹这一点。威廉·福克纳、托尼·莫里森、詹姆斯·鲍德温、约翰·欧文等都是中上喜爱的作家,尤其是福克纳。1968 年,中上因杂志《三田文学》结识了年长 5 岁的日本文艺评论家柄谷行人,两人成为终身挚友,在柄谷的建议下,中上开启了对福克纳的深度阅读,并由此开始以家乡熊野为舞台,勾画一个类似福克纳作品中约克纳帕塔法世系的"路地"世界,即"路地小说群(saga)"。

"路地"在日语中的原意是胡同、窄巷,中上健次以此指代一个特别的生活世界,即以新宫被歧视部落为原型的虚构场域空间,其出生地春日地区可以说是新宫存留时间最长的被歧视部落地区,也由此被中上称为"路地中的路地"。新宫地处和歌山县东南端,市区位于新宫川(熊野川)河口,面积狭小,人口在20世纪末约为2.2万人,以后一直保持在2万至3万之间,历史上德川时代曾属纪州德川藩和水野家的城下町一脉,与同属纪州藩领地的三重县南牟娄郡分列熊野川两侧,熊野川、千穗峰,以灯节著名的神仓神社等,都是古熊野地区的重要遗产。熊野异名"隐国",意为位于边缘地带的深山丛林之地,这个处于奈良、京都等皇权中心外部却又具备一定连通性的地域,曾是日本历史上政治败北者的逃难地,中上文学中的"熊野"概念则远远超出现实中的地理区域,还包括三重县的伊势和松阪、奈良县的吉野地区以及和歌山县的枯木滩海岸一带,或者指代一种更宽泛的"文化的熊野"。丛山环绕中,新宫就在南边相对平缓的地带,除了市中心的丹鹤山,还有日和山、明神山,以及因绵延向南如同大蛇横卧而得名的卧龙山(也称长山或永山)。源自城下町时代的秽多村被歧视部落集中在特定区域,永山在新宫被视为贱称地名,卧龙山西侧山麓的被歧视部落民,据称自明治时期起就从西牟娄的朝来移居此地。在卧龙山被推平之前,山上有一条狭窄的小路通向新宫市区,路口设有栅门,有专人看守,是江户时代犯人被送往御手洗行刑场的"牢狱之路",小说中借阿龙婆之口数次提到这道将永山和新宫市区隔离开来的栅门。永山西面一山之隔的就是浮岛,是一个长85米、宽60米,总面积约5000平方米的小岛,流传着年轻女子被大蛇魅惑,最终被拖至浮岛沼泽深处的传说。

日本被歧视部落的起源可以追溯到镰仓幕府中后期,至德川幕府初期,"士农工商"身份制进一步强化的同时,四民之下的还有"非人"和"秽多",他们被作为贱民阶层固定下来。"非人""秽多"多从事卖艺、占卜、屠宰、丧葬、皮革制造等与杀生有关、被认为是污秽的行业,世代居住在固定的区域,逐渐形成部落,故被称为部落民。具体到新宫而言,因纪州一带地处大山深处,该阶层还多从事伐木、木材运输等劳动。明治初年,政府通过太政官布告(行政官通告)废除了"士农工商"身份制度,确立了皇族、华族、士族、平民四个新阶层,1871年颁布的"(秽多)解放令"规定"秽多"和"非人"等同平民,允许不同身份之间通婚,但部落民倍受歧视的状况并未改变,被划入与部落民同一阶层的平民反而以此为耻,各地相继发生了袭击部落民、焚烧部落民房屋的反对解放令暴动。不仅如此,法律上的表面平等还使部落民丧失了重要的经济来源,皮革制造等专属产业被财阀夺走,赋税方面则因平民身份较以前更为沉重。

对"路地"的部落民来说,1910年发生的"大逆事件"具有特别的影响。中上健次曾在随笔《物语的系谱》中写道:"战后出生于新宫的我,甚至感到第二次世界大战或太平洋战争不曾存在过,或者不如说,在熊野、在纪州新宫所经历的战争只有那个大逆事件。""大逆事件"是日本近代法律史上的一桩冤案,明治政府以图谋刺杀明治天皇的"大逆罪"为名,逮捕了数百名抱有社会主义或无政府主义思想的人,并对幸德秋水、奥宫健之、大石诚之助等12

人处以极刑，高木显明、三浦安太郎等5人被判无期徒刑后最终也死于狱中。这其中有6人就来自熊野地区。出生于新宫的医生大石诚之助，毕业于美国俄勒冈州立大学医科专业，曾为研究传染病去过印度孟买，在那里接触到种姓制度，萌发了社会主义思想，回国后在新宫开设医院，经常免费为贫困的部落民问诊施药。《千年愉乐》中，"大逆事件"也以"战争"命名，小说中"大石毒取"的原型就是大石诚之助，因为他宅心仁厚，医术高超，被称作"祛毒"医生。大石医生与路地部落民的关系在中上以母亲为原型创作的小说《凤仙花》中有更为详细的描述。此外，僧人高木显明是当时净泉寺的住持，他反对建立日俄战争胜利纪念碑，拒绝参加战胜祈祷会，新宫市政府设置公娼设施时，又响应大石诚之助等人的呼吁，积极参与废娼运动。当时净泉寺的门徒约180余人，其中120余人为被歧视部落民，为保障部落民的基本生活，高木显明各方奔走斡旋，却被反对"解放部落民"的平民们蔑称为"特殊部落僧"，连带净泉寺也被称为"秽多寺"。1908年8月，在大石诚之助家中做客的社会主义先驱幸德秋水在净泉寺内演讲，被政府视为意图在部落民中招募反动势力，从而加剧了对所谓"新宫派"的猜忌。《千年愉乐》中描述的阿龙婆和丈夫礼如去净泉寺听一位四国来者演讲的情节正是这一段历史的再现，"四国来者"即依稀指代出身高知县的幸德秋水。作品里的礼如当上毛和尚、在路地布道祈福，就是在净泉寺失去住持之后；小说里多次出现的浮岛妓院背后，也闪现着为废娼运动不懈奋斗的活动家们的身影。

与对外的"日韩合并"差不多同时发生的"大逆事件"，可以说是日本近代天皇制强化过程中一个排除内部"他者"的重要事件，纪州由此整体沦为被歧视、被镇压的地域，新宫的部落民众遭到比以往更加苛烈的歧视。这样一种歧视与被歧视相互缠绕绵延的环境无疑对中上健次孕育细腻丰富的路地意象内涵产生了深厚影响。严格说来，出生于二战之后的中上本人并没有亲身体验过祖辈的极度贫困和严酷歧视，其笔下的路地也不特指真实世界中的具体场所，然而中上在充满历史记忆的熊野出生、长大，又以一种特别的方式亲历了战后日本被歧视部落的变迁，因而路地世界作为中上心理空间的投射，呈现出别样的文学真实。

中上健次并非简单模仿福克纳的创作，而是如柄谷所言，"从福克纳那里获得了把沉积于新宫社会的东西解放出来的手法"，这种"解放"可谓中上孜孜以求的理想。中上对松尾芭蕉《笈之小文》中"见时无花，等同夷狄；思时无月，类于鸟兽"的风雅说十分反感，于是自比鸟兽（中上曾出版随笔集《如鸟如兽》，1976年），并将松尾芭蕉眼中繁花似锦的熊野比喻为"根子带着歧视之毒"的一枝黄花（加拿大一枝黄花）。在随笔集《纪州 木之国·黄泉之国物语》中，中上祖露："纪伊半岛、纪州就仿佛是一个独立的国家，一个从神武天皇时代起就持续战败的地方，一个笼罩于阴影之下的国度。熊野·隐国的身影与这个笼罩在阴影下的国度重叠在一起。漫步于隐国的每一个街道，每一寸土地，记录下每一个地名，比如'新宫'，书写唤醒地灵的文字，这是记纪（历史）的方法。"可见他的目标不仅是借助文学之笔描绘出这个被隔离的失败者的世界，更重要的是唤醒这个为死亡与黑暗包裹的丰饶"异界"中潜藏的力量和可能性，从共同体内部寻觅颠覆的契机与途径。

1976年1月，中上健次的中篇小说《岬》获第74届芥川文学奖，成为日本二战之后出生的作家中第一位芥川奖获得者。在此之前，他的《十九岁的地图》《鸽子窝》《净德寺团队游》等短篇小说曾多次入围芥川奖候选作，对都市、现代化组织等社会文化本质的追问，对暴力、性、意识形态等作为抗争工具的效能，对语言的边际和文学书写可能性的探索等，这些中上文学里逐渐明确的核心元素，在这些早期作品中便初见端倪。小说《岬》将对主人公秋幸个人成长的描述融于对路地文化关系特质的揭示之中，由此开启了中上对路地世界的系列书写。《岬》与其后的长篇小说《枯木滩》（1977年）、《天涯海角 至上之时》（1983年）并称"路地三部曲"，作品之间贯穿着相似的人物和生活世界，但无论在主题还是创作手法上，三部小说均各具特色。具有日本传统"私小说"性质的《岬》围绕中心人物的生活世界展开；《枯木滩》则尝试更为宏观性的呈现，即对所谓"关系的反复"与"关系的关系"的摹写；《天涯海角 至上之时》中的路地则已伴随现实中的土地开发政策消失不在，贯穿三部曲的"父亲"走向自我毁灭。其后，《千年愉乐》（1982年）、《熊野集》（1984年）、《日轮之翼》（1984年）等小说中的路地从日常生活世界伸展到了神话性的空间；而在路地消亡之后的所谓"后路地"时代，中上又创作了《奇迹》（1989年）、《赞歌》（1990年）、《轻蔑》（1992年）等新作品，继续探索变形或隐形后的路地。在致力于小说创作的同时，作为一名积极的文化实践者，中上健次不仅撰写了《纪州 木之国·黄泉之国物语》（1978年）、《你是弥生人还是绳文人》（1984年）等考察、反思日本历史与社会文化的随笔集，还召集同道，以"熊野学"为宗旨，创办了一所"无校舍无考试无校规"的文化组织"熊野大学"，试图通过文学文化之道探寻路地的生存策略。晚年的中上更是跨越国界，从亚洲乃至全人类的角度思考路地的未来。

由6个短篇故事构成的《千年愉乐》自1980年7月至1982年8月以连载的形式刊出,是中上健次创作黄金期的作品,也是"路地小说群"中的集大成之作。每篇小说的主人公,都是生活在被称为路地的被歧视部落里的年轻男子,他们共同的接生婆——"已经在路地活了一千年了,还要再活上一千年"的阿龙婆,躺在氤氲着夏芙蓉香气的病床上,回忆(讲述)一个个因中本一族"高贵而淤滞的血脉"而不幸夭折的青年人奇幻的一生。《千年愉乐》的创作时期正与新宫市春日地区在部落解放政策下进行大规模改造的时间重合,部落民居住区被夷为平地,原址上建设了各种现代化设施,现实中的路地逐渐消失,阿龙婆的记忆却在时空中恣意流淌。

> 东方康眯着眼睛,仿佛看到了莲花发着声响接二连三地绽放,心想,填了莲池扩展而来的路地,久远以前,迎来了一个来自安艺国或者出云国的某人,那人也是如今中本、田畑、松根全族人的远祖,为了躲避寒冷的北风,来到这里找到一个合适的山脚,砍掉杂树搭起小屋定居下来。不过,在这个拿留声机放探戈舞曲、让阿龙婆吓一跳的东方康的脑袋里,那位远祖不是阿龙婆常常想起、充满感激甚至会因而热泪盈眶的、神一样的远祖,而是一位和东方康性情毫无二致的、开辟了路地的远祖。

莲池是路地开辟者最早的栖身地,一个颇似《古事记》里伊邪那美命和伊邪那岐命创生国土的地方,这里既有路地对万世一系的日本天皇神话的比赋摹写，轻描淡写的笔调里，又消解了"神一样的远祖"，而带有浓厚佛教意象的莲花"接二连三地绽放"，还有虚构的植物夏芙蓉花，总是在路地世界里馥郁芬芳。对中上健次这个被德里达誉为"在现代和后现代纵横阔步的匠人"而言，精心构筑的《千年愉乐》无疑是一部体现其匠心的代表性作品。

《千年愉乐》的书名很容易让人联想到马尔克斯《百年孤独》的影响。对此中上自己曾做过说明。1984年12月，中上健次与比他小3岁的村上春树以"都市与反都市"为题进行对谈（后收入《国文学 解释与教材研究》1985年第3期，题为"中上健次和村上春树——都市与反都市"），当时中上已经完成"路地三部曲"，村上则在准备《挪威的森林》。村上眼中的中上健次，是同时代日本作家中最能激发自己文学思考的作家，村上坦言，自己几乎不读同时代日本年轻作家的作品，除了中上健次和村上龙，而且是在村上龙的推荐下开始读中上的。村上和中上两人都是爵士乐迷，都把音乐与小说创作联结在一起，都关注"城市"，差异却又很鲜明。与尖锐粗犷的自由爵士乐相比，村上更喜欢细腻内敛的西海岸爵士乐，认为黑人音乐有一种内在的必然性，而白人音乐却多在后天的"形式"中探索自我表达的途径。从出生、成长的京都、神户，来到最后生活定居的东京，村上当时关注的依然是现代城市中中产阶级人群的书写，而从熊野新宫来到东京的中上，此时显然已经将自己的文学世界清晰地定位于路地。就是在这次对谈中，中上强调：

> 因为有《百年孤独》，有人就说《千年愉乐》是不是受马尔克斯的影响写出来的，完全不是这样。我受影响的，是福克

纳，还有乔伊斯，因为我是以"路地的人们"为题来考虑的。路地上发生的，几乎就跟我的《千年愉乐》一模一样。

中上健次认同村上关于《百年孤独》偏城市小说的看法，认为更适合北海道这样的城市而非路地的书写，从中不难感受到路地在中上心目中特殊的定位。而在译者看来，生生不息、史诗般恢宏，又融合了锋利的现实批评张力的《千年愉乐》，或许会让中国读者联想起屈原《楚辞·九章·思美人》里纵横驰骋的神话世界，"吾将荡志而愉乐兮，遵江夏以娱忧"。为方便读者阅读这部日本文学的经典名著，译者征得日本文学批评家、东京大学荣誉教授小森阳一慨允，将他的研究论文《〈千年愉乐〉论——差异的言说空间》附录在书后，权供参考。

本书的翻译过程颇为艰辛，虽然译者苦心研磨，还是自觉难以充分反映原文面貌。作家利比英雄（日文名"リービ英雄"，英文名 Ian Hideo Levy）在谈及《千年愉乐》的英文翻译时，曾称之为"对日语力度的触碰"：

某杂志社托我把中上健次的小说《千年愉乐》的部分内容翻译成英文，我没看就答应了下来，结果翻开第一页便深感震撼，小说开头那种仿佛语言潮水的文字，我在现代日本文学中还从来没有遇见过。

明け方になって急に家の裏口から夏芙蓉の甘いにおいが入り込んで来たので息苦しく、まるで花のにおいに息をとめられるように思ってオチュウノオバは眼をさまし、仏壇の横にしつらえた台に乗せた夫の礼如の額に入った写真が微かに白く闇の中に浮きあがっているのをみて、尊い仏様のような人だった礼如さんと夫婦だったことが有り得ない幻だったような気がした。

　　（天刚破晓，从后院忽地飘进夏芙蓉让人喘不过气来的甜香，阿龙婆以为要窒息在花香里了，睁开眼睛，看见佛龛上供奉的亡夫礼如的照片随着泛白的天色在黑暗中一点点浮现出来，这尊贵如菩萨般的礼如居然与自己夫妻一场，真像是不可能发生的幻觉。）

"好长的句子！"这是我的第一反应。文中看似处处闪动着自然之光，但绝非川端康成式的优美日语，或标准的意象主义。按我之前的理解，大江的文体跟"川端式文章"完全相反，但面前这段文章又和大江那种"基于感性和知性间张力的冒险"完全不一样，就仿佛一股日语激流，想要通过雄心勃勃富于探索性的口语体叙述，将乍看起来模糊虚幻的世界演绎成有血有肉的生命，简直让人怀疑能否称之为"一篇文章"了。身为英文译者，我的心情近乎绝望，一面拼命克服这种感觉，一面一点点地尝试着译出一段长长的英语文字，尽量匹配中上健次的日语。

利比英雄最后总结说："对于中上健次的'不凡'，一直有各种各样的人从各种各样的角度来论证，而对我来说，其'不凡'就是与日语叙事历史'长度'重合的力度本身。"如何呈现中上的"力度"实在是一项艰巨的挑战,或许是文体太过特别,中上既往作品翻译成中文的不多,目前大陆正式出版的中长篇只有《岬》和《凤仙花》两部。很高兴能有机会参与《千年愉乐》这部中上健次代表作的中文版翻译工作,在此特别感谢江西理工大学刘国勇老师的牵线与合作,感谢日本三得利文化财团文化出版项目的热情资助,感谢小森阳一教授和佐藤康智教授提供解说文章。同时,也衷心感谢南京大学出版社和相关编辑的支持,尤其是本书责编、南京大学出版社沈清清编辑倾力相助,十分感动。清清本科、硕士都在南京大学日语系就读,这次能有机会合作,感激之余,也格外欣慰。本书的翻译还得到了南京大学日语系 2017 级博士生华兴同学和 2016 级翻译硕士研究生何淼同学的大力协助,在此一并感谢。译文中《半藏的鸟儿》《六道路口》《天狗的松树》三篇由王奕红翻译,《大人五衰》《拉普拉塔奇谭》《雷神之翼》三篇由刘国勇翻译。因为译者水平有限,错谬之处还望读者不吝指正。

目　录

译序:"异界"的书写者——中上健次其人其作(王奕红)   1

半藏的鸟儿   1
六道路口   25
天狗的松树   63
天人五衰   105
拉普拉塔奇谭   147
雷神之翼   171

解说

《千年愉乐》:阿龙婆眼中的六条性命物语(佐藤康智)   209
《千年愉乐》论——差异的言说空间(小森阳一)   211

附录

《千年愉乐》主要出场人物关系图   221
相关图片   222

半藏的鸟儿

天刚破晓,从后院忽地飘进夏芙蓉让人喘不过气来的甜香,阿龙婆以为要窒息在花香里了,睁开眼睛,看见佛龛上供奉的亡夫礼如的照片随着泛白的天色在黑暗中一点点浮现出来,这尊贵如菩萨般的礼如居然与自己夫妻一场,真像是不可能发生的幻觉。阿龙婆就那么躺在那里望着相片里的礼如,双手合十用几乎听不见的声音低语:"谢啦!谢谢你!"阿龙婆再次嗅起了扑进家中的夏芙蓉花香,想到自己年轻时也和夏芙蓉一样散发着香粉味儿,不禁自顾自地微笑起来。

天渐渐亮了,鸟儿在屋后茂密的杂树丛里嘀啭,叫声琉璃一般晶莹透亮。记不得听谁说过,那是一种通体金色的小鸟的声音,每当夏天到来,夏芙蓉在路地的山上开花时,它们就要来吮吸花蜜。阿龙婆庆幸自己实在是比谁都幸福,上了年纪还一直住在路地的山边。夏芙蓉黄昏开始绽放,日出时分就凋零了,结束一个晚上的生命。每当听到金色小鸟嘀啭着来吮吸花蜜,阿龙婆都好想问一问它们,是在惋惜梦幻般骤然消失的夜晚呢,还是在为明亮的白昼欢喜?阿龙婆听起来,金色小鸟的叫声就跟半藏养的那只名叫天鼓的黄莺一个样。每年一到夏天,半藏都要把自己上心喂养的天鼓带到后山的茂林里放飞,为的就是让卧床不起的阿龙婆听听它的叫声。阿龙婆已经起不了床了,也不是得了什么病,就是岁数太大了。

礼如丢下干了多年的制鞋活儿,要去京都的寺院修行当和尚,是在他们三岁的儿子死去的第二年。滚开的茶粥①劈头浇下来,孩子浑身都烫烂了。那一年阿龙婆二十三岁,从那以后她就做起了接生的活儿。路地上也没别的接生婆,如今路地家家户户父母一辈的差不多都是阿龙婆接生的。半藏也是。阿龙婆躺在床上,听到天亮了,四面八方的声音穿过门窗传到她耳边,军鸡②在打鸣,孩子们叽叽喳喳的,半梦半醒间,半藏的身影出现在眼前,阿龙婆便冲着他嚷:"喂,半藏,最早抱你的可是我这双手啊!"半藏装出一副难为情的样子,接着开口大笑起来:"您不就是靠这个吃饭的吗!"一副耍贫嘴的口气。半藏笑起来开朗极了,什么时候也没忘了露出满口的小白牙,就跟有人特意教过他似的。"是靠这个吃饭的没错,可说起来你亲妈都还没我那么早地把你抱在怀里啊!你看,我都到这把年纪了,就让我听听天鼓的声音吧!"

半藏姓中本,和阿龙婆的丈夫礼如本家,跟做了西村家养子的胜一郎,还有阿弦算堂兄弟。半藏的父亲中本彦之助,是爷爷阿辰和奶奶波野的大儿子,彦之助的弟弟菊藤,就是胜一郎和阿弦的父亲。阿辰和波野生下两个孩子后分了手,阿辰又搞大了田口真江的肚子,生了一个女儿。彦之助老婆怀了半藏后,彦之助

---

① 用茶水煮的粥,日本的一种传统日常食物,除米外,通常还放入蔬菜、芋头、豆子类食料。(本书脚注均为译者及编辑所加,后文不再赘述。)

② 斗鸡品种之一,日本江户时代由泰国传入,在日本改良。

就和镇上的寡妇私奔去了田边①,后来有消息传到路地,说两人又生了三个小孩。半藏的母亲是有马②来的,大部分有马女人性子都烈,管不住自己的脾气,加上彦之助的弟弟菊藤又生下阿弦那样的娃,她就嚷嚷说中本家的血都淤了臭了,半藏十岁那年,她跟着个贩布的男人也跑掉了。被父母亲扔下不管,半藏身上却看不出一丝荫翳,许是因为继承了中本家的血脉,半藏在路地那么多小伙子里头也是帅得数一数二,十九岁就已经当上了土方师傅,手下用了三个人。

顺着阿龙婆家门口那条窄窄的小石阶下来,就是半藏家。看到半藏把女人带回家,过起小日子,就跟看着鸟儿筑巢差不多。那年半藏二十岁。半藏套着单衣和服走在路地,袖口不经意地一卷就很潇洒,好像是要带女人去镇上吃饭,走着走着突然想起什么,让女人留在原地等他,自己大步流星地冲上石阶,跑到阿龙婆面前说:"我那口子,怀上了……"见阿龙婆闭着眼,好像在说,这种事不是顺理成章吗,半藏郑重其事地凑到她耳边低声说:"不要紧吧?她什么都不晓得,不会生出个跟阿弦一样的吧?"那样子像是要说服阿龙婆。阿龙婆愣了一下,起初不知道半藏在问什么,看了看半藏的脸,才明白他是害怕,担心自己身为中本家的后代,生出来的孩子也跟阿弦一个样,左手没手指头,野兽蹄子似的裂成两半。"你说什么呢!"阿龙婆气呼呼地厉声喝道,"阿弦可是菩萨啊!菩萨哪是说生就能生出来的!"

半藏本就是个爽快人,再说只要路地人家的事儿,就没有

---

① 现和歌山县田边市。
② 长崎县南高来郡岛原半岛南部的古地名。

阿龙婆不知道的，阿龙婆一骂："自己心就不诚，就别瞎说八道了！"半藏心里的结一下子解开了，他奔下石阶，招呼站在那儿发愣的女人："那我们走吧！"沿着路地的小道往莲池旧址那边去了。望着爽朗、阳光的半藏身上仿佛笼罩着一层阴影，阿龙婆隐隐担心。半藏才二十岁，年纪轻轻的就这么担惊受怕，哪怕他后来搞明白了放下了心，还是令人忧心，这么个花骨朵儿般的年纪，换作别的小伙子，哪个不是无忧无虑，浑身上下充满自信？

不多久，就在路地半藏的家里办了喜事。那一年路地灾祸不断，半藏从小被父母双双丢弃，说起来都是路地人不分彼此，跟父母一样把他拉扯大的，大家伙儿多半都想借着半藏的喜事冲一冲厄运，送来一大堆吃的喝的，比半藏自己准备的酒水饭菜足足多了一倍，来参加婚事的人屋里屋外挤得满满登登。区长发表了长长的贺词。婚宴上，路地人撇开新郎新娘，顾自载歌载舞起来。两个月前，结伴去山里干活的路地男人里头，阿英、砂吾、阿利三个突然出了事。三个人都住在莲池旁边的水井那一带，路地上都把那边叫"东片"。他们翻山过河，把大山里砍下的木材装上叫作"木马"的爬犁①运回来，哪知道堆起来的木材突然塌掉了，把三人压在下面，阿英和砂吾当场死亡，阿利捡回来一条命，可脚骨全碎了，听医生说这辈子怕没法子再站起来了。祸不单行，没过多久，也不晓得哪里不对，就在离阿英家没多远的另一家，老老实实的吉三郎喝了从纺纱厂带回家的毒药死掉了，丢下五个年幼的孩子。阿龙婆的丈夫礼如在亡者名册上记下死去的时间、死者的姓名，还有详细的死亡原因，好让后来人能一目了然。阿龙婆不识

---

① 在山地搬运木材用的类似雪橇的工具。

字,只记得阿英生于12月1日,死于5月底。到了第二年5月底、第三年5月底,等礼如做完上午的事情开始喝茶,阿龙婆就会反复提醒有点马大哈的礼如,别忘了今天是东片阿英的忌辰,是友二叔跟阿菊生的砂吾的忌辰。礼如点点头,似乎整个人已经沉浸在对英年早逝的阿英和砂吾的痛惜中,踉跄着站起来,披上袈裟。

半藏的第一个儿子是在喜事办完半年后出世的。越来越抢眼的半藏,每次活儿一干完,就心无旁骛地赶回家,女人喂奶,他就黏在后头紧盯着连头都还不会抬的宝宝,眼睛眨都不眨,那样子任谁看到,都要实心实意地合掌感谢老天:看来下到路地上的雨,落到路地上的雪,也不净是冰冷的,也不净是生痛的啊。过不多久半藏被抽去服了兵役,一年后回到家,男孩儿已经出落得一副标标准准的中本族人模样,就跟跑到路地来说书传道的那些人嘴里的贵人一模一样,加上半藏仪表堂堂,只披件布衫、套条短裤,把儿子驮在脖子上,估摸是带儿子去澡堂,就光这么走在路地,哪怕不是女人不知不觉也要被他迷住。

"阿婆!这孩子比我可黑多啦!"

当兵回来,半藏又起了土方活,可到底是中本家的人,底子白,再怎么晒也不黑。半藏袒着胸,像是故意要把又浓又黑的腋毛露出来给阿龙婆看似的,扭过身子凑到阿龙婆身边,带着笑说:"女的可个个都说我肤色漂亮,要往我胸口凑呐!"半藏笑起来充满男性的诱惑力,让人忍不住想问问他啥时候学来的这些,半藏也想逗逗比自己父母年纪还大的阿龙婆。半藏十岁就被父母抛下不管,虽然家里有亲戚,房子供他一个孩子住也绰绰有余,可十岁的孩子,连饭都不晓得怎么才有得吃,只有依靠路地的大人了。

十岁那年，半藏去了跟中本家沾亲的马贩子久市家，就在那一年初识女人。每次久市外出贩牲口，他老婆就把半藏叫到卧房，教他怎么吸自己的舌头，怎么捏自己的乳房，引导半藏把手伸进自己的密林深处，把半藏当成供她享受的活玩具。即便还是个孩子，半藏心里也明白，这对收留自己、给自己饭吃的久市是一种背叛，可一来二去，半藏也知道了，一给叫到卧房，肯定有意思得很，一年下来，哪怕久市老婆不说，半藏自己也发现了初长成的自己的魅力，开始巴不得久市早点出门，到外地贩马去。头一次射精，半藏还以为自己在久市老婆里头喷血了。

十五岁时半藏去了大阪一家电镀厂工作，这才从久市家搬出来。之前一直住在他家里，和他老婆之间简直就跟成年男女没什么两样，直到久市起了疑心。

十八岁那年，半藏从大阪回到路地，进了路地入口旁一家高空作业队干活。明明浮岛①那里就有寻欢作乐的地方，从路地翻座山过去就到了，半藏还是把路地里家家户户的闺女、老婆勾搭了个遍，按他自己告诉哥们的，没染手的顶多就只有接生婆阿龙婆了，连自己都觉得过分。半藏觉得自己有些自恋。出生于中本一族，同宗里有阿弦那样生下来双手就跟野兽蹄子一样裂成两半的，相较之下好像更增添了半藏的男人味，对笑着说"你喜欢的那玩意儿里头，可流淌着好几股中本家的血脉呢！"的半藏，路地的女人们个个都会娇软地倚着他，紧缠着他的胳膊，任由他

---

① 浮岛原指湖沼中水草密生、远望如浮于水面的岛屿，此处为地名，位于和歌山县新宫市，约于18世纪上半期形成，是日本最大的浮岛，曾为日本宗教修行的圣地。内有一块名为"蛇穴"的沼泽，流传着诸多传说，上田秋成的小说《雨月物语》中的名篇《蛇性之淫》即以浮岛传说为题材创作而成。

摆弄。

　　半藏开口说自己看到了幽灵,是老婆怀第二个孩子的时候。半藏怕老婆动了胎气,没敢跟她说,只告诉了哥们充造,充造的老婆又是个肚子里藏不住话的,遇到路地哪个人都要说一遍。半藏干完土方活回家,带孩子去澡堂洗了澡,饭也吃了,随后借口说是要去路地的会馆参加那里青年团的集会,实际上是想去跟住在浮岛花街旧址的寡妇私会。半藏打算从路地抄近道过去,踏上了一条山间小路。

　　山道黑漆漆的,已经初夏了,还是凉飕飕的。半藏为了去掉汗味儿,有时偷偷在双肩和两边腰上薄薄地涂上一层老婆的香粉,就是从肩膀那里传来了一阵寒意。半藏身子一紧,加快了脚步,心想,等下可得让浮岛的寡妇好好抱抱,抱出汗才好呢!突然,脖子一凉像是给人摸了一下,半藏条件反射般蜷起身子。那条山道从阿龙婆家旁边穿过,再往前两边就没有人家了,黑蒙蒙一片全是杂木林,再往前走好长一段才亮堂些,能望见对面的山,半藏无意间一回头,见月色朦胧的山道上,一个光头男人耷拉着脑袋站在那里。他吓了一跳,猛然想起,路地前不久有个人想不开上了吊。照半藏的想法,有那钻牛角尖的闲工夫,还不如想法子去找个女人做点好玩的事儿呢,可路地上还是有不少自寻短见的。半藏恨不得马上跑到山那边去,又一想,要真的是路地人在上吊,得去帮他把绳子解开才行啊,不然也太可怜了,于是沉了心准备过去,再凝神一看,那个垂着脖子的男人竟像被黑暗吞噬了一般慢慢消失了。半藏懵了,以为给狐妖迷了眼,寻思那个刚出现转眼又突然消失的光头男人,莫非就是人们常说见到的幽灵?如果是,也不晓得是哪个人的幽灵呢?

阿龙婆听说后，猜想是净泉寺①的上一任和尚，以前听礼如偶尔提到过他，如果是这个和尚，很有可能会在无忧无虑的半藏面前显个形。那和尚当时把半藏父亲彦之助、叔叔菊藤这帮子路地人都召集起来，又从别的地方唤来一批凶神恶煞，策动他们谋反天皇，结果给抓进牢里处了绞刑。说不定那和尚惦记路地人的下落，所以在路地周围转悠呢。阿龙婆觉得这么想挺在理的，刚好半藏路过，就叫住他："你说看见幽灵了，这其实没什么可怕的。"

半藏望着阿龙婆的脸抿嘴一笑："阿婆，你看这个。"他掀开绉布里衣，露出脖颈尽头的锁骨，指给阿龙婆看边上的两块紫色印子："阿婆牙都掉了，这把年纪，怕是没法给礼如亲出这漂亮印子了吧？"半藏咧嘴笑着，见阿龙婆先是满脸惊讶，转而火冒三丈，又唤了声"阿婆"，接着调侃："我对女人们也干了不少坏事，莫非是那些被我抢走老婆的男人，是他们的鬼魂？原来是这么回事，有道理啊！阿婆要是瞒着礼如，也可以留个这样的亲嘴印子哦！我皮白，稍微晒黑点马上也就褪掉了。这印子刚开始那个红哦，连女人自己都吓一跳！"

阿龙婆心想，反正跟半藏讲什么他都不会当真的，干脆不吱声了，心里面却又急又气，就绷着脸跟赶狗一样手一挥："走开吧你！"半藏说了声："阿婆啊，想留亲嘴印子的话你来跟我讲哦！"就冲下坡道回到路地，那样子仿佛从小就习惯了被人像赶狗一样呼来喝去似的。

半藏清楚阿龙婆讲那番话的意思，可还是担心那可能是一种

---

① 位于和歌山县新宫市内的真宗大谷派的寺院。

征兆,预示着自己身边要发生可怕的事情,心里有些不安。老婆刚好怀了第二个孩子。中本一族的人想法估计都和半藏差不多,胜一郎、田寿、智彦,都怀疑那个人莫非是中本家第一代祖先,是来提醒半藏这个做父亲的,告诉他老婆肚子里的孩子有情况。

老婆一天天显怀了,半藏在家待着难受,就去了浮岛寡妇家。离除夕不久,十二月二十号那天孩子出生了,是个好手好脚、没一点毛病的小女孩儿。半藏一直住在朋友家不回来,阿龙婆让人把他叫回来,发现他在黎明时分的幽暗中站在门外,害怕似的一直不敢进家门,便喊他:"快来看啊!这么可爱的小女娃,跟菩萨一个样呐!"半藏听了却还是怯怯的,随时准备扭头就跑,阿龙婆见他这副样子,想起来当年阿弦生下来的时候,自己也跟孩子父母讲过同样的话,这才意识到,原来半藏为自己的中本血脉这么痛苦不堪。阿龙婆禁不住流下了眼泪,轻轻地说:"你胡思乱想什么呢!"

到了二十五岁,半藏褪去身上最后一丝稚气,魅力十足的男子汉模样格外惹眼。他心里大约也是有数,每次干完活,换上清爽的衣服扎在路地小伙儿堆里,总是要么把衣裳领子竖起来,要么把好端端的袖子卷起来,吊儿郎当的打扮惹得跟在后面抛媚眼的女人一个接一个,从来就没断过。也不晓得是半藏故意耍女人,还是女人放不下半藏想接着撩拨,有时候才幽会两三次,半藏就跟断了线的风筝一样没了影,于是有女人冲到路地——这种女人路地倒确实没有,跑到半藏家里,对着怀里还抱着吃奶娃娃的半藏老婆一顿折磨,把自己跟半藏在床上的事儿一股脑儿全倒了出来,两个人又干了这个,又干了那个,怨气撒够了才走。

半藏老婆一再忍气吞声,在外人面前绝不动声色,那些女人是见不到她掉一滴泪的。人一走，半藏就跪在老婆面前赔罪，门也不出了，老老实实守在她旁边。看到半藏这个样子，老婆更是气不打一处来，揪着孩子芝麻蒜皮的事就大喊大叫。半藏把老婆抱到卧室要疼她，她破口大骂："恶心！你不要碰我！"半藏还是把手伸过来，老婆抓住他的手直吼："你叫我往东就往东，叫我往西就往西！你要我怎么样就怎么样！"见睡在旁边的小女娃给吵架声吓得哭起来，半藏老婆蹬开被子，噌地爬起来，揪住女儿的前襟，跟抽布娃娃似的死命打。半藏怕她要把女儿打死了，赶紧起身把女儿抱到怀里，半藏老婆却突然间好像消了气似的垂下了头，脸紧紧贴在半藏的胸口上抽抽搭搭哭起来。

半藏带两个孩子到澡堂洗完澡，打算就这么穿着浴衣出门，忽然间，他闻到自己身上好像有股讨厌的味儿直往外冒，就是那种刚泡完澡的男人浑身热腾腾的气味，于是在肩膀和两边腰上薄薄地拍了一层老婆的香粉。半藏想起，有一次自己正蜷着一条腿在喝酒，寡妇等不及了，从背后抱住他，没想到紧接着就埋怨起来："又是先抱了别的女人，再顺道过来的对不对?!"其实，那不是别的女人身上的香味，只是半藏讨厌男人的汗臭味，就扑了老婆的香粉，那天的香粉恰巧换了个新牌子。

半藏差不多就是被脂粉味诱惑，早早尝到了性的滋味，玩女人，也被女人玩，就这么到了二十五岁，对一路走到今天的自己也仿佛起了情欲。半藏出了门，沿着路地的山道往浮岛赶，突然又觉得背脊直发凉，像是有谁的手在摸自己的脖子，就跟前阵子一样。半藏想，反正也轮不到自己来管，便依旧一门心思赶路。半藏觉得自己散发着香粉味儿脚步匆匆，简直跟男宠一个样。

到了浮岛，从沼泽地那边往花街相反方向走上一段，就到了女人家。玄关的格子门外漏着幽暗的灯光,门也没有上锁,轻轻一滑就开了,一切都像是在等待半藏的到来。女人埋怨半藏,这么久不露面,怕是又有了别的情投意合的女人了吧?见半藏沉默不语,女人告诉他,先夫家亲戚送了些伏见①的酒和鱼过来,嘱咐说烤着吃味道特别鲜。女人说完站起来,瞥见半藏的脸色阴沉得吓人,头一缩,忍住笑走进了厨房。半藏支起一只手肘,斜靠在榻榻米上。过了片刻,女人把酒和鱼端到半藏身边,自己也坐了下来,说酒烫得有些过了,鱼也烤得太焦。半藏躺着一动不动,看那个样子一点胃口都没有。女人有些难堪,迟疑地把手伸向半藏的大腿,见他抬起头,下了决心一般一把掀起半藏浴衣的下摆,猛地将手伸进他的股间。半藏冷冰冰地推开女人的手,坐起身来,明明情欲被女人勾起,火烧火燎,却硬气地不动声色,就像一直以来玩女人也被女人玩,可从来没有爱上过哪个女人一样,一把扯开女人的衣带,脱下和服,把她剥了个干净。女人性子强,哪怕手脚给粗绳子细带子捆得紧紧的,还是用淫猥的姿态舔舐着半藏放在自己嘴里的东西,发出挑衅般的吮吸声。不知何时,半藏从佛龛那里找到一支比他那玩意儿还粗的蜡烛递给女人,让她自慰,女人一点儿也不害臊,拿到手就全神贯注地动作起来。半藏解开绳子,女人亢奋得差点叫出声,立即飞扑过去缠住半藏,骑在他身上快乐地呻吟。接着,女人又让半藏翻到她上面,仿佛要将半藏完全裹进自己身体一样紧紧抱住他的屁股,从身体深处用力收缩,忽而又打算逃开他。对其他女人的闹腾,半藏常感到败兴,她们

---

① 伏见区位于京都市南端,是江户时代水运的要地,也是日本著名的清酒产地。

大部分都差不多，只要半藏发力猛攻，就都躲得远远的；躲着躲着，就好像陷进死胡同迷了路；待半藏轻轻抽身，又心急火燎，几个回合下来，实在招架不住了，就圈住半藏的脖子，嘴巴贴在他胸口上，绷紧身子，在一阵阵的战栗里等待着半藏主动释放。

不过，这女人跟别的女人不一样的地方，就是她死心塌地地迷恋半藏，为了他就是去杀人放火也心甘情愿。她老早就对半藏说：干脆离开老婆孩子，从路地出来跟我过吧！刚开始半藏也只当耳旁风，可女人提了一次又一次，越说越起劲，半藏忍不住发火：我在路地过有什么不好？他把女人打了一顿："老子告诉你，有的话当讲，有的话不当讲！"可越是打，女人越是开心，跟这种怪癖女人什么都讲不通："你做事要花钱，我这里都有，你到我这里来，保证你过得不会比别人差，也不会让你觉得难为情，我有这个信心！"

"你家男的就是被你的欲望榨干而死的，你是想让我做他的替身？我是绝对不会干的！"

"你要不想干活也行啊！"

"你是指望大白天就跟条狗似的，有得做就好了是吧？"

女人又闹腾了一通，最后嘤嘤哭起来。半藏就觉得女人根本没为自己着想，不由得叹了口气。回到路地就有老婆孩子等着，就是跟这样的男人调情才有意思对不对？半藏伸出脚，想去够蛇一样摊在女人脚边的红绳子，女人捡起红绳，把半藏的双手反绑起来，说是连她都觉得这白白嫩嫩的手腕上勒个红绳实在太娇艳了，半藏故意模仿女人的嗓音喊出了声，女人一副施酷刑的神情，不知是兴奋还是恼怒，板着脸、蹙着眉咬住半藏肩膀，留下深深的齿印。见半藏忍着痛，嘴唇微张，动弹不得，女人又嫉恨地紧贴过去,抱住他轻吻他肩上的齿痕。二十五的半藏仪表堂堂,连女人见了都忍不住嫉妒,想为他倾囊的女人远不止浮岛这寡妇。

阿龙婆甚至怀疑,这半藏莫非不是这个世上的人?有一次她就对礼如说,半藏明明是自己亲手接生的孩子,可总感觉他不像真实的人。说起来半藏的堂兄弟阿弦也是一样,越长越像是另一个世界的。礼如是个男的,阿龙婆的话他好像听了也不懂,刚才还一直待在路地人家里,在逼仄的佛坛前为死去的人祈祷,现在他眼里好像也还是只有死去的人,只跟他们息息相通。"世界上也还有过得这么快活的人呢。"礼如语调沉静,仿佛在自言自语,视线追寻着佛坛上供的线香,目送烟雾摇曳着从敞开的屋门飘散出去。门外,路地正值初夏,从阿龙婆坐的地方和礼如坐的地方望过去,都能看见路地的山被葱茏的草木覆盖着,远处碧绿的嫩叶明亮得晃人眼睛。路地的这一头从阿龙婆家下方的山脚延伸开来,一座座屋子依山而建,中间的道路只够过一辆板车。

路地的年轻人也不是个个长相英俊,小头小脑的、塌眼窝的也都有,还有的人怎么看都是一副蠢相,丑得让人恨不得叱问老天:就不能想法子改变吗?不过阿龙婆从女人的眼光看来,路地上西川还有出口这两个家族的年轻人大都出落得漂漂亮亮,里头有的也是谈恋爱谈得死去活来,有的诓骗商人家女儿图谋钱财,但半藏俊朗超群,仿佛在二十五岁时倏然花开,让人不禁感慨:路地以前哪有这样的年轻人?半藏急急忙忙不知道要往哪里去,冲上山坡,突然间又想起什么似的,跑到阿龙婆家东张西望。看着半藏唤了一声"阿婆",然后定定站住,明知道他是因为一口气冲上山才这么气喘吁吁的,阿龙婆心里还是有些不安。明明只是风儿吹过他浓密的头发,却好似他的一根根发丝在体味迎着风儿化掉的快感。阿龙婆想，路地里有种超越人意的力量，自己住的这山上格外浓厚，她害怕半藏被这股力量盯上，被它蹂躏，成为它的慰藉品。阿龙婆没有把自己担心的事对半藏讲一句，可半藏看看她，估计觉得如果晚上把老婆孩子丢在家里不管，自己一个人跑出去，阿龙婆肯定会跟做妈妈的一样发牢骚的，于是先发制人，开口问："阿婆哎，你要不要鸟？"

阿龙婆以为半藏又在捉弄自己，戏谑道："什么鸟啊？都什么季节了，是要捉只布谷鸟给我吗？"见半藏给逗得露着白牙哈哈大笑，阿龙婆更来劲了："我们这里啊，可是经常有布谷鸟飞过来哟！"天光初亮之时，或是长夜将尽之时，阿龙婆也摸不准，总之是在沉睡过后的朦朦胧胧中，听到布谷鸟飞过屋后的杂木林。礼如还睡得好好的，阿龙婆便没有特意跟他提这事，可有一次，阿龙婆听到布谷鸟叫，便竖起耳朵追，待长长的尾音消失后，发现礼如在自言自语："可不是么，接生婆和和尚两个人成了这么一对夫妻啊！"听了礼如的话，阿龙婆愈发觉得，就是这布谷鸟的叫声，把黑夜和黎明、把死和生两个世界联通了起来。

半藏说不认识布谷鸟，问阿龙婆是什么样的，阿龙婆也没见过布谷鸟长什么样，随口诌道"是这么个样子的"，一边用手比画出小雏鸡的大小。半藏又笑了，勾起指尖说："我那玩意儿要是不用了，会不会缩得这么小呀？那可不行哦！"给半藏这么开玩笑，阿龙婆有些生气，如今想到礼如是自己丈夫就已经觉得三生有幸了，两个人在一起除了神佛，哪还考虑其他？不过，她还是抿嘴一笑："半藏，你可别小瞧咱女的哦！"接着说，"你那玩意儿到底多大，我还能没数？你想想看，我给多少女人接过生，数都数不清了……哪怕魔鬼的那玩意儿过来也敌不过咱女人呐！"

"难怪,每次到这里就感觉有股血腥味……"

"那可不!"阿龙婆觉得自己已经把半藏驳倒了,于是用男人的语气接腔:"我这双手啊,也不晓得拿热水洗过多少浑身血糊糊的娃娃了!"半藏刚才露了怯,这时是想扳回一城一样,喊道:"黄莺!黄莺!"转而又有些舍不得似的告诉阿龙婆:下次把那只叫天鼓的黄莺带过来,让你听听它无法形容的叫声。说完,顺着路地的山道往浮岛方向赶去。半藏的身影越来越远,终于看不见了,阿龙婆坐到檐廊上,俯视着挤满矮房子的路地。家家户户都铺着简陋的杉树皮屋顶,不时传来孩子们争吵的声音,阿龙婆叹了一口气,脑子里描画着当年路地还没有成形、还是一片杂树林的样子。人们从四面八方聚集到这里,定居下来,一个人、两个人,就好似落叶一片片堆积起来。一切都历历在目,仿佛阿龙婆曾亲眼看见过这一切。她小的时候,西头水井旁边有家房子空在那里,一个巡拜人①模样的男人住了进去,不知道什么时候找了女人,生了孩子,孩子如今也已经长大成人,做了父亲,养育出又一代路地年轻人。阿龙婆凝望着路地,一排排房子在日光下浮动的金色微尘中显得有些朦胧,她仿佛听见生与死彼此缠绕,发出"咕嘟咕嘟"的声音。一切都是那么的珍贵,阿龙婆禁不住泪眼婆娑,是先有生才有死,还是先有死才有生?她叹了一口气,想到半藏怯生生的神情,止不住地胡思乱想。半藏长得比谁都帅气,浑身男人味十足,他会不会跟植物弱不禁风的青色茎秆一样,只要受一点

---

① 日语原文为"遍路姿の男",所谓"遍路"源于日本弘法大师(空海)在家乡四国翻山越岭开创八十八所寺院的传说。后人为了追随弘法大师的足迹,巡拜这八十八寺的行为便被称为"遍路"。最初踏上"遍路"的巡拜人以出家修行的僧人为主,他们一般身着白衣白鞋,头戴斗笠,手拄金刚杖、持念珠,身挎头陀包,包上束法铃,包中放置纳经帐。

伤就开始腐烂枯萎，一发不可收，最后彻底倒下？他会不会触怒某种凶猛的巨物，被它开膛破肚、毁得体无完肤，他那迎着风儿跳舞的头发、女人吮吸过的嘴唇和手臂，都被撕裂咬烂，面目全非？也有可能就跟半藏讲的一样，这些都不过是阿龙婆自己的想法，身为女人，现实生活里她差不多已经忘记了该怎么去回应男人、回应礼如。不过，哪怕不是夜叉鬼①，想吃人的也肯定都知道半藏的肉香喷喷的，妙不可言；如果是自古出没于路地山间的天狗②，就不会跟夜叉鬼那样，只因为半藏看着可口就要吃掉他——这么仪表堂堂的半藏，拿他当个普通男人待实在浪费了，也许会让他做个娈童吧？阿龙婆想起来，有个凶巴巴的牲口贩子名字叫实野的，有次牵着牛在路地山道上走，看到前头站着一个男的，把唯一的一条路给堵死了，实野不去请人家让路，直接破口大骂："谁杵在那儿呢！"结果给连人带牛暴打一顿，扔到了路地残留着的杂木林里。阿龙婆担心，半藏再好看，也跟其他年轻人差不多，血气方刚的，要是碰上了天狗出口相撞，十有八九就得遭开膛破肚啊！阿龙婆抬起眼，路地山上翠绿的新叶在风中摇曳，透着斑斓的阳光，仿佛浸染了半藏身体里流出的鲜血，灼得眼睛也像受了伤，生痛生痛的。

阿龙婆想起来，自打上次半藏在路地的山上匆匆跑开，已经好久没看见他了，听到外面传来消息说，原来他把老婆和两个孩子扔在路地不管，自己整天泡在浮岛寡妇家里。这个说，半藏和

---

① 原为印度传说中吃人的恶鬼，在佛教传说中亦是毗沙门天的天众眷属，是佛教的护法众神之一。
② 日本传说中长得像人的怪物，赤面，高鼻，有翼，善飞。穿着类似修行的僧侣。神通广大，持羽毛团扇。

女人一起去看戏了，是大阪来的剧团，海报就热热闹闹地贴在大街上；那个说，又看到两个人避开闹市区在街上走过了……每次听到这些传言，阿龙婆总感觉半藏是叫那个年轻寡妇靠一点儿小钱给包养了。就算再怎么在半藏身上花钱，男人穿的用的又能花掉多少？阿龙婆有些愤愤不平。她忽然间意识到，自己是不是因为爱上了半藏，才会想象他晒得樱花一样淡粉的身体会遭到劫难，被摧残得不成人形？阿龙婆暗自觉得好笑，她安慰自己：要真这么惨，还不如被年轻寡妇包养的好呢。

　　大概过了一个月，半藏又回到了路地，他双手伏地，郑重地向妻子赔了礼，随后加入在山里做事的路地年轻人的队伍，开始跟着他们一起干活。望着半藏一身英俊潇洒的工装，阿龙婆又开始怀疑他不是这个世界的人了。她不禁担心，成天跟仁之助、辰吉这帮子工友混在一起，半藏的日子能过得轻松吗？半藏到底是半藏，每天早早出门到路地一角等着，跟工友们汇合后，靠有一阵没一阵的风测测天气，再去山林主的事务所，从那里进山，离得近时就步行来回，要去深山里头就临时搭个棚子住下，砍砍杂树、除除杉树边上的杂草，这些活儿对半藏来讲都蛮新鲜的。说起来，这也是因为他从小就跟仁之助和辰吉合得来。半藏比他们两个更早尝到女人滋味，对那些讨女人欢心的花招也都了如指掌，常有女人暗送秋波，往他边上凑，只要伸伸手就够着了。仁之助和辰吉就不一样了，因此两人动不动就求他：怎么样，好歹让我们来一次吧？这在半藏听来，有股过日子的平常味儿，格外有趣，自己的生活恰恰就缺这个。半藏并不是顾忌女人说自己有汗臭味，才在肩膀和腰边上扑香粉的，反而是对自己随着出汗散发出的体香讨厌得要命，才偷偷跑去扑老婆的香粉。

半藏醒了,在临时搭的小屋里睡了一夜,他发现自己身上也跟仁之助、辰吉他们一点儿不讲究的普通身体一样,自然地散发出汗水的甘甜,终于头一次对自己天生就是中本一族一员的事实不感到不满。半藏学着仁之助和辰吉的样子,找了个山势低矮的地方,避开山顶的视线背过身解个小便,接着就开始干起活来。半藏抡起刚开封的砍刀,第一刀就砍在了杨桐树①上,这树早上都尽量不砍的,仁之助和辰吉一下子脸色煞白,回到一町②以外的小屋取了酒回来掛上,想要净化罪过。结果那天砍了杨桐树的半藏本人什么事也没有,反倒是辰吉负了重伤,在砍靠近地面的树枝时连着胶底袜③一刀劈到了自己的脚,透过裂开的袜子,能看到右脚背的骨头都露出来了。为了止血,半藏和仁之助拿毛巾把辰吉的脚踝裹了两三层,估计骨头也都断了,又做了夹板,轮流把辰吉背下了山。

虽然受重伤的辰吉,还有仁之助两个人都什么也没说,半藏还是觉得这次自己造了孽,辰吉替自己扛了,他心里清楚,山林主这么个连短工工资都要克扣的人,不往狠里追是不可能给辰吉出医药费的,就思量着至少医药费自己要帮辰吉付掉,晚上便去了浮岛寡妇家。这女人个性强,一刻离不开男人,半藏回路地后,她又招了个跟半藏差不多年纪的年轻人进家。女人见半藏了,许是没有记仇,说了句"那还不是小菜一碟",一下子拿出半藏所提出的医药费三倍的钱来。里屋的年轻男人听见半藏说话,就冲着

---

① 日语原文为"榊",山茶科常绿小乔木,高可达10米多,叶呈浓绿色,质厚而有光泽。其枝、叶常被用于神道的活动。

② 町是日本曾使用过传统度量衡制"尺贯法"的距离单位,1891年(明治24年)规定,1.2公里为11町,1町约为109米。

③ 劳动时穿的一种带橡胶底的袜子。

女人撒气,粗声粗气地喊:还不快回来倒酒!女人也不知道怎么想的,竟邀半藏进屋一起喝两杯。半藏之前在女人家待了一个月,对女人颐指气使的脾性早就腻味了,可听见里屋传来男人说话的声音,禁不住又痒痒地生了邪心,找了个不伦不类的借口,迈进了门:既然是来求人借钱的,那人家叫你进去,哪好意思走掉呢?男人光溜溜的只穿了条内裤,肚子上裹着条布兜,看样子一早就跟女人泡在一起了,他看到跟在女人后面进来的半藏模样潇洒,爽朗的笑容无懈可击,更是气不打一处来,冲着女人嚷嚷:"把外人带进来,聊什么那么起劲儿!"半藏在男人跟前坐下来,试图寒暄两句:"我们好像在哪儿见过呢……"男人自斟自饮,唰地一挥手:"哪儿也没见过!"

  半藏对女人的心思再清楚不过。眼面前的男人她不想放手,这边半藏为帮一起在山里干活的伙伴付医药费,跑过来找她借钱,女人就又指望可能的话跟半藏再续前缘。就算半藏回去,或者那个男的恼羞成怒抓起衣裳走掉,两个人里头终归有一个要留下来的,女人免不了要给捆起来打一顿,被教训不该小瞧男人,她就在男人的眼皮底下没羞没臊地一个人折腾,待挣扎到全身差不多要从中心彻底融化,才终于得到赦免一般死死缠住男人。半藏忽地想现在就给女人来一次试试。也说不清是为什么。女人过来斟酒,男人端起杯子接过,不再吭声,对每一个毛孔都好似在闪闪发光、异香扑鼻的半藏,男人之前一直抱着的浓浓敌意,看样子现在慢慢地消解了。半藏清楚地感知到这一切,被这么一个黯淡内敛的男人盯着,半藏明白,自己的光芒会越来越浓烈、耀眼的。

  女人对半藏说:"我前些天给过你一只叫声特别好听的黄莺,从别人那儿要来的那只……"她告诉半藏,就是这男的把黄莺拿到她家的。半藏点点头:"这样啊!"男人看样子头一回听说这事,他问半藏:"那只黄莺是你在养着?"黄莺的名字是女人起的,不过,把小雏鸟从竹林子的鸟巢里掏出来,又怕它瞎学唱歌学坏了习惯,特意关进笼子里,还想方设法托了一个在赛鸟会上得了金奖的鸟主人,把黄莺放在那师傅身边,就像艺妓跟着师傅学三味线①、练唱歌一样,让黄莺模仿发声——这一切,都是这男的一手操办的。半藏再次把目光投向男人。

面对半藏的审视,男人挤出一丝淡淡的笑容,他意识到,女人刚刚故作热情地告诉半藏,把那只叫天鼓的黄莺调教出来的就是自己,其实等于向半藏表明,这人有多低贱。望着男人似笑非笑的样子,半藏脑子里装的不是女人,反倒直想敲这男人一顿。"原来是这么回事!是你把黄莺的叫声调教得这么动听啊!"半藏心里嘀咕,你这家伙把全心全意调教出来的黄莺献给女人,女人却送给了我半藏。于是,趁女人出去倒酒的当儿,半藏就跟男人咬耳朵,撺掇他跟自己一起调教调教女人,就跟当初调教天鼓一样。男人不知道是听了半藏的话感到害臊,还是被半藏把嘴唇贴在他耳朵上说话,本来就因酒意而泛红的脸红得更没谱了,不知所措地挠着灯光下油光发亮的额头,直说有意思。女人一回屋,两人使了个眼色,一下把女人扒光;女人求他们先把灯关了,两人也不理睬,也没照半藏通常的做法,而是学女人以前绑半藏的样子,先用细绳把她的双手反绑在背后,再拿粗绳子勒住胸口,让乳头好像要蹦将出来,向已经脱掉内裤的男人宣战。男人一用力,无处安身的阴囊就在女人屁股下面直晃荡。半藏禁不住冷笑,这家伙

---

① 日本的一种传统拨弦乐器。

力气用得不是地方,真是没劲。饭菜靠墙放着,半藏凑到酒壶边上呷了几口,忽然想到一个主意,把叠在一起的两个人翻了个身,解开了女人反绑的双手。女人还坐在男人身上,就弹簧一般抱住半藏的腰舔起来。酒壶里的酒泼到女人的胸口,跟热乎乎的小便一样顺着女人的乳沟淌下,被男人喝到嘴里。女人唇间流出的唾液堆在半藏的阴毛上,半藏低头忽然发现男人正胆怯地盯着女人伸出舌头吸吮半藏的股根,发出一阵阵挠人神经的声音。半藏不由得露出白牙笑了起来。

女人先是像以前绑半藏那样把男人绑起来,又不满意,拿起一条毛巾塞进男人嘴里,重新绑了一遍眼神怯怯的男人,直喊有意思。半藏也被她挑起了兴头,他把男人的腿蜷起来,跟刺刀一样瞄准了男人毛乎乎的部位。半藏把手指放进嘴里,用还带着女人味道的唾液湿润过后,塞入男人的尻穴,像是拿手指在硬邦邦的石头上凿洞一般。男人扭动着想躲闪,可双腿跟女人一样被弯折抬高,只能由着半藏像对女人一样忽而进入,忽而拔出。半藏的动作越来越快,这时女人也在半藏身边横躺下来,双手捧着半藏的脸吸吻着他的嘴唇。半藏摇动着男人,过了一阵又转身冲向女人,女人天鼓一样叫出了声。半藏被女人柔软的身体紧紧包裹,一边释放,一边望着被绑起来的男人跟仰面朝天的毛毛虫一样,朝两人身旁蹭过来。

半藏完事后就带着酒劲睡着了,等他醒过来,发现男人的脸贴着自己的肚子,女人的手紧紧抱着自己的胸脯。半藏像做了场噩梦一样赶紧爬了起来。外面天还没亮,四周一片漆黑,半藏穿好衣服,打算就这么悄悄离开,没想到男人套上内裤从里屋走了出来,招呼说:"要回去了吗?""要回去了哦!"半藏鹦鹉学舌般应道,又像对女人讲话一样笑说:"棒的很呐!"半藏忽然发现,自己去山里干完了活、浑身汗味儿的身体,又散发出了香味儿。

"朋友受了伤,我是过来借钱的……"

听了半藏的话,男人一脸窘迫,说要一起回去,让半藏等他一起。半藏告诉他,两人方向不一样,自己要从浮岛的花街旁边先上山,再下到路地去。男人吃了一惊,脱口说出了路地的别名:"你是从长山来的啊!"男人一副赞叹的样子:就是那个剥牛皮的、修木屐的、编竹筐的,干什么活儿的人都有的长山?大哥原来是从那里来的!"真是好样的!"同样的话男人反反复复讲了好几遍,似乎优越感油然而生。"谢啦!"半藏说完,没忘了再嘴硬地回他一句:"下次再来疼你喔!"半藏感到后悔,其实不该捣男人尻穴。给女人玩或是玩女人都没关系,但因为容姿出众就给别的地方的男人跟男宠似的耍弄,那可坚决不行。半藏啐了一口,觉得自己就跟一个为了亲密的路地伙伴特意跑来卖身的戏子差不多,很是受伤。半藏恨恨地啐着口水,走上回路地的山道。

就是在那段时间,半藏右脸受了伤,脸颊都凹陷了下去,不管路地的哪个来问,他都回答说是自己拿着刀在山上走路时不小心摔倒伤着了。阿龙婆倒是觉得,半藏怕是烦自己的男人味儿才自残的。不过,刀剐的伤疤根本没达到半藏预期的效果,反而让他爽朗的笑容带上了一丝狠戾的味道,帅气的样子一如当初无懈可击,倒像是哪个迷上半藏、一心想把他窝在怀里的女人无法阻止半藏成天出去寻花问柳,干脆想要毁了他的脸,所以拿刀伤的。半藏不管走到哪里,对他一见钟情的女人总是源源不断,他也老老实实地擦着粉四处转,老老实实地应付那些女人。

阿龙婆笑话他:"半藏,你真够厉害的啊!"半藏装傻:"我去看看豆子煮好了没有,哪晓得早就煮得皮开肉烂了!"他拿手遮着裤裆:"别人那玩意儿还多半是红的或是白的,我的松茸①怎么就跟烤焦了似的……"见阿龙婆捂着嘴偷笑,又补了一句:"要是包给阿婆您的话,准保烤好,不会焦的!"这话要是别人说,就够下流的,可从半藏口里说出,所有的话儿就立刻罩上了迷人的魅力。那个时候,阿龙婆依然觉得,手掌像野兽蹄子一样裂成两半的阿弦,和气宇轩昂、光芒四射的半藏恰好是两个化身,他们生在这个世界,却又不是这世上的人,心想他们只要不被妖魔鬼怪吃掉就行了,可没有遇到妖魔鬼怪,也没有碰到天狗,半藏还是在他二十五岁最是风华正茂的时刻突然谢了幕。半藏和女人鬼混,被怨恨不已的男人从背后砍杀过来,鲜血烈焰般喷涌,半藏坚持着一直跑到路地的进口,血差不多都流干了,身体缩得几乎只有原来的一半大,那样子丑陋不堪,简直让人怀疑这哪里是曾经气宇轩昂、光芒四射的半藏。半藏留下两个年幼的孩子,咽下了最后一口气。这一天是双九,九月九号。

流出来的是中本家的血。

---

① 此处指半藏的性器。

六道[①]路口

　　路地上人人都说阿龙婆记性好,没人能比得上她,阿龙婆自己倒从来没这样想过。阿龙婆确实记得每个人的忌辰,也记得小孩子们的生日,可不像她丈夫礼如,只要写下来就万事大吉了,自打净泉寺的和尚不在了,就换成礼如三天两头去给路地人家诵经,某某这个月二号有喜事,某某的忌辰是几月几号……阿龙婆不识字,不管记性怎么样,只得记到脑子里,这也是没办法的事。有的时候,孩子的生日和忌辰脱口而出,讲得快了,会恍惚中觉得路地上所有死的活的生命都煮开了,在咕嘟咕嘟地冒着泡。阿龙婆也不掰着指头数了,在檐廊边坐了下来。路地刚刚下过雨,阳光洒到地面上,又弹射出去,挂在杂树丛里的蜘蛛网支离破碎,在风里飘摇,主人早已不知去向。望着眼前这一切,阿龙婆止不住地叹息。现在想想,那个时候其实已经到了需要人照顾的年纪,自我感觉倒还年轻,看看成天思量的都是些什么问题啊!这里刮的风儿是不是那边也照样在吹?自己接生的可爱的孩子们,他们

　　[①] "六道"指天人道、人道、畜生道、阿修罗道、饿鬼道、地狱道。在古印度婆罗门教和佛教的世界观中,人因生前善恶会轮回至不同的道。

的声音能传到对岸么？阿龙婆明明晓得，死去的那些人离自己近得很，叫一声就能听得到，可还是忍不住要问，那边有这儿这么亮吗？是不是一切都沐浴在阳光里，万物呈现出鲜明浓密的轮廓，栩栩如生，仿佛在回应这阳光？阿龙婆也想清清楚楚地确认，自己确确实实是在这边好好地活着，在自己呼吸的另一边，有许多已经逝去的人正在守望着自己。世上万物都在径自歌唱，汇成甜美乐音，只要你想听就一定能听得到，可那个时候她还不太懂这些，甚至还想发问，那乐音到底是怎样的呢？

大家都说，阿龙婆晓得路地上发生的所有事情，有时候，早先住在路地的人们会气喘吁吁地冲上窄窄的石阶，跟阿龙婆抱怨一番做生意的辛劳，再有意无意地问问，下一步自己该怎么做才好，就好像阿龙婆是个算卦的。这种时候阿龙婆必定要回上一句："我这个老糊涂的阿婆懂个啥呀！"小哥本来就只是来诉苦的，根本也不理会阿龙婆说了什么，一个劲儿地回想小时候看到的路地风景，讲从前这样，从前那样，情到深处还流下了眼泪。阿龙婆也搞不懂他到底想说什么。照她看来，从前是从前，现在是现在啊。

从前，路地的男人们想找份正经工作也找不到，身体强壮的就在山上运木头，手巧的就从路地山顶上那道门下山走到城里，再搭车跑到花街——那儿在维新之前曾是武士的高屋大宅——去修修木屐和草鞋。再要不然，就只有靠着路地莲池旁边冒出来的泉水做做皮匠活儿了。那时候男人们赌博、偷盗是家常便饭，这位小哥父母做事规矩，等他记事的时候，住的地方已经变了，父母亲在城里开了一爿干货店，带他离开了路地。小哥说，现在的路地跟自己小时候比起来变化太大了，总觉得有点没劲。阿龙婆就说他,那个时候你才多大呀,这么怀旧干吗?阿龙婆明白了,原来这小哥对路地的过去一无所知。从前阿龙婆还是小孩子的时候,路地的后山是一道分界线,把路地跟城里还有其他地方分隔开来,后山顶上有个小神社,人们都叫它"御堂",那里围了栅栏,还装了一道门。阿龙婆见他连这个都不晓得,只能从头讲起。平常天一黑,那道门就要给锁起来,路地和城里就不通了,哪怕是过年,整个新年期间①也不开门的,不准路地人进城,万一有人进去了,就会被城里人举着棍子乱赶。

光是阿龙婆听到的,路地几百年前起就这么一直跟周边地区隔绝开来,它背靠一条横亘在城中、形似巨蛇又恍如卧龙的大山,就仿佛这小小城下町②里的国中国一样。路地话跟外面不一样,阿龙婆认为路地话里还保留着几百年前的讲话习惯,传说当年路地的祖先是被主君从安艺国③或是出云国④带来的,她眼前浮现出祖先们先是乘船,再徒步跋涉,终于到达路地的情景。

路地差不多位于那条盘桓的巨蛇或者说是卧龙的腹部,伸到河里的古城堡就相当于它的头部。从前,熊野别当⑤的夫人丹鹤

---

① 指元旦到1月7号或者1月15号之间的这段时期。因为日本新年期间会在门前装饰松枝,故也将此期间称为"松之内"。

② 日本中世至近世以封建领主的城堡为中心发展起来的城市,城堡城。

③ "安艺国"为日本古国名,位于今广岛县西半部。此处的小说原文用同音假名「アキノクニ」而非汉字标注,故并不指代现实中的具体地区。

④ "出云国"为日本古国名,位于今岛根县东半部。此处的小说原文用同音假名「イズモノクニ」而非汉字标注,故并不指代现实中的具体地区。

⑤ 日本中世纪隶属神社或神宫、掌管法事的和尚被称为社僧,社僧有诸多级别,"别当"为最高级。熊野别当负责统筹管理熊野三山(本宫大社、速玉大社、那智大社),世代相袭。

公主就住在那里,源氏平氏交战①的时候,丹鹤公主起初率领水军和僧兵支持平家这一方,后来又瞄准时机转而加盟源家,屋岛合战②中她跟住在田边③的儿子湛三合伙把平家打得落花流水。赌博的阿英,还有常去外地贩牲口、最后连老婆都卖到了花街的芳树,这两个人都养军鸡,两人常像对暗号似的说:"源氏胜!"当年湛三拿两只军鸡分别做上红白记号,让它们在神灵面前对决,来占卜谁能打赢,那时他说的就是这句"源氏胜"。阿龙婆每次都很同情输掉的一方,觉得丹鹤公主不过是个恃强凌弱的精明女人罢了。

二十五岁去世的半藏属于中本家血脉,说起来直一郎也一样要算中本之后,只不过他没一样像半藏,长相也普普通通。

一想到中本家血脉,不要说阿龙婆这路地唯一的接生婆,任谁都心口发疼。是污浊的血造的孽,还是就跟有那么两三个人深信的那样,是因为他们身上流淌着贵人的血呢?在卧床不起之前,阿龙婆趁着腰腿还利索,哪怕没什么要紧事也常上路地人家串门,每当看见俊秀、标致的小伙子或是姑娘,她心里都更加坚信:对啊,是这么回事!在心中合掌感谢神佛。

中本一族里,去给西村当养子的胜一郎年纪轻轻就死掉了,胜一郎的大儿子郁男自杀,二儿子也老早就不在了,还活着的就只剩下女儿。另外,半藏、胜一郎这俩堂兄弟的祖父阿辰跟田口

---

① 源平合战史称"治承·寿永之乱",是日本平安时代末期,1180年至1185年共6年时间里,源氏和平氏两大武士家族集团之间发生的一系列争夺权力的战争的总称。

② 源平合战的关键战役之一。1185年2月,源义经的军队突袭屋岛,将占据屋岛的平氏赶到海上。

③ 自第18代熊野别当以来,熊野别当家逐渐分家为新宫家和田边家。

真江生的两个男孩子也都年纪轻轻就走了。也不清楚到底什么原因,就光阿龙婆知道的,跟阿辰血脉相通的中本家男子,一个个要么年纪轻轻就没了命,要么就跟细皮嫩肉的内宫偶人①披了身樵夫、厨子衣裳似的,虽说穿上倒也相衬,显得很帅气,可不管做什么,总感觉少了点生气。阿辰女儿家的男娃,是战争②结束后经济回暖,东京开奥运会的那一年出世的,他中学毕业后去了大阪一家寿司店做学徒,终于出师当上了寿司师傅,本来只是有些夜盲,一到晚上就看不见东西,突然大白天也看不见了,做什么手术吃什么药都没用,为了谋生只好又开始学习按摩。阿龙婆听说后,忍不住一个人默默地抹眼泪。

说到阿辰的儿子田口三好,辈分上要算半藏的叔叔了,年纪却比半藏还小十岁,二战结束才约莫十五岁,就开始混在大人堆里做黑市生意,好像还是那帮社会小青年的头儿,带着路地和周边的孩子们,把新区一处小杂院当根据地。

那个时候,三好常跟一个外地男的一道进进出出,那人颧骨老高,头上戴顶鸭舌帽。有一次,三好上了石阶跑到阿龙婆家张望一圈后,夸张地大喊:"什么都没有嘛!"接着又告诉阿龙婆:"下次我把驻军③基地那边拿来的罐头搬点来给你呵!"说着一边下石阶,牙齿缝里"切"的一声啐了口吐沫,下巴指了指站在石梯下路边上的鸭舌帽:"阿婆啊,那个人看起来像是老老实实在做黑市生

---

① 内宫偶人,是模拟日本天皇和天后装束的一对古装偶人。3月3日女儿节时摆设在偶人台的最高处,地位尊贵。
② 指第二次世界大战。
③ 指1945年8月二战结束之后进驻日本的同盟国军队,以美军为主体,盟军最高司令官总司令部(GHQ)设在东京。1952年4月起结束进驻。其间日本政府仅实行"间接统治",主要大权掌握在GHQ手中。

意，其实前不久结结实实偷了一大笔钱，还杀过人呢！"阿龙婆后来知道了，那个鸭舌帽在市中心一角开了家餐馆，没过几天又新修了一家弹珠游戏厅①，还向超市行业进军，先是在四周被河海山川环绕的城里头连开四家，接着又开到了沿海城镇的边边角角。

　　三好的话也不晓得是真是假，路地也好，整个城里也好，都流传着不少谣言，全是在诋毁那些生意兴隆的店铺，或是在城里最活跃的人，有时候谣言就跟野火星溅到了枯草上一样，突然间莫名其妙地熊熊燃烧起来。阿龙婆家夫妻俩一个是接生婆，一个是和尚，干的都是跑到人家屋里头，看得见人最隐秘的地方的营生，自然不容分说也被卷进了传言之中。不过，阿龙婆本来就不喜欢捕风捉影，没有亲眼确认的事，别说提，连听也不想听。谣言这种无凭无据、虚无缥缈的东西，阿龙婆不感兴趣，她喜欢清清楚楚的现实，轮廓分明地展现在眼前。

　　十五岁的三好比人家成年男人赚的都多，当然不光靠做黑市买卖，按他自己偶尔说漏嘴的，就是雇了几个还没成年的小混混，让他们到河对岸的井田②、阿田和③去偷东西，要是给人抓住了干脆就当场翻下脸，三好他们再把这些连偷带抢来的东西拿火车运到胜浦④去卖掉。战争结束过了一年，那些被召集到南方的预备兵陆陆续续复员返乡，就在路地后山的半山腰上搭起了小屋，过不多久，一群靠他们帮忙从花街里脱身的女人，大白天的就穿着

---

①　弹珠游戏是日本常见的一种赌博游戏，利用弹簧将小钢球弹射入箱型的游戏机中，可获得各种奖品，类似于老虎机。
②　位于三重县南牟娄郡纪宝町。
③　位于三重县南牟娄郡御浜町。
④　位于日本和歌山县东南部东牟娄郡那智胜浦町，以温泉和远洋渔业闻名。

花里胡哨的廉价里衣①陪男人们喝起酒来。这些衣服拿出去怕是一升②米也换不回来，不过那个闹腾劲儿实在够呛，大概是玩起了赌博，男人们骂骂咧咧的声音连路地都能听得到。到了没人不皱眉头的时候，三好这些小混混的黑市交易，还有把河那边收来的东西拿到胜浦和太地③卖的生意，不知不觉都被这帮男人抢走了。也不晓得从什么时候起，三好成了新区的常客，就是路地边上开了一排小酒馆的大杂院那一带，他第一次尝到非洛芷④的味道也是在那里，当时人们拿非洛芷当家常便饭，个个都吃，还有注射的。三好开始跟他手下的小年轻一样，也不是什么地头蛇，可大白天的就脚蹬着不知道从哪儿买来的新鞋，一身白西装，站在舞厅和台球场附近晃悠，像在瞄着有没有什么猎物。

　　台球场在新开发区的角边上，也是后来新修的。战后不久发生了地震，之后又动不动有人放火，城下町就跟彻底革过命一样烧个精光，路地背靠的那座山对面的浮岛花街一带，还有新区原先的杂院也都烧得一干二净，新台球场就是这个时候开始修建的。大约是跟那些驻日美国兵学的，台球场挂着英文招牌，门楼砌得老高，年轻人喜欢尝新鲜，那样式估计对他们的胃口吧，所以三好不管什么时候去，总有两三个人在门口晃悠。不过，要是看

---

① 和服里穿的打底的里衣。
② 日本曾使用过的传统度量衡制"尺贯法"的容积单位，一升为一斗的十分之一，约为1.8公升。
③ 位于日本和歌山县南部东牟娄郡太地町，濒临太平洋。自江户时代以来就是熊野滩捕鲸的中心地。
④ Philopon（ヒロポン），甲基安非他明在日本的商标名，现多称为"冰毒"。用药后会致精神兴奋，可抵御疲劳；不当使用会引发幻觉等中毒症状。二战期间日本常在军队和工厂里使用，战后蔓延到一般民众。

到礼如路过，三好必定都要问一声："这是要去哪儿呢？"许是觉得稀奇。刚开始，礼如总是一本正经地回答十七八岁、还带着一点儿稚气的三好：山垄那边谁谁家有了喜事，浮岛边上那家战死亲人的遗骨运回来了……结果第二次、第三次三好还是问着同样的问题：要去哪儿呢？念经干吗呢？礼如给他问得莫名其妙，干脆想装作没听见一走了之，没想到三好又开口了："今天是去哪里送葬呢？"接着说，"葬礼还总是这么多啊！"

礼如发育晚，个子不太高，他停下脚步，望着跟自己差不多高的三好，想教训教训这个靠卖非洛芁花天酒地的小子。刚开口叫了一声"三好啊！"，三好旁边的那帮年轻人就一脸鄙夷地嘲笑起礼如："礼如这样子真好啊！拿了葬礼馒头①就够吃一天了吧！"

三好心里清楚，礼如肯定憋着一肚子气，也就不吱声了，三好的朋友三道和芳树还在嘲弄："叔啊，老吃葬礼馒头的话，肚子可是要发胀的，动都动不了啦！"礼如脸涨得通红，一肚子话嗫嚅着不知怎么开口，最后终于憋不住说了句："你们这群眼里没神佛的！"说着沿原路折回了头。三好见礼如身披袈裟回头往路地方向走，知道自己干了坏事，心里头却不由自主地想起那句"肥蜈蚣，快啊快！"②，路地的小年轻和大老爷们提到礼如时，每次都要拿念经的调子嚷嚷这话来笑话他。再看看眼前的礼如又恰好一副配合的样子，一步一步摇晃着自己瘦小的身躯往前赶，三好不由得暗自发笑。三好望着礼如的身影消失在路地那座杉树皮屋

---

① 葬礼时提供的馒头，用来招待出席的客人。日本佛教认为，香甜的馒头象征着已逝之人珍贵的财产，将它分发给众人意味着洗清逝者的罪恶，践行慈悲，祈愿逝者成佛。

② 原文为"ムカデムチムチクイッククイック"，听起来像在念经。

顶房子的拐角,想到路地的年轻人个个都是那对面的阿龙婆接生出来的,最后也都个个要给蜷起来塞到那对面搁在土房的棺材里,由礼如来诵经超度,就觉得"肥蜈蚣快啊快"实在可笑得要命。

三好招呼靠着墙头的三道,让他到海边田中家的斗鸡场去看看。车站对面就是海滩,海滩上一排排房子都是木材加工厂,三好盘算,兴许能在那边撞上那个颧骨凸得老高的叫桑原的男的呢,还有直一郎,前不久还跟他俩一起做事儿来着,说不定能分到点活儿干干。

那些事三好本人并没有参与。起初那个自称桑原的男的只是时不时在黑市里给三好点好处,那时刚从外地跑来做生意的新面孔看三好年纪小就逼他挪地方,桑原就会找些小地痞来,替三好把那些家伙赶走。刚开始,三好也就是给桑原包养的陪酒女或旁的情妇送点小东西表表心意,渐渐地,桑原约莫了解了三好麻利机灵,嘴巴又严实,就说要带他去个好地方,把三好带到了新区"一寸亭"的二楼。一寸亭乍一看跟普通居酒屋没什么两样,进屋后桑原坐到一把圆椅子上,不慌不忙取下鸭舌帽,老板闻声从里屋出来,桑原就问:"兰子在吗?"老板点点头,桑原接着说:"想让她来给这小哥破童贞呐!"三好有种给当成傻子的感觉,赶紧强调:女人嘛,自己都玩过好几个了!桑原便安抚似的往他杯子里斟酒:"行啦,行啦!"

桑原问:"小哥,看到那边那面墙了?"

三好回过头瞟了一眼,见这间廉价的简易房墙上钉了块板儿,上面贴了墙纸,就问:"怎么的呢?"桑原冲老板点点头,使了个眼色,站起来"砰砰"轻轻敲了两下墙。原来那面墙是一扇暗门,打开便能从房里走到厨房和后门口。

"这个你想用就随时用。到现在还没人被警察追捕过,好不容易造起来也是浪费。你要想到外边去,出了后门就是一片竹林,一直通到山边;要是想藏在二楼,厨房旁边就有梯子,从那儿上下就行。"

三好不晓得在那里到底喝了多少酒,只记得后来给那个叫兰子的女孩带进了浴室,说是要帮他醒醒酒。兰子一张娃娃脸,看上去和三好差不了几岁,等他回过神来,已经赤条条地搂着兰子睡着了。三好把伸到女人肚子上的手缓缓滑到胸部,女人的皮肤好像有黏性,吸住三好的指腹,三好舒服地张开手指按住女人乳房,捏紧她的乳头,女人这才醒过来,蹙着眉喊"好疼!"。三好松了手,女人却把手伸到三好的股间,摸索着终于抓到目标,三好手指摩挲着女人的乳头,在她耳边说:"你啊,昨天正兴头上的时候睡着了!"这女人确实比三好之前经历过的任何一个女人都要高明得多,对着只晓得使劲猛攻的三好,女人放开嗓子满足地叫好,夸他已经是个男子汉了,一边自己时紧时松地包纳,三好还只爬到半山腰,女人就浑身颤抖地登了顶,只余低声喘息的力气,三好接着动作下去,女人就又发出快活的呻吟。

三好给女人牵着带进了浴室,穿上衣服回到二楼,见桑原一个人坐在屋里喝酒,面前摆的是一升的大酒瓶。三好觉得什么都给桑原看见了,难为情得很,就借口说路地的朋友家里有点事,正准备离开,桑原开口说,有点生意上的事想谈谈。桑原说,尾吕志[①]靠山里那边,有一户以前做过郡长的有钱人家,要是从前家里

---

① 位于三重县南牟娄郡御浜町,临近熊野滩。

肯定雇着不少男仆女佣，现在世道变了，应该就只有他们夫妻两个住在那里。桑原提出来，这家钱藏在哪里、值钱的东西放在哪里，他都清楚，问三好能不能跟他一起去弄点回来。

三好也偷惯了东西，一口答应下来，转而又有些疑惑，桑原怎么知道这家人有钱呢？便问他是不是以前就住在尾吕志，桑原说自己是在尾鹫①出生的，记事以后就一直在朝鲜、"满洲"②一带跑来跑去，战争结束了才回到这里。

桑原告诉三好：去尾吕志的时机成熟了，我会来叫你，在那之前，你不妨先做好心理准备，保证到时候说走就能走。两人就这样分了手。

大约过了一个月，桑原来喊三好，直一郎也一道来了。三好纳闷地跟着他们从市里出发过了河，才发现桑原带去干活的地方根本不是上次讲的尾吕志，而是河对岸鹈殿③的一户人家。直一郎还是平时路地上看到的老样子，可等他按桑原的指引到了门口，一下子敏捷得跟干了十多年的惯偷一样，悄无声息地跃过围墙，把后门口的栅栏卸下几段，腾出一条进房间的路来，接着依桑原的指示取下挂轴，从博物架上拿起金杯子，又去把熟睡的夫妇身边搁的保险箱打开。桑原让直一郎先别去管保险箱，把衣橱再整个仔细搜查一遍。直一郎果真从衣服下面找到了叠起来的证

---

① 位于三重县南部的市，临熊野滩，位于大台原山山麓，日本著名的多雨地带。

② 指被日本帝国主义强占时期的中国东北地区。二战期间，日本帝国主义强占中国东北三省，扶持起傀儡政权"伪满洲国"，国内及国际社会对伪满政权均不予承认。

③ 位于三重县南牟娄郡纪宝町，临熊野滩。主要产业为木材加工业和造纸业。

书样的东西,虽然不晓得到底是做什么用的。桑原让三好一样样拿出来,自己擦着火柴一一看过,再从领口塞进衬衫里头。桑原告诉他俩,保险箱最后要还是打不开,就两人一起把它抬出来。

直一郎和三好两人抬着保险箱出了门,保险箱不大,可沉得要命,抬着没法翻墙,两人一起数着数准备扔到围墙外面,没想到轰隆一声砸到了墙上。两人慌慌忙忙重新抬起来,举过头顶终于扔了过去,正准备人也跟着翻墙过去,突然屋里传来尖叫声,原来屋子里的人被撞击声惊醒了,一个男人高喊:"站住!"两人赶紧跳下围墙,飞奔到鹈殿河边,坐进了桑原预先留在河流尽头的一条小船。三人估计也不会有人聪明到能追到这边,就在船里躺了下来,盖上草席等天亮。望着水中荡漾的明月,三好不禁感叹,偷东西实在是比做什么都有意思,要能把保险柜打开,就拿着干这么有意思的活儿赚来的这笔钱好好玩女人……三好对直一郎感叹:"阿哥,女人可真是好东西啊!"听了三好的话,桑原转过来对直一郎说:"哪里比得上老婆呢,对吧?"直一郎附和道:"那是啊!"直一郎看起来毫不起眼,老实巴交,但也因此让人捉摸不透,他说玩女人还不如让自己老婆过好日子,让她吃好喝好,他的想法三好倒是能理解;可包养了好几个女人的桑原也这么说,反倒让三好觉得是在搪塞自己。

就在鹈殿被盗不久,桑原上次说的那户人家也遭了贼,就是住在尾吕志里头、做过郡长的那户富人家,所有值钱的东西被偷得一干二净,家里人发现进贼后大喊大叫,结果被小偷拿刀对着,精通剑术的房主也被杀死了。听到这个消息,三好估计是桑原和直一郎合伙,去鹈殿那家偷完不久就接着干了这起。果不其然,直一郎和桑原两个不知去向,街上连个影子都见不到。

一般人只见过直一郎老实的一面，肯定会以为哪怕他真的入伙做了贼，也不可能干出杀人这么无法无天的事，但三好跟他联手偷过东西，清楚直一郎这个人胆大包天，路地上哪个都没他厉害。

桑原和直一郎跑了，三好心里也理解，可还是忐忑不安，惦记着两人去哪里打开了那个保险柜，自己应得的那份子怎么个下落。他跑到路地山边上的竹田家斗鸡场打探，海边田中家的斗鸡场也都去了，两人还是杳无踪影。三道和吉次愿意跟着三好当小跟班，是因为跳舞、打台球都有三好这个大哥负责帮他们付账。三好指望的那份钱没捞到，社会又渐渐安定下来，差不多恢复到了战前的状态，三好连把劈柴刀也不会拿，镰刀也不晓得怎么使，现如今也只得跑到山里干活，要么就只有去运木材。

三好的心思阿龙婆再清楚不过，晓得他日子实在过不下去了。三好套着一身白西装，大白天的就旁若无人地卷起袖子在台球场前面打非洛芃，就跟故意想煽动那帮小年轻似的。阿龙婆看着三好低着头、上翻着眼睛对着台球场的玻璃窗照照自己的大背头，再从西装口袋里掏出梳子，一手按着头发一手往后梳。在阿龙婆眼里，哪怕有五个年轻人同时穿着时下流行的白西装，里头也只有三好一个人得体好看、闪闪发光，多半因为他的皮肤下流淌的是正宗的中本家血液吧？那皮肤白白嫩嫩，让人觉得要是切开了也一定好吃得很，就跟香气扑鼻的甜点受了潮变得软塌塌一个样。看三好这副样子，阿龙婆常想说他几句，不能总还是跟小孩子一样，分不清别人的东西和自己的东西，现在时代也变了，不能再说什么偷东西有意思了。不过，每次话到嘴边，阿龙婆想想流着中本一族血液的礼如也都那个样儿，看来中本族人天生就不适合干那些需要耐心的活儿，说了也是白说，也就作罢了。路地上也有两三个人讲过类似的话，说中本家保不准就是那些败将们的后代呢，就因为丹鹤公主那帮人增援，在眼跟前修城筑楼，结果屋岛合战里才给源氏打败了。虽然是在这路地里头，但中本家的血也跟那些昼夜歌舞升平过来的人家一个样，混混沌沌的，不太会去考虑怎么靠劳动糊口，就跟这世界上不会有人来争来抢一样，他们肚子里就没那股劲儿，干什么都是半吊子，就算没米下锅，还是净想着花天酒地，沉醉在女人的脂粉味里。不过，想是这么想，阿龙婆也明白，中本族人也不是因为这样就必定死得早或病歪歪的。七代或者十代之前，中本族里头出了遭天谴的，把怀了孕的野兽的肚子搞破了，或者不当心把路边讨水喝的人冷冰冰地赶跑了，没注意到原来那是释迦牟尼佛的化身，结果遭了报应——这样讲是不是好理解些？可就算这样，也还是没法挡住眼前这么一个年轻人逐渐走向死亡的步伐，就因为他身上流淌着这因瘀滞反而十分澄净的血液。

的的确确，阿龙婆跟世上为人父母的一样，没有道德上的要求，什么不能偷别人东西啦、不能杀人、不能伤人啦……阿龙婆总是想，做什么都行，只要人好好的就可以了。跟礼如一起过到今天，她发现，效奉佛法的路子就是接受一切，所以看着三好东西也不吃，骨瘦如柴了还要往身上打针，再小心翼翼地把从血管倒流到针管里的血按回去的样子，阿龙婆也不去跟他讲什么身体发肤受之父母，不能往身体里打针，血管里只能装血，不该装其他乱七八糟的东西之类的话。

阿龙婆觉得三好和半藏一样，与在这世上活了这么久的她不同，是从另一个世界过来暂且混迹在这个世界的人群当中的，用三好自己的话说,在针尖推进身体那一刹那,还以为进了极乐天堂。不过,看着三好越来越消瘦、邋遢,就跟白西装染了污渍一般,阿龙婆还是觉得可怜,不晓得他是怎么过日子的。有一次,阿龙婆在山坡上叫住了路过山下的三好。

"干吗呀?"三好一脸不耐烦地走上坡,站在阿龙婆家门前问道。阿龙婆让他在檐廊坐坐,三好嘴里说着,你是想让我这大热天的坐在这儿晒太阳吗,还是在檐廊坐下了,估计他知道是阿龙婆给自己接的生,心有灵犀吧,咕噜咕噜一口气喝干了阿龙婆端来的凉茶,连说好喝。阿龙婆侧面望过去,见三好比前些日子又明显更有男人味,甚至露出了一点沧桑感,于是问:"你今年多大啦?"三好回答说十九了。

"都已经过去九年啦!"听见阿龙婆嘀咕,三好反问:"你说什么呢?"问完又恍然大悟似的"哦"了一声,含混不清地自言自语:"幸亏死得早……"可能抹的发蜡质量不行,每次头发掉到额头上,三好就从白色的法兰绒衬衫口袋里拿出梳子往上梳梳齐,忽然,他惊恐万状地盯着阿龙婆的脸,仿佛看到了什么可怕的东西:"阿婆啊,我跟伙计们好久没去偷东西了,前几天去,结果被狗追得到处那个跑哦……"说着咧着嘴直笑。

"你别再打非洛芃了!"

"没有没有,现在我自己不打,是要卖给别人。"三好说完,捋起衬衫袖子,露出手腕,阿龙婆瞥见三好胳膊上的刺青,不禁问:"这是怎么了?"三好像是被人窥去了秘密,蹙起眉头嘟囔:"已经快两年了……"接着脱下衬衫,说给你看看吧。整个后背满满地刺了一幅画,妖艳的牡丹花丛中,一条龙腾空而起。阿龙婆哪有心思欣赏刺青有多棒,只是心疼三好,文的时候忍了多大痛啊!

她在心里祈祷，但愿这刺青能变成守护三好生命的守护神。"自从文了这个，基本上就没碰上啥好玩的事……"听了三好的话，阿龙婆忽然产生了错觉，还以为是半藏在背上刺了青，跟三好一起重生了。"感觉怎么样？"阿龙婆伸出手，轻轻抚摸牡丹花瓣，仿佛在探究墨汁的深浅，三好几乎没有脂肪的皮肤绷得紧紧的，上面青色的牡丹花分外妖艳。阿龙婆想，只是因为十九年来的人生索然无趣才在后背刺了青的三好，论相貌比半藏差了不止一点点，但他要是讲究起仪表来，肯定也跟半藏一样，让女人放不了手吧！三好只不过没半藏那么在意男女之事，哪怕女人主动投怀送抱，还是照样在外边跑，像是觉得跟那些偷盗的、赌博的、贩牲口的、地痞流氓什么的混在一起更有意思。阿龙婆寻思，这多半因为两个人成长环境不一样，半藏就跟被父母抛弃的孤儿差不多，从小就寄养在别人家，也不晓得怎么跟同龄的小伙伴们一起玩，只懂男女之事，而三好父母双全，就是路地长大的一个普通孩子。

　　三好已经十九岁，他清楚阿龙婆在担心什么，可他本人对自己身为中本一脉的后裔倒并不怎么在意。说起来，中本家男人确实早逝的多，可就算纠结于此也改变不了什么，而且三好心里对中本一族本来就有些说不清的反感。说是反感，其实也不过是年轻气盛的三好在别人说起他父亲姓中本时，想起自己随母亲姓田口，隐隐有些不快罢了。比起这个，三好更担心的是日子突然间安静下来，不管是去舞厅还是去台球场，熟悉的面孔一天比一天少，大白天能跟自己一道转悠的就只剩下小混混安田，还有路地的三道和吉次了。那个叫阿铁的男的，以前把在火车站诓到的女人卖去做妓女，还诱骗尾鹫花街里的女人跑出来，再把她卖掉，每次他都要带着三好去找卖身的女人寻欢作乐一番，就连这个阿铁也不晓得叫什么风给刮的,现在竟然跑到山里的工地去干土方活了。

实在无聊透顶,有一天,小混混安田要到离胜浦不远的天满办事,三好为了打发时间也跟着一块儿去了,他在天满的海滩上瞎转悠,等着安田回来。这时有个女人过来搭讪,说自己从大阪跑到胜浦的温泉来做事,不凑巧原先指望的旅店停业不招人了,准备去别的店问问,看招不招女佣、女招待,可心里边总乐观不起来,就跑到海滩上散散心,这么碰到了三好。女人问三好,愿不愿意陪自己一道去旅店,三好一口答应下来,他明知安田不到一小时就能办完事回来,还是跟女人一道去了胜浦,去两家海边的温泉旅馆打听,结果都给回绝了,说是现在生意不好,没什么客人。天色渐晚,三好身上带的钱也不够两人住旅馆的,没办法只好带着女人又回到了天满。三好让女人在海滩那边等着,自己跑到安田办事的地方一问,才晓得安田本打算跟三好到胜浦找艺妓热闹热闹的,久等三好不来,只好作罢,自己跑去喝酒了。三好找到他的时候,安田给一群小混混围在当中,已经喝得满脸通红。

三好小声跟安田解释了原委,安田当着天满那帮小混混的面,阔气地从皮夹里拿出十张崭新的钞票塞进三好口袋,小混混们不解地问:"干吗呢?"安田和盘托出:"他在海滩那边泡了个女人,想跟她睡觉呢!"一个比十九岁的三好要大好多的小混混说:"哥哥们长得帅,要泡多少女人都泡得到吧!"

三好见这群小混混特地给新宫过来的安田设了酒宴接风,自己也不能扫了兴,接过安田递过来的酒杯一口干了,这才站起来对安田说:"我去睡了她来呵!"安田跟赶狗似的拍了下三好屁股:"哦,去吧去吧!"三好赶紧奔出了门,他记不清等在沙滩上的女人长什么模样了，却能活灵活现地想象出她陶醉的神情，不由得血脉偾张，忍不住在暗夜里一路飞奔到沙滩上，明明带来的钱够住好几个晚上的旅馆，还是迫不及待地在沙滩上就地抱起女人。

三好跟女人就这么在天满的海滩上待了一夜，等天一亮，两人赶鱼贩子们搭的最早一班火车回了新宫。三好打算就按阿铁和安田他们以前教他的，先把女人带到朋友家玩上一通，再卖到花街去。三道家可以瞒着家里人从偏门进出，三好就带着女人去找三道，没想到他家一个人也没有，两人没办法，只好跑到路地三岔路拐角上的青年会馆，正要拉开后门，女人小声提醒："有人盯着我们呢！"三好咂咂嘴，心想干脆找个用不着担惊受怕、能可着劲儿抱女人的地方算了，于是带女人去了新区的一寸亭，转到旅馆背面，打开逃生用的木头后门上了二楼。三好怕吵醒还在熟睡的店老板、住店的客人和女人们，蹑手蹑脚地找空房间，这时老板起来了，三好按他指的进了最里头一个房间，整个楼里只有这一间带木头门。朝霞顺着窗口照射进来，三好也不理会，对着女人炫耀般脱光了身子。晨曦中，三好背上巨大的刺青闪现出来，一条蛟龙从牡丹丛中腾空而起。女人仿佛一下子失去了力气，任三好一手支在榻榻米上，一手剥她的衣服，女人双手捧起三好硬邦邦的男根包进口中，三好一挺腰，女人便发出喉咙底被堵住的呜咽，眼里甚至涌出了薄薄的泪水。女人闭上双眼，继续舔抚三好，三好觉得她的舌头蛇一样蠕动，乳头在日光下长出了金色的绒毛，实在忍耐不住了，扳过女人的头，想将自己的嘴唇贴在女人唇上。女人使劲咽了口唾沫。女人的阴毛被阳光映照成金黄色，好像里面只够勉强塞进一根指头，可等它一收紧，三好便把跟石块一样硬得连他自己都吃惊的男根对准了那里。三好翻卷舌头，吮吸着女人桃色的乳头，手指在女阴上宛如燃烧的金色阴毛上打卷，接着无师自通地抱起女人的腰，伸出右手，对准大大张开的双腿中间，轻轻试探。三好下定决心，哪怕女人痛得大叫，自己也绝不后退，深入到女人怎么动都不会掉出来的位置，然后抬起腰，按住女人的腰和屁股。女人似乎因三好的温柔变得兴奋起来，寻觅着三好的嘴唇，可三好的脸正埋在女人的乳间，随腰部的扭动或轻或重地吸吮着女人的乳头，女人知道够不着，便使劲吮吸三好的肩膀，咬他的肉。

三好想慢慢地享受这一切。他耐心地把女阴上细小的褶皱一个个抹平打开，就跟展开叠得皱巴巴的千代纸①一样，眼见着一开始那么小小的女阴充了血鼓胀开来，把石块一样的男根整个放进去也还是不够，撒娇般贪得无厌地希求着冲撞，希求着硬物粗暴的插入，等到硬物塞满，女人的身体又直向后躲，仿佛忍耐着痛苦一般忍着快乐，三好的进攻更加激烈，女人终于无力地终结了。

女人皮肤桃红，跟发烧的孩子一般。

女人凝神望着熟睡的三好，轻轻摸摸他的眼睑，碰碰他的嘴唇，三好睡梦中翻了个身，背向女人，女人似乎不想去看他背上的刺青，立刻从背后紧紧抱住三好，将脸贴住他的脖颈，自言自语："就算你是个流氓我也不在乎了……"

三好醒来已是午后，他穿好衣裳，带着女人出了门，琢磨着能带着女人去哪里。带回路地自己家，想想也够麻烦的，可要是托付给安田，那肯定就跟前面好几个女人一样，最后给卖到花街去。

---

① 千代纸，日本的彩印工艺纸，起源于京都，十分昂贵，用途多样，可作装饰。日本人对千代纸有一种怀旧情愫，常借千代纸上的图文抒发情思。

思来想去,三好又悄悄回到了一寸亭,拜托店老板,能不能把女人收留下来,做个女佣人。店老板提醒三好:"行倒是行,就是偶尔要去接客,陪个睡。"三好心想,这总比卖到花街强,就点点头同意了。

　　车站前面一连开了三家弹子房,后来闹市区正中心又新开了一家,三好就是这个时候在田中家的斗鸡场遇到直一郎的,直一郎起先装作不认识三好,即使撞上三好的视线,也一副不认识他的表情,径自把钱递给满场子喊"下注啦!下注啦!"的田中家老爷子,再在赌账上写下名字和金额,以为这样三好就不会注意他了。三好大声喊"阿哥!",试图穿过人群走到近旁,这时铜锣声响起,两只军鸡被放到围着草席的斗鸡台上,"冲啊! 冲啊!"的叫好声从四面八方涌来,正热闹的时候,直一郎猫着身子,悄无声息地离开了斗鸡台,打算往女人们搭了台子卖烤玉米和烤年糕的地方走。

　　"阿哥!"三好喊道。可能意识到实在躲不过去了,直一郎停下脚步,面无表情地盯着三好;三好追上来,问:"你跑哪里去了啊?"

　　直一郎没有理会,似乎想躲开三好的视线,从胸前的口袋里掏出钱买了块年糕,接过找的零头。"这一年我可一直在找你们啊! 阿哥们都去哪里了呢?"直一郎还是不搭腔,只是盯着三好的脸,像啃薄饼似的吃着刚烤好的年糕。看直一郎吃得那么香,三好也买了四块装进袋子,跟大部分顾客一样没收找零。直一郎不知想到什么,小声嘟囔着"走吧",迈开步子,三好紧跟了过去。这年糕的粉和得稀,吃起来软软的、热乎乎的,三好简直佩服直一郎,怎么吃得这么香,跟小孩子一样。三好肩并肩跟着直一郎,边吃年糕边自言自语似的说:"从那以后,不管是去舞厅还是去台球场,都没有一个认识的人了,跳吉特巴①还蛮有意思的,但也没有熟人,也没人一道出去玩……"两人从田中斗鸡场一直走到开阔的山边,直一郎这才停下脚步,主动开口:"我一直都在工地上来着……"工地在十津川②的玉置山再往吉野③方向去的路上,直一郎说他在那里待了将近一年,攒了点钱,这才下山来的。

"阿哥,那个保险箱打开了吗?"

"保险箱?"直一郎装糊涂,等三好又说了一遍"就是那个保险箱啊!",才恍然大悟似的"噢"了一声,点点头说是有这么回事,上次闯到鹈殿那家有钱人屋里,结果打不开锁,就把沉甸甸的保险箱整个儿偷出来了。"哎呀!"直一郎又装起傻,说是早把保险箱的事忘得干干净净了,记得当时好像是桑原一个人放手边带走的,应该已经打开了,自己也没去问里面到底装的啥,也没拿到自己那份钱。

看直一郎一直这么装傻,三好明白再怎么问他也不会道出实情的,要想拿到上次自己那份钱,还是得去找桑原才行,也就不吱声了。可是,三好站在山上阳光灿烂的草丛里,又觉得自己当初不是图钱才偷东西的,纯粹是为了好玩,正好眼面前直一郎又飘回来了,三好就约他,再合伙干点活怎么样。直一郎终于放声大

---

① 吉特巴舞,又名水兵舞,是起源于美国西部的一种牛仔舞,舞者随着爵士音乐快步舞蹈,跳起来类似在军舰上站不稳摇摇晃晃的感觉,有一种幽默诙谐的味道。最早是两位男士对跳,现发展成男女对跳的一种舞蹈。

② 位于奈良县南部吉野郡十津川村,地处十津川流域,林业为其主要产业。

③ 位于奈良县南部,纪伊山地中北部吉野郡一带地区的总称。中心区自古为发达的市场街,赏樱胜地,平安时代初期开始成为日本修验道修行的根据地。多南朝古迹。

笑起来,把三好呛得老远:"三好啊,现在做事哪儿有那么容易!"

碰见了直一郎,三好推测桑原肯定也回来了,于是跑到他有可能出没的饭馆、小酒吧,拜托老板娘们,要是看到桑原就告诉自己一声。三好自以为布置得天衣无缝,结果再怎么等还是不见桑原现身,渐渐不耐烦起来,于是去找安田谈心。安田加入的团伙最近势力大涨,手都伸到了温泉那边,安田也跟着威风起来。三好招呼打在前头,说这是老早以前的秘密了,自己跟一个叫桑原的男人合伙瞄了好几家,一起跑到人家屋里把值钱的东西、文契,还有保险箱都搬了出来,可桑原现在不见人影,恐怕是想独吞那些钱财。安田告诉三好,那种男人没个一两年是不会回来的,倒不如把直一郎好好收拾一通,逼他供出桑原的下落。

三好清楚路地的年轻人嘴巴都紧得很,打直一郎一顿也问不出什么,干脆死了心,天天就泡在住一寸亭的女人那里。有一天,三好还在睡着觉,安田跑进来到枕头边上告诉他,自己根本还没下手呢,直一郎就坦白了桑原的下落,说是桑原老早就回新宫了,他当初打算偷东西,就不是冲金银财宝去的,而是想要林场主的文契,要变现得好多年以后了。安田告诉三好,就连直一郎自己都没拿到钱,也让桑原给骗了,劝三好还是算了。

三好心想,尾吕志山里头那家到底怎么回事呢?话说回来,毕竟不是自己亲眼所见,也没什么证据。安田盯着把头埋在被窝里的女人,眯眯笑着出了门。三好默不作声地望着这一切。

安田一走,女人说是给吵醒了,把三好的手拽到自己的乳房上。三好用手给予回应,女人又忍受不住,蹬开被子,嘴唇贴在三好胸口缓缓下滑。三好明白自己瘫软在女人手里的物件吸了热开始一点点变硬,正无所适从地挺立在昏暗的光线当中,尽管这样,十九岁的他还是觉得活在这世上没什么意思,肚子边上忽的泄了劲。女人唇舌之间发出的声音让三好好不容易回过神来,他觉得自己好像只剩回应女人的能耐,偷东西的时候那种整个人浮在半空的感觉,大白天一针非洛芤打下去,霎时间你是你、我是我,一切秩序分明的感觉,都不过是幻觉而已。

三好去阿龙婆家拜访,是意识到自己上了桑原当后没多久的事。三好也不晓得心里是怎么想的,在一个微凉的清秋早晨,一路跑着上了山。阿龙婆和礼如两人做完早课,正沉浸在回忆里,谈论他们年轻的时候去世的一个女人,三好打招呼:"阿婆!"见两人都没精打采的,又说了句:"怎么回事啊,一大早就一脸闷闷不乐的!"

礼如平日里被路地的年轻人嘲笑耍弄惯了,外人眼里可能看不出来,实际上估计是生气了,脸色一沉,嘟囔道:"一大早诵经有什么不对啊!"阿龙婆想,要不去打圆场,礼如弄不好要让三好滚蛋呢,便反过来开三好的玩笑:"今天什么风儿把你给吹来啦!"

三好在檐廊边坐下,好像没注意到阿龙婆的戏谑:"我打算到三道和吉次干活的那个工地去,已经跑三道家打听了包工头家住哪里,在想是不是今天就去呢。"说着眯起一只眼朝阿龙婆眨了眨:"偷东西啦,打非洛芤、到处卖非洛芤啦,这些我都干够了!现在我只想带着女人踏踏实实过日子……"

"你们这些人哪,也就光晓得想想!"听礼如的口气,气儿还没消。

三好听了似乎有些意外,撅起嘴望向礼如,眼底深处刹那间闪过一道火光:"光想想也没什么大不了的吧……"火花从眼底弥漫开来,渐渐消失,三好仿佛突然间失去了气力:"我也想跟礼如一样当个和尚,一天到晚只管念经就行了……"说完不知想到什么,忽然笑了:"哎,阿婆,要是我的话,到了人家家里,嘴里一边念经,脑子里肯定还在惦记着晚上怎么混进门偷东西,要把房子的图纸画出来呢!"

"礼如也画了好几张图纸的!"

听到阿龙婆这么说,三好眼底的火光又亮了起来:"真的啊?"发现阿龙婆在笑,三好生气地往石阶前的杂树丛使劲吐了口唾沫:"画了干啥呢!"阿龙婆知道再这么捉弄三好,非得挨礼如骂不可,便闭口不吱声了,可她心里痒痒的直想告诉三好,跑到人家屋里头偷东西也不是什么难事,只不过没有必要那样做,所以才不去干的,她还想对三好说,反正浮生若梦,一个人再怎么以为自己自由自在,也还是逃不出菩萨的手掌心,既然这样,那就无所谓靠什么过日子了。在阿龙婆眼里,三好刚才使劲吐出去的唾沫黏在杂木林的叶子上,就跟白棉花般的虫卵黏在蜘蛛网上一样,随风飘摇,真真切切,却又不过是刹那间的梦幻而已。

对阿龙婆来说,山边上的这片路地是自己出生、跟礼如一起生生不息过到了今天的地方,可在黄昏绽放、日出凋零的夏芙蓉眼里,岂不就是一场梦?三好大概觉着无法向阿龙婆表达自己的心情,于是招呼也不打,起身径直从檐廊跑下山,消失在路地的拐角。

三好后来好像真去了大山里的工地,路地上、台球场里,都见不到他的人影。那一年路地上陆陆续续有不少孩子出世,这可是往年没有过的事。阿龙婆年纪大了,又担心难产的时候力不从心,就托住在坡子下头的光造老婆阿里给自己打下手,顺顺利利接生了五个娃娃。

婴儿跟虫子自然绝对不一样，生命却仿佛水洼里飞出的孑孓，不用经过任何夸张的手续，就接连不断地孕育出来，降生到散发着香甜气息、恍如白色夏芙蓉的一场梦般的路地。阿龙婆每每看到那些挥舞着小胳膊小腿哭喊的婴儿被食不果腹的父母亲带到这世上，才刚瞥见瞬间的光明，转瞬又归于无尽的黑暗，都觉得他们是尊贵的小菩萨的化身，阿龙婆想合掌祈祷，感恩那些虫子一般涌现的宝贵生命。

阿龙婆明白，生命易逝，浮梦终醒，她也听礼如的话，对逝去的人心怀敬畏，这一点从来不曾改变；不过阿龙婆也常常觉得，自己似乎已经活过了一万年、一亿年，她想象路地上的人生生不息，犹如决堤的洪水散落到地球上，在朝鲜、中国、美国、巴西不断增多。这事儿是藤一郎对阿龙婆讲的，他托关系带着两个孩子移民到了巴西的圣保罗。每当想到圣保罗这么一个走到哪里都望不见山的城市里也同样浮生若梦，涌动着无限增殖的生命，阿龙婆就觉得有股巨大的力量在拯救自己，心情也随之平静下来。

一切都在阿龙婆的视线当中，抬眼就能望见那些面孔，他们就跟藤一郎在圣保罗一样，在遥远的从前，不知道从哪里来到山边，定居下来，他们的人数或增或减，如同波浪般起起伏伏，眼见着范围越来越广，蔓延到了圣地亚哥、圣保罗、布宜诺斯艾利斯……阿龙婆只是这么一直守在旁边，望着孑孓般涌现的生命撕开人的肚子，闯进这虚幻的尘世之梦，就仿佛自己已被那些新生命的神圣光辉灼瞎了眼球，耳朵也听不见，声音也堵在了喉咙口，于是更加依赖佛圣，祈求慈悲。

消逝的在消逝，增长的在不断增长，如果这就是佛祖的慈悲，那么中本一族的男人大多早逝，中本血脉正以一种常人看不见的缓慢速度走向灭绝，势必也是笼罩这世界的巨物的慈悲，但每当想到那些小佛陀怎么一生下来身体里就流淌着消亡的血，纵然无可奈何，依旧无比悲哀。即便是屋岛合战里那些葬身海底的贵族子弟，也晓得敌人的下落，还能化身亡灵来报仇雪恨，可中本一族的人却连复仇对象是谁也无从知晓，只能归因于自己身体里流淌的混沌血脉。

阿龙婆陷入了沉思。她记得清清楚楚，就在路地上小婴儿一个接一个出世那年的第二年新年，路地的小伙子们也不晓得怎么想的，说是为了预防火灾，模仿起城里人的做派，一个个以青年团的名义凑钱买起消防团①的工服②穿了起来。城里面的木材商、和服店为了祈求一年生意兴隆，过年时会在店门口放上裹着草席的酒桶，向来往的行人敬酒："来喝点吧！"町内会③的人也多半会在各个路口摆上小炭炉子烤年糕，对谁都吆喝说，尽管吃啊！路地的年轻人也跟着学，在路地通向外边的三个路口分别摆上一个酒樽，招呼那些要去神社或是出去拜年的外地人："快来喝点吧！"阿龙婆看来，这帮青年团年轻人的这种行为，不动脑筋的蠢货才干得出来，真想好好问问他们：你们不晓得从前一到新年，御堂的门是要关起来的吗？那些路地青年就因为喝了一杯木材店门口的酒，结果都遭遇了些什么，没有听父母说过吗？

---

① 日本市町村的自治性消防和防汛机构，二战后由原消防队改组而成。
② 和服的一种，衣领或背后印有字号或姓名的半截式外褂。始于江户时代，从武家仆役到富豪的仆役、工匠等都身穿印有主人家家徽和屋号的衣服。现在仍有部分工匠习惯穿着这类衣裳。
③ 日本町内成立的地域居民的自治组织，是管理日本社区事务的权力机构。类似于中国的居委会。

没有人会来救你,更准确地说所有人都是敌人。明明官方的政令①早已经下达,可单单从木材店门口摆的酒桶里舀了杯酒喝就给痛打一顿,哪有这样的道理! 一位新年期间误入城里的路地小伙子,被一帮做木材生意的年轻人围起来扛着大棍子乱打猛踢,说是这不吉利的家伙坏了一年的财路。路地小伙子向围观的那些来城里拜年的人求救,可这帮参拜神社祈求实现一年愿望的人却笑嘻嘻地旁观着这个来自长山的人挨打,没有一个人伸手帮一把。消息传到路地,说路地小伙子因为喝了待客酒被打,再不去救就要被打死了,路地的小青年还有男人就一齐冲了过去,最后也只能把浑身是血的那位小伙子抱起来背走而已,被那帮兴高采烈地去神社参拜或去拜年的人围着,根本没有办法报仇。偃旗息鼓过了一段时间,那位小伙子凭记忆里的长相抓住了其中一个男的,三个人一起在后山将他一顿暴揍,打得皮开肉绽,腿也断了,最后再给扔到木材店门口。可如今这些青年团的人,是不知道当年让人火冒三丈的屈辱吗? 竟然眼巴巴地喊:"快来喝啊! 来喝点吧!"

比起这帮没心没肺的青年团毛头小子,阿龙婆觉得三好虽然也靠不住,但在女人眼里有魅力得多。他白天在工地干活挣点钱,哪天晚上去趟赌场就花得差不多了,剩下一点点就都拿去买些新款衣服,送给那个留在一寸亭的女人。对三好来讲,只要像

---

① 指1871年明治政府颁布的《太政官布告》,规定"兹废除秽多、非人等称号,尔后其身份、职业均应与平民同"(通称"解放令")。但实际歧视贱民的状况并无彻底改善。德川幕府时代,从事屠宰业、皮革业等所谓贱业者和乞丐游民被视为贱民,前者被辱称"秽多",后者被辱称"非人",他们处于社会最底层,倍遭歧视和压迫。

烟花一样,有那么一瞬间能燃烧起来就心满意足了。

三好在深山工地上度过的一年也恍如一瞬。许是嫌热,他敞着衣裳,不停地拿手巾擦汗,皮肤晒得黝黑,男人味十足,跟先前相比简直换了个人。三好说,自己沿着河边那条路回来,就感觉路地这边也很有城市样儿了,可待上个三天,就又无聊得发慌,又心痒痒地想去偷东西找点乐子。三好说着笑了,转眼望向山坡旁稀疏嶙峋、只有叶子还绿油油的松林,突然想起来什么似的问:"阿龙婆,到了晚上眼睛就看不见,是叫雀盲眼①吗?"见阿龙婆点头,又接着说:"雀盲眼啊。这下子东西也偷不成啦!"

"像你这么天天嚷着偷东西、偷东西的人,能干什么呀!"

"我能干着呢!"三好转向阿龙婆说道。

"我哪晓得你能不能干,又没跟我阿龙婆一起干过……"

三好听了哭笑不得,说是每次同阿龙婆讲着讲着,就不晓得自己在跟多大的人对话了。阿龙婆回他:"我跟你三好一般大呢!""那我可不愿意喽!"三好故意用老成的口气说。"大家都说,礼如个头虽小,那玩意儿却有马的那么大,走起路来才一摇一晃的,哪儿还用得着我呀?"阿龙婆反过来嘲弄道:"人家半藏可对我说了,我什么时候愿意做,跟他说一声就行!"三好却说:"我有亲戚得了雀盲眼,大白天也看不见东西,他为了帮偷东西的做内应,特地当了和尚,可眼睛看不见,也没法子画图纸……"

"都是打非洛芃打的……"

听了阿龙婆的话,三好接了一句:"是吧……"人生还没过半,三好的眼睛就要瞎掉了,阿龙婆觉得好可怜,她凑近三好,窥视着

---

① 夜盲症的俗称。

他的双眼,想到三好清秀细长的眼睛里映出的是自己山姥①般的老脸,禁不住泪眼婆娑。

不久就到了孟兰盆节②,十五号盆会那天半夜,阿龙婆听到后院土间③的门板咔哒咔哒摇晃,好像还有人轻轻喘气,心想,自己嘴巴虽然还利索,但走个路都勉勉强强了,不可能有人为了跟自己幽会跑过来的,也不会是小偷、强盗要盯的对象,于是起床走到后院,趿拉着木屐问:"谁啊?""是我,三好!"出了什么事?阿龙婆闻声打开门,见屋外恍如白昼,皎洁的月光照亮了每一个角落,三好光着上身站在月色里。没等阿龙婆开口,三好用就嘶哑的嗓音说:"阿龙婆,我杀了人……"三好向阿龙婆求救,阿龙婆叫他先进来再说。"还有一个人,"三好说着,向后门口方向招招手,"进来吧!"一个胖乎乎的女人走到三好身边,夜色中也看得出要比三好大十来岁。三好按着她的后脑勺低头行了个礼。阿龙婆吃了一惊,又有一股无名火涌上心头,说声"进来吧",转身进了房间。听见三好在背后跟女人咬耳朵说"别担心",阿龙婆又回过头来,注意到三好赤裸的上半身上东一块西一块黑乎乎的斑点,原来是凝固的血块。望着三好被月光映照的侧脸,阿龙婆觉得自己乳房四周直起鸡皮疙瘩。她忽然间意识到,自己之所以敬畏佛陀转世一

---

① 日本民间传说中住在深山中的老年女妖。

② 阴历七月十五日,道教称为中元节,佛教称为孟兰盆节,民间俗称鬼节、七月半。日本因采用新历,普遍以阳历的8月15日为中心举行孟兰盆节的迎接和供奉祖先之灵的民俗性佛教活动。

③ 日本的传统民宅或仓库的室内空间的一部分。"土间"是进门后不铺设地板的区域,一般是土地地面或水泥地面。日本传统民宅的室内空间即由铺设高架式地板的部分和土间组成。土间原本也被用来作为简易会客处和工作场所,在现在的民宅建筑里,已经缩小为玄关的附设场所,可以脱放鞋子、伞具、外套等。

样的小毛孩，或许就是因为他们能变成极端暴虐的化身吧。对旁边这个看上去比三好要大十来岁的女人，阿龙婆不由得又恨又妒。

礼如听到声音，想掀开蚊帐起身，阿龙婆一把给推了回去："礼如你就当什么都没看见好吧！"一边吩咐呆呆立在廊下的两个人："事情原委回头再说，先拿那个瓢从缸里舀点水到小桶里，把身子冲洗干净，再把浸了血的裤子脱了。你也一样。"阿龙婆对女人说完，从壁橱里拿出礼如没穿过的新单衣来，又取出自己的旧里衣，撕成两半放在灶台上。女人默默往水桶里舀水，三好脱下裤子卷成一团来擦身上的血，阿龙婆把木屑塞进灶台，点着了火。三好就跟在外面玩泥巴回来挨了训罚站，发现这边也生着火一样，扭过身子往灶里瞅。阿龙婆望着眼前的三好。

灶台里的火燃烧起来，火光下三好浑身是血，乍一看仿佛布满刺青的皮肤破裂、喷涌出血光。阿龙婆一眼认出这胖胖的女人是镇上人的老婆，吩咐她别再磨磨蹭蹭了，赶紧舀水帮三好洗干净身上的血迹。女人终于缓过神，拎着手提桶放到三好脚边，扑通一声把汗衫浸到桶里。女人拿里衣当手巾，要擦拭三好的胸口，三好说自己来，接过来擦了干净，发现内裤也溅了血，赶紧又脱下来，阿龙婆见状接过三好的内裤和外裤，统统扔进锅灶，塞进容易烧着的木屑堆里。

望着女人拿起另一块里衣做的抹布，擦拭家具一样擦着三好光溜溜的肩膀和背脊，阿龙婆就仿佛亲眼瞧见了三好同这中年女人之间的床帏秘事。

三好跟这女人搞到一起，就是从工地回来，跑到阿龙婆家串门那天的事。听三好讲完两人认识的经过，阿龙婆不禁感慨到底是中本一族的后代,不管再怎么怠惰,在男欢女爱的事情上都无师自通,天赋过人。三好那天在丹鹤町闲逛,在街角拐弯的地方碰见一个女人,就对着她直吹口哨,见女人丝毫没有停下来的意思,三好就追上去,一边说着肉麻话:"还以为走在路上的是电影里的女明星呢!"女人可能是想把三好绕晕了再甩掉,一个接着一个地拐弯,可三好一步不离地跟在后头,女人不想被人撞见,又不想让三好知道自己家住哪里,结果在不大的市里到处转圈,最后跑到了池田,那儿曾经是上下船的河港。女人实在走不动了,终于落到和三好并排坐着,被三好亲着嘴,手里抓着三好硬得像石头一样的那东西的境地。女人跟丈夫过着衣食无忧的日子,可是在欲求最旺盛的年纪,总觉得缺了点儿火候。在女人眼里,三好是少有的色鬼,是玩火最合适不过的伴儿,也就听凭三好引诱,跟他住进了一次没去过的车站背面的小旅馆。阿龙婆也觉得,中本一族的男人嘴是甜,也的的确确有毒,人身上不晓得哪里就给麻痹了。三好把脸埋进女人乳房,抚摸着一点点打开她全身的每一个角落,吸吮女人的阴部。三好不把女人压在身下,而是悬空抱起女人,自己转过来、扭过去,深深地贯穿女人的阴道,几乎要把女阴的膜壁戳破。女人浑身充血,只能冲着顶点飞奔,再无退路。女人终于高潮,三好舔着女人的汗水,用舌头抚平女人阴壁的皱褶。看着三好背上的刺青,女人想,曾以为自己跟这样的男人无缘,可如今热烈到会灼伤自己的男人就近在咫尺,将自己带入甜蜜的沉醉,再尽情地折磨。"想要大的吧?"面对迷蒙着双眼这样发问的三好,女人回答:"要!"什么都想要。穿着衣服的三好身上混杂着锐气与稚气,是个还未充分成熟的美男子,可一脱下衣服,就大胆得简直让人怀疑他只是把淫乱的一面藏了起来,引导着早已知晓性事的女人。趁丈夫不在,女人大白天把三好带回家,让他洗澡,三好就在浴室里唤女人穿着衣服进来。三好从洗澡水里爬起来,迷蒙着双眼让女人坐在地板上,叫她闭上眼睛,张开嘴。三好抓着自己无花果一般还没有硬起来的物件,在女人的眼睑、鼻翼触蹭,突然撒出热腾腾的尿来。女人惊讶地刚想睁开眼睛,止不住的热尿闪着金光,劈头盖脸地喷洒在女人脸上。三好按住女人头发不让她躲开,女人仿佛体内有一头淫乱的野兽要蹦将出来,大张着嘴吞咽下热乎乎的黄金雨。女人舔舐着三好的下体。三好把穿着衣服的女人拖进浴缸,褪下女人精湿的衣裳,道歉一般小心翼翼地用热水仔细洗净她的头发,洗净她的脸,又打肥皂洗净全身每一个角落,之后径直把女人抱进跟他丈夫的那间房门紧闭的卧室,放到地板上铺好的被褥上揉捏起来,精心侍奉。

没过多久,女人跟丈夫的关系就不行了。

女人动不动听三好提起偷盗的事,两人就商量好,干脆到女人家里来偷一场。"我身上带着刀的,跟她丈夫打起来后,我拿刀捅了他。"三好说。阿龙婆还是有点想不通,又问:不是那女人刺的吗?三好轻描淡写地说,是我干的。好像杀人不是什么大不了的事。可能因为他夜盲症看不见吧,碰到了厨房的台面,结果跟闻声跑出来的男主人扭打起来,把人家给杀了。

这一夜,阿龙婆让两人睡她的床,自己钻进礼如被窝睡觉。望着二人相拥熟睡过去,阿龙婆反倒睡不着了,掂量着哪种说法罪责更重,是说三好偷东西时没来得及逃走,给抓住后情急之下失手杀了男主人,还是说三好被女人的花言巧语欺骗,女人装出家里进贼的样子,求三好把她丈夫给杀掉了?不管哪一种,只要杀人的事情败露了,结果都一样要判死刑的。三好说服女人先逃走,等事情消停一些再联系她。第二天早晨,女人回家了,三好坐在那儿,望着阿龙婆默不作声地从炉灶里掏出昨晚烧衣服的炉灰,倒到一棵丁点粗的小松树树根底下,说了句:"把人杀了,也什么都不会变啊!"

大清早的,说什么胡话?阿龙婆没搭理,照旧一边听着屋后的金色小鸟啼鸣,一边淘米做饭。阿龙婆每天早晨一起来,都要淘米倒进小锅,添水、生火,煮好白米饭供在佛坛上。今天多了三好一口人,阿龙婆就多加了一合①米,淘好了就倒进一口大点的锅里,点燃另一边灶台的火。手提桶虽然昨晚就已经洗过,但阿龙婆想,总归不能再放入嘴的东西了,以后只能搞卫生的时候用用,或者拿来洒洒水,就提到外面挂在窗子边上。阿龙婆什么话也没说,礼如也沉默无言。

看着两个人一言不发地喝着茶粥,三好受不了这种沉闷,一筷未动,就穿着礼如的只能遮到自己膝盖的浴衣,说声"我去下朋友家",起身套上草鞋出了门,让他吃完再去也不听。三好慢悠悠下了山,忽然想起什么似的奔跑起来,飞一样地消失在路地的拐角。

三好就这么一路飞奔到了新区的一寸亭,从杂草丛生的后门进去,找到在天满认识的那女人住的房间,换上了自己以前放在这里的衣服。女人浑身酒气,还在睡着,三好叫醒她要了点钱,顺脚就坐上大巴,去了山里正在修大坝的工地。

三好确实就跟对阿龙婆说的那样,到了晚上,灯光稍微暗一

---

① 日本曾使用过的传统度量衡制"尺贯法"的容积单位,尺贯法中一升的十分之一。

点就什么也看不清楚了。到了工地上,下雨天活儿一停,工友们就在工地上摊开的被子上赌钱,三好得对着外面的光线照半天,才能看清纸牌上画的到底是和尚还是大雁①。工地那些人就凶巴巴地破口大骂:"干吗呢你!"三好怕他们识破自己光线暗一点眼睛就看不见,有时候根本也不管什么牌,先扔出去再说。

工地的活儿主要是拿竹畚箕或是独轮车搬运爆破后炸飞的碎石,要不就是平整路面,方便运机器进来。三好干起活来分外卖力,不过偶然发现运石头的现场原来是一处一眼望不到边的巨大断崖,不由得浑身发抖,感叹自己被超越人类所知的力量包围了。反正不过是趴在山上砍石头,要么就是浇混凝土平整地面,三好干脆停下手头的活儿,凝望着阳光照耀下的岩石悬崖。监工站在悬崖上大骂,三好置若罔闻,他清楚,工头要从悬崖那边走到这里,至少要一个小时呢!三好望着太阳照在岩石上,照在夹杂着干燥石粒的黏土上,照在为浇混凝土搭起来的脚手架上,就感觉自己的眼中也被这日头炙烤出一个个烈焰般的火泡。

那之后不久,三好就被胜一郎的儿子郁男带回了路地。阿龙婆之后回想起来依然觉得不可思议,中本家这两个年纪相差无几的人,竟然能在玉置山深处的工地上相遇。郁男说,在工地遇见的时候,三好正跟个瞎子一样,举着花牌对着太阳照来照去,然后把有的牌甩出去,有的再放下来,反反复复。看他变成这副样子,郁男吃了一惊。那些搭起棚子想做工地男人生意的女人都说,三

---

① 他们玩的是日本纸牌游戏"花札",即花斗,又名花牌。共 48 张牌,每 4 张构成一个月,共 12 个月。芒草和大雁两张牌均代表 8 月,因 8 月正值芒草茂盛、大雁迁徙。其中芒草为 20 分牌,大雁为 10 分牌。因为牌面上芒草生长的黑山形似和尚头,故芒草牌亦俗称"和尚"。

好跟郁男就像兄弟俩，尽管三好自己从没对别人说过，可阿龙婆心里清楚，在深山里遇见别处长大的郁男，被这个中本家的血亲亲亲热热叫声"哥哥"，就仿佛有一股巨大的力量在三好眼疾最严重的时刻，把郁男带到他身边，告诉他：你也是中本家一员啊！三好一定为这个难受得气都透不过来了。杀了人，只要不害怕，想跑也就能跑掉，想忘掉也完全做得到，眼面前可不就是这样，就在三好回路地后不久，直一郎也不晓得从哪里搞来的钱，高调地在闹市区最好的地段开了一家弹子房，桑原也在车站前头原先做黑市交易的地方盖起了大楼。

郁男跟人亲，黏着三好一刻不离，三好就在他眼面前挥着榔头砸到了自己的大拇指，就在干活的悬崖采石场那儿。三好压着手痛得直叫唤，郁男冲到他身边，发现鲜血是从大拇指流出来的，有那么一瞬怀疑三好也跟那些不想干活就拿钱去玩的人一样，使出这种故意敲伤自己手的招数。只要伤得不轻不重，手指不能弯就差不多了。可当郁男带着三好走回工棚时，发现他被路边的岩石块绊了好几次，才知道哪怕在骄阳似火、什么都一览无余的大白天，三好的眼睛也只能看到点朦朦胧胧的影子。回到工棚后，郁男赶紧给三好上药包扎，打算陪他搭下一趟车去新宫的医院。郁男照顾三好换好衣服，把两人到那天为止的工钱领了出来。两个人沿着山路往通车的地方走，路上三好忍不住哭了。他才二十岁。听郁男说起这件事时，阿龙婆也哭了。如今她老糊涂了，也记不清是什么时候的事了，恍惚间仿佛耳畔才听郁男说起这事，就想对郁男说："哭有什么用呢，命就是命啊！"阿龙婆现在卧床不起，眼泪仍止不住地流淌。

二十岁的三好，年龄只有阿龙婆的四分之———不对，想到自己都已经活到了今天,三好活的时间怕是还不到自己的百分之一——还是需要人照顾的年纪啊!想到这儿,阿龙婆的眼里又漫出了泪水,忍不住地叹息。

三好给郁男带回去的当天就去了医院,治疗后回到路地,正好三道和吉次都在,三好就到他们家里玩,讲讲工地上遇到的女人,兴许也没什么意思,掉头就往一寸亭去了。

一寸亭的老板看到三好就问他:"你到哪里去啦?"见他才二十岁就突然憔悴成这样,心里也纳闷。尽管觉得大白天喝酒不太合适,见三好要,还是拿了出来,一边问他:"又在哪边给女人追着到处跑了吧?"三好含着酒,抿嘴一笑,坦白道:"也不晓得是针打多了,还是祖上老早干了坏事,眼前现在一片模糊,东西都看不清了……"

"打的非洛芃吗?"

"血都坏掉啦!"

见三好笑起来,店老板说:"有人还在偷偷打非洛芃呢,前两天还有人从这里的二楼跳了出去,说是能飞上天……"接着,他换了话头,小声问三好:桑原是不是真的有把柄落在安田手上?桑田前面是不是把产权证和借条全搞到手了?三好答,不晓得,说完忽然想起来,以前跟在桑原后头跑腿的时候,自己还因为葬礼馒头的事情嘲笑过礼如,现在是来不及了,其实当时要当个和尚也蛮好的。

对直一郎和桑原现在在做什么,三好没什么兴趣,趁那个去工地前认识的女人丈夫熟睡时,装成小偷闯进门,骑在他身上刺死了他,对三好来说就跟让女人喝小便一样,都顺理成章。女人脑子里可能还有些别的想法,三好却满脑子只想带女人在她丈夫体内喷出的血河中翻滚,让女人快活地叫喊。三好认定,自己是整个路地最遭报应的男人,哪怕眼珠子少掉一个两个也都是罪有应得。他忽然有种云开雾散的感觉,问道:"大叔,要不干脆搞桑原一顿?"一寸亭的老板没有马上理解三好的意思,迷惑了一下才明白过来,摆了摆手,低声说:"安田已经试过了,不行啊……"跃跃欲试的三好被店主的话泼了一盆冷水,愤愤地说了声:"管他呢!"心里面嘀咕,桑原他们那可是为了偷东西杀的人!就跟自己在现场亲眼看到了一样。三好想,一个个都活得这么胆战心惊、小里小气的,就放出豪言:要是不能轰轰烈烈地活着,就跟全身冒火熊熊燃烧一样,还不如吊死拉倒!

阿龙婆太能理解三好的心情了。如果生命像孑孓生生不息般不断繁衍是慈悲,那么像蝉儿那样从出生起就竭力鸣叫直至逝去的生命也当是慈悲的恩赐。竭力高鸣着死去的婴儿,无论生出来是什么状态,都是纯真无垢的;同样,杀了人也不觉得有什么不对的三好,根本意识不到自己的罪过,正因如此他也是纯真的,哪怕干出在血海里把女人剥光这种常人意想不到的事情,三好也没有罪。

阿龙婆不知道三好是抱着什么样的心情,在离一寸亭后院不远的竹林里一直待到天亮起来的。太阳初升,地面暖和起来,夏芙蓉开始闭上花瓣的时候,三好绕过竹林,在一棵樱花树上拴上绳子吊死了。是在八月十号那天。阿龙婆叹着气,想象着刺在三好背上的龙活动四肢,缓缓地爬起来,从三好的背上伸出头飞走了。龙越变越大,让人不敢相信它原来蛰伏栖息在三好背上。龙在吊在树梢的三好身上缠了两圈,探头看看有没有人靠近,然后慢吞吞地开始抽身,一点点露出肥厚的龙腹,上面覆盖着状似久经锤炼的老银块模样的龙鳞。待到龙身彻底现出,三好已经从头到脚被裹在龙腹里,缠了有十来圈,完全看不见了。龙不时吐出舌头,把头埋进盘曲成一团的身躯,似乎在轻轻舔舐,好缓解抽离脊背时的痛苦;每当这时,龙腹就在空中轻轻打转,一有风吹草动,它就抬起头准备飞走。突然间,龙面朝天空松开盘卷的龙腹,如同哗啦啦放开了一捆卷绳,瞬时间笔直地飞上天空,仿佛要将天地撕裂。一道闪电亮起,龙在云端盘旋巡视了一圈,一声咆哮从云里反弹回来,成了轰隆隆的雷鸣。

从三好死掉的那天起,雨就下个不停。

阿龙婆觉得,这雨是那些不属于这个世界的中本家人早逝后回到了天上,为了赎罪而降下的甘露,在洗净这世间的罪恶。谢谢你啊!太感谢啦!阿龙婆一次又一次地向三好合掌致谢。

天狗的松树

黎明前的一瞬，阿龙婆感觉到淡淡的雾霭正透过后门上的细缝钻进屋来。那扇门还是许久以前礼如还在世时，花了两百多买来木板改装的。阿龙婆明白季节又已变换，香气浓郁得让人喘不过气来的夏芙蓉已经过了花期，又到了后山上的胡枝子①含苞待放的时节。阿龙婆睡意蒙胧地想，要是腿脚利索，这时候得去后山剪一株胡枝子，插在礼如的佛坛上。

夏芙蓉应合着年轻气盛的时节绽放，混杂在后山葱茏的草丛里就过了夏天。野胡枝子倒像早晚略感寒凉时披上的细纹单衣一样，悄然在盛极初熟之时开花。佛坛上放的花瓶太细，放一整枝容易倒，阿龙婆就常托人从枝头掐下一段带花骨朵儿的，往瓶子里倒上清水插起来。

胡枝子盛开的当儿，后山一遍又一遍传来寒蝉②拖得长长的叫声，不知它们是在悲叹现世，还是在欢歌此身？阿龙婆在心中

---

① 日本传统的秋季代表性植物"秋天七草"（胡枝子、粉葛花、石竹、狗尾草、女萝花、兰草、牵牛花）之一。秋季开蝶形小花，呈穗状，色红紫或白。

② 日本暮蝉或日本蟪蝉，为蝉科暮蝉属下的一个种，在包括日本的东亚有分布，常在朝夕时发出刺耳的鸣叫声。

默想,身子躺在床上,却仿佛就这么飘上了天空。卧床不起的阿龙婆一天吃不了一点点,来照顾她的路地女人们望着都泄了气,指着每天早上供到佛坛上的一小碗米饭说:"您吃的还没供饭多呐!"阿龙婆笑着说:"我又没有辟谷……"见路地的女人们,还有那个看上去跟阿龙婆差不多老迈,实际上小了有20岁的老太婆都不懂"辟谷"是什么意思,阿龙婆心里真是兴起了整个人浮在半空,不着天也不着地的感觉。

寒蝉的叫声静下心来仔细听,就像是毛笔蘸满了浓汁,一笔挥就巍峨的山景——说这话的是跟半藏、三好拥有相同血脉的文彦。"听着那叫声,就感觉整个人都要飘起来啦!"这话也是文彦说的。文彦生下来就是个与众不同的孩子,头发黑油油不说,还全身长毛,看上去又不像胎毛,接生的阿龙婆目不转睛地盯着怀里抱的小文彦,话没说出口,心里却怀疑妈妈阿金是不是生了个异类的孩子。孩子爸爸阿吉隔着拉门在外间烧开水等着,听见婴儿哭声就问:

"生的啥?"

阿吉这么一问,阿龙婆愣住了,马上又反应过来他只是在问生下来的宝宝是男是女,赶紧告诉他:"是个男孩哦!"这孩子比阿龙婆接生的哪个小孩都有劲儿,给他擦洗的时候手脚乱蹬,哇哇大哭,要不是阿龙婆托稳他脖子,手臂把他肥嘟嘟的背揽得紧紧的,非得掉澡盆里不可。

小文彦一身的毛过了个把月就掉完了,后来肚子上又长出几颗茶色的痣,一直到他六岁才消失。那一年,文彦的身上再没丝毫异类的迹象,可在阿龙婆记忆里那一年很是特别,路地上不幸如涟漪般接二连三发生,人心惶惶,不晓得火星接下去会溅到哪个人身上。有一天,阿龙婆看见文彦从通到后山的路上跑过来,就问:"你这是去哪儿了?"文彦上气不接下气,脸色煞白地说:"我看见了好几个鸦天狗①!"

"真的?"

皮肤白皙的文彦跟生下来的时候简直判若两人,他从父亲阿吉身上继承了中本血脉,长相俊美,在无论哪个节日上做童子都不会逊色。阿龙婆望着气喘吁吁的文彦,忍不住调侃道:"是不是脸跟乌鸦一样,背上长着翅膀?"文彦一脸严肃地点点头,说是从丹鹤城延伸过来的路地后山最边上的山顶上,有一棵差不多要两个大人才抱得过来的粗大松树,好几个鸦天狗正围坐在那棵老松树下,发现文彦在杂树丛里偷看,就张开翅膀飞上天了。鸦天狗们见文彦只有一个人,还商量说"吃了他吧?""要不把他抓了来带走?"这时候恰巧山下传来狗叫声,鸦天狗们这才作罢,像乌鸦那样张开翅膀飞走了。

阿龙婆估摸文彦正好处在看到乌鸦也想象是鸦天狗的年纪,就"嗯嗯"地随声附和,像是在表扬他故事编得精彩。文彦告诉她,鸦天狗讲:"看我们怎么收拾你!除了狗和秃鹫,我们什么都不怕!"阿龙婆想,这话多半是从哪家租书店借来的漫画书上看到的,忍不住笑出了声。

文彦见阿龙婆笑,一脸迷惑,看到下面路地那边有几个跟自己差不多大的小孩,便猛地撒腿冲下石阶,一边高喊着:"鸦天狗!

---

① 是天狗的一种,因长着形似乌鸦的尖嘴和漆黑的羽翼而得名。也可写作"乌天狗",又称"小天狗"。天狗是日本传说中非常恐怖的妖怪,高鼻、红脸、会飞,身着行脚僧装束,剑术高超(亦见本书第 16 页脚注)。

有鸦天狗!"

那之后发生了好多事情。阿龙婆虽然不相信文彦看到了鸦天狗,可还是觉得的的确确有一种不属于这个世界的存在,他们心肠歹毒,以吓唬人为喜、折磨人为乐,害得别人痛苦不堪,自己倒拍手称快。有个路地的孩子不顾学校禁令和家长的反对,水还冷得像冰的季节就跑去山中的河里游泳,结果淹死在紧靠神社林子的河里。被找到时那孩子脖子上挂着泳镜,蜷缩着身子沉在水底。那天是7月11日,恰逢暴雨后河水浑浊,水位大涨,孩子居然没被激流裹挟出河口冲到海里去,当天就回到了父母亲身边,跑去帮忙搜救的路地人都感叹,实在是不幸里的万幸。溺水事故过后,路地人好不容易才安下心来没几天,一个住三岔路青年会馆旁的小伙子夜里去河里捞螃蟹,结果一直没回来。那会儿还没到捞螃蟹的季节,青年会馆的年轻人们从上游到河口整整找了三天三夜,反反复复潜到水里搜罗,在河两岸拉起绳子,又出动两条小木船,人在船上拿竹竿一点点搜捞河底,还是一无所获。过两天又听到传言说,镇上那家餐馆的老板娘失踪了,这下子又有人说,小伙子总也找不到不是因为去捞螃蟹淹死了,而是跟餐馆的老板娘私奔了。如果真是这个结果,倒求之不得。"那家伙可是个色鬼,手快得很呢!"大伙儿接受了这个说法,停止了搜救。哪知道去捞螃蟹那日起的第十五天,小伙子惨白、膨胀的尸体给冲到了距离路地两站路的井田那边的海滩上。葬礼结束才两天,阿龙婆听到孩子们去广场上跳广播体操,可不知怎么广播一直没响,正奇怪呢,坡下面对着大路那户人家的女人跑上石阶来告诉阿龙婆,早上,广场旁边第四家,那个被大伙儿叫作"铁墩"的男人喝了老鼠药。"铁墩"以前在国铁①机务段上班,后来沉迷赌博,弄得身败名裂,都快43岁了,每天就只能打点临工。早上,他把镇上挨家挨户配发的气味令人作呕的老鼠药喝了下去,口吐绿沫,难受得拼命挠自己胸口,旁边有四个人一起摁住他,想让他把喝下去的东西吐出来,没想到"铁墩"个头不算高,力气却大得把几个人都踹开了,大伙儿又到处找帮手,可大清早起床的只有小孩和老人,浪费了好多时间好不容易凑到七个人,等大家合力按住他,把手塞进他嘴里强行催吐,已经回天无力了。不幸还在继续。有个年轻人因为讨厌路地,早早地独自一人在城里的学校旁边租了房子,拼命学习想考个好大学,结果才十七岁就上吊自杀了。他隔壁住的年轻小夫妻才蹒跚学步的孩子,一屁股坐到刚烧开的茶粥里,烫得皮开肉绽。再旁边一家先是着了点小火,稍微耽搁了一下就越烧越猛,最后路地山角边的那片大杂院一下子全烧光了。那里本来也不属于传言里的地段,是借了当年土地改革②时当地平民入手的田地盖起来的,简直是飞来横祸。

　　谣言越来越多,路地人就说,这些接二连三的灾难并不是人祸,而是路地来了恶鬼,要请人过来驱邪才行。可能是因为灾祸就发生在眼皮子底下,离得实在太近了,倒没人说是文彦看见的鸦天狗招来的祸。慢慢地,大家就不约而同提出来,消灾不能靠拜神,得为那些死掉的和受苦受难的人上点供才行,就决定九月

---

　　① "日本国有铁道"的简称,于1949年(昭和24年)6月1日以日本政府颁布的《日本国有铁道法》为依据设立,并于1987年(昭和62年)4月1日依照由日本国会通过的《日本国有铁道改革法》分割民营化,成为今日的日本铁道集团(JR集团)。

　　② 日本于二战后在美国占领军控制下进行的土地制度改革。政府强制性征购耕用地卖给佃农,使自耕农大量涌现,寄生地主制解体。

底在净泉寺做场佛事。阿龙婆当时想不通,倒不是对战争结束后从名古屋来净泉寺的那个新住持有什么不满。就算路地没有寺庙,礼如还在啊!不管是谁,每年的忌辰、每月的忌日①,他都雷打不动要过去帮着祭奠的。要是把祭拜地点选在路地的青年会馆,比起净泉寺差是差了点,不过把住持请过来,礼如也能一起诵经的;要在净泉寺办,住持就只会把礼如当成普普通通的毛和尚②,不可能找他去诵经了。礼如当天还想着就以普通施主的身份去净泉寺,阿龙婆叫住了他,两人在家里诵了一天经。

阿龙婆坐在诵经的礼如后头,望着他东摇西晃,也开始和着他清澈的声音,低声吟诵起自己熟悉的经文来。吟着吟着,阿龙婆就想,死去的那些人,受苦的那些人,尽管不是从自己肚子里生出来的,可自己活了这么久,一般人不用经历的痛苦自己也都尝了个遍,这些人会不会过来跟她打声招呼,说看到阿婆在流泪,心里真难过啊……经差不多快念完的时候,香也快要燃尽了,阿龙婆怕打扰礼如,便从礼如身后蹭着膝过去点上新香,不经意间瞥见拉门上映着的黑影,看起来就像是张开羽翼随时就要振翅翱翔的鸦天狗。阿龙婆明明知道那是佛坛上点的灯和天花板上挂的

---

① 日本的忌日有两种:一年一度的忌辰(即逝者去世当月的忌日,日语称作"祥月命日"),和每月的忌日(指逝者去世那一天;除去"祥月命日",一年有11次,日语称作"[月々の]命日")。

② 指带发、能娶妻,过着世俗生活,平时从事农业等工作,遇到葬礼等仪式时担任僧侣的半僧半俗的佛教在家弟子。多出现在日本盛行净土真宗的农村地区。在僧侣剃度、终生独身还是惯例的年代,主张诚心念佛就能托生乐土的净土宗在民间大受欢迎,净土真宗主张在家修行,开创者亲鸾更是毅然破戒吃肉、娶妻生子,过着世俗生活。"毛和尚"被视为下级僧侣,在没有寺院的小村落,同"道场"(当时没有寺庙的村落很多,净土真宗常在这些地区设置道场,充当寺院,明治5年即1872年因"道场废止令"被废止)一起为净土真宗的民间传播发挥了重要作用。

电灯映出的礼如和自己的影子,还是竖起耳朵听,除了礼如的诵经声,是不是还有其他古怪的声音,却只听到后山传来的各式各样的虫鸣,还有听惯了的鸟儿"咕噜——咕噜——"像从嗓子眼里挤出来的叫声。阿龙婆浑身的汗毛都竖了起来。

阿龙婆现在回想起来,那个时候虽然在旁人看来自己已经上了年纪,实际上还年轻,眼见着地狱突然在身旁张开了大口,就吓得赶紧求菩萨搭救,求阿弥陀如来大人把自己抱紧,拼命念着"南无阿弥陀佛"六字洪名,却没有意识到,恰恰是几次如临深渊,经历了大限临头动弹不得的恐惧,才听得到清晨那些飞来吮吸夏芙蓉花蜜的金色小鸟天籁般的啁啾,也只听得到寒蝉为梦一般转瞬即逝的白昼而欢呼般吟唱。阿龙婆一声叹息,后悔自己当时只以为是路地普普通通的寂静,是路地每日重复的寻常之夜,要是早知道能让彼岸世界清清楚楚地感知地狱的分界,就不应该只知道害怕,而是应当打开拉门,向无言的地狱问一声"谁啊?",而地狱——不对,就是那个不存在的手持羽毛、长着乌鸦的脸,一副行脚僧模样的鸦天狗——回一句"哦"也好,不回也好,都无所谓。

路地人嚷嚷文彦失踪,是在净泉寺办佛事两天之后,说是天黑了也不见他回家吃饭,女人们最开始在路地、后山和城里喊"文彦——文彦——",到处找了个遍。之前灾祸接二连三,又到了秋天,路地的孩子们没人再想跳到河里游泳,可整个路地还是倾巢出动,一起到河边搜救。大家口口声声都在讲,不可能不可能,心里却想着十有八九就是这么回事,脑子里浮现出文彦胃里肺里灌满了水,面色如土地沉在水底的模样。已经哭惯了的男男女女一边哭一边升起红彤彤的篝火,举起好几根火把,开始排查河道。文彦父母阿金和阿吉只有这么一个孩子,气氛更加悲伤。路地的男人们在秋天冰冷的河水里冻得打战，摸不准什么时候才能撤，也没工夫靠到篝火边取暖，只能一趟又一趟反反复复潜到水里搜寻。有个爱开玩笑的嚷着"一钻到水里，这扎手的就钻到手里来了呢"，把顺手捞起的一条尺把长的漂亮鲤鱼扔到了篝火旁，可人们一个个冻得蜷成一团，连架在火堆上的水壶烧得咕嘟咕嘟响听着都心烦，再看看透不过气的鲤鱼痛苦得一蹦一蹦的样子，更没人吭声了。眼见着鲤鱼弹跳的力气越来越小，一个女人才忽然缓过神似的问道："把它放回河里吧？"阿龙婆深深地点头，打心底赞同她的建议。女人张开双手小心翼翼地捧起鲤鱼，仿佛抱着刚生下来的婴儿，在漆黑一片的河滩上飞奔，想趁着鲤鱼还有力气赶紧放回河里。

大家都以为失踪的文彦已经淹死，过段时间尸体会给冲到岸边来，谁知道一个星期过后，放牛的秀市发现文彦正睡眼惺忪地站在路地后山口的大松树底下。望见秀市背着文彦顺山路走过来，阿龙婆开始相信文彦之前说的在那里看见鸦天狗的事都是真的。大家都以为文彦溺水身亡了，尸体会顺着小河流到海里，没想到就在搜寻过好多次的山里发现了他，实在是不可思议。之前笼罩路地的晦气仿佛一扫而光，小伙子们编出了各种说法，什么遇到了神隐①啦，什么文彦被天狗带着从伯母峰顶到玉置山，再从葛城山②到高野山③飞来飞去转了一圈啦，乐此不疲；再加上文彦

---

① 神隐意即"被神怪隐藏起来"，远古的日本民间信仰相信"神隐"是人类与灵异世界往来的重要"交通管道"，每当有人家的孩子无端失踪，遍寻不见，便认为是被神祇、天狗、狐仙、山姥、鬼魅、妖精等带走。

② 位于奈良县和大阪府交界处的山地，修验道（在高山中修行，以体验、领会咒力为目的的日本宗教）最早的灵场。

③ 位于和歌山县北部纪川南面的山地，山顶有真言宗的总本山金刚峰寺。

那边每逢人问就总是回答"我去了一个叫和泉①的地方,那里有好几个鸦天狗",让之前不明白为什么灾难一桩连着一桩、一直沉浸在悲哀与惶惑里的路地人仿佛办喜事又逢上过大年,一下子得意忘形起来,那些成日里赌博、大白天酗酒的无赖们,乘兴越闹越来劲,竟扬言要活捉那些带走文彦的鸦天狗来示众。他们深更半夜地爬到山上点着了篝火,喝起带来的酒,就跟故意要挑衅天狗似的,连离得老远的阿龙婆家都听得到他们大声唱歌、拍手跳舞的动静。可是,接连在松树底下闹了两晚,到了第三天晚上,还是连鸦天狗的影子都没见到。天亮了,这帮人醉意还没有全消,穿着原来那身方便搏斗的干山里活的衣裳,抓着手里的木刀东砍一下、西舞一下,满脸不高兴地沿着山路往阿龙婆家这边走过来。阿龙婆见他们这副模样,心想,不管是鸦天狗还是普通天狗,再好说话,也不可能热情到会跟这帮小伙子闹着玩啊,真是古怪。阿龙婆就冲着人群里的久志喊:"久志!"这个久志就是之前人们以为文彦掉到河里了,下水找人时抓鲤鱼的那个活宝。久志抬起头,阿龙婆说:"昨儿晚上啊,我家屋后头老传来'嗖嗖'的声音,像是什么大东西在天上飞来飞去转圈儿,我睁开眼想瞧瞧到底是啥,结果正好听到他们在屋顶上说话呢!"

"他们说什么了?"

"他们说,要不一起去跳舞吧?那帮人醉成那个样子,多我们一两个也发现不了的。"

久志一瞬间将阿龙婆的话当了真,吓得慌忙望向走在前面的

---

① "和泉"为日本古国名,位于今大阪府南部。此处的小说原文选用同音假名"いづみ"而非汉字标注,故并不指代现实中的具体地区。

同伴背影,等确认了没有天狗变的人混在里头,兴头一下子冷下来,说:"阿婆啊,怎么可能有鸦天狗呢?"说着啐了口唾沫,"要是真有的话,肯定是第一个来约我啊!——大哥,咱们玩去吧!"说完,嘴巴张得老大打了个哈欠。阿龙婆意识到久志也是中本家族的一员,就觉得血脉也跟潮水一样传递不息,残酷也好,温柔也罢,都流淌在这起起伏伏的血流当中,真想对他说,哪怕鸦天狗是中本后代小文彦的幻觉,这幻觉也只有流着中本之血的人才有可能碰得到啊。久志根本没有意识到阿龙婆在想这些,东一下西一下挥着手里的木刀走下了石阶。阿龙婆凝视着久志的背影,发现他也跟半藏、三好一样,全身隐隐约约地总是笼罩着一层不属于这个世界的阴影。这究竟是什么缘故呢?论体魄,他和其他年轻人比起来毫不逊色,可这边还没来得及做梦,那边就已经开始垮了。阿龙婆觉得,中本家的血脉正是因为纯净才瘀滞的,久志性子太随意了,又野得很,没法理解这些,了解中本家血脉这层含义的,有自己这个比起父母还要更早抱到孩子的接生婆一个就足够了。

好多次,阿龙婆在心里发誓,要把秘密都埋藏在自己一个人的心里,绝不对外人说,也说不出口,因为自己做的是介入别人秘密的事,是第一个接触新生儿的人。阿龙婆接生,礼如送行,这么多年的经验让阿龙婆体会到,新生儿刚落地时的确是有生命的生物,但并不是马上就算是个人,擦干血迹、剪去脐带,不管是不是四肢健全,只有被父母亲或者充当养育者的人当成孩子接受下来以后,才总算成了一个人类婴孩。即便出了娘肚,接受了瞬间的光明后又重归黑暗,光靠小生命自身也是没法成为人子的。这就更给人一种被幼小而可畏的生灵拷问的感觉,让人痛苦万分。不知道这些的就不知道好了,阿龙婆自言自语。

久志说是那么说,也不晓得有没有体察到阿龙婆的心情,接下来几天还是跟那帮混混们嚷嚷着要捉天狗,天一黑就聚集到山顶那棵大松树下。久志、都留、菊造、喜平、数一郎他们几个穿着白天干活的衣服,拿着不晓得什么时候做好的气派的橡木刀从石阶爬上来,经过阿龙婆家门口往山边上走,瞥见坡下一群孩子玩得正欢,便招呼道:"天黑了天狗要来抓你们啰!赶快回家!"说着高喊着跑将起来,就跟身体里爱闹腾的血就要沸腾翻滚起来似的,一边挥舞木刀对着山上的杂树左击右砍。那响声宛如染了朱墨浸了黄金的夕阳发出的声音,一直传到路地下边。

这帮年轻人不晓得什么时候开始这么闹腾,路地人看着实在担心。要去抓那种到底有没有都还不清楚的东西,简直就是劲儿多了没处消磨,才深更半夜的纵酒作乐。既然这帮凑到一块儿的家伙都是想跟路地撇清关系的,那随便到工地或是渔船上卖力就行了,这些都跟他们说了,可他们忽而说是练剑,冒出些古怪声音,忽而说是练习格斗,高声呐喊,最后几乎把听到的所有鸟叫声都模仿了个遍。路地上虽然也有人偶尔忍不住笑起来,可大部分都皱着眉头。但即便这样,也还是没人当面制止这些年轻人深更半夜玩耍,让他们别给大家添麻烦,总以为不论在何时何地,小伙子们都喜欢夜里的黑暗,想往暗处走,天一黑,他们就突然变得狂躁,似乎忍受不住野兽般淫荡的血液在身体里鼓动,要跑出去四处游逛才行。而且阿龙婆也好,路地上的人也好,大家都觉得要是没人在那里扯着嗓子瞎闹腾,灾难说不定就会接连不断降临。

聚集到山顶那棵松树下的年轻人们也是一样。

在山上过夜的第三天,他们把为御寒准备的一升酒喝了个够,其实也没人真的相信会有天狗跑到松树下头来,每天玩玩相扑、学学鸟叫啥的,也都玩腻了,久志就提议,不如两个人一组,结伴跑到山对面的浮岛、兰之泽去,吓唬人说天狗来了、幽灵来了。路地上都留和菊造两个人打小就在一块儿,长大以后也一直结伴去山里干活,或是乘船出海,干起坏事来也是一拍即合,两人"嘎——嘎——""啾——啾——"地模仿着乌鸦、老鹰的叫声,跑下山回到路地家里,拿了穿来吓唬人的衣裳,再回到山上。菊造和数一郎先是直接套上和服,拿麻绳当腰带缠起来,双手戴上都留家柴房里翻出来的草帽,那样子怎么看都像是以前关在那智①或是泉福寺②里的麻风病人,菊造"喂——喂——"的刚喊出声,数一郎就说:"哪里像天狗啊,倒像个讨饭的!"

他们俩下山后,久志、都留、喜平无事可做,在夜晚冷冰冰的泥土味道和幽幽的草木气息当中,只有不停地喝酒,来打发不能参与热闹游戏的无聊。"那两个人,肯定净找浮岛那些寡妇和姑娘家装幽灵、天狗啊什么的……"听了久志的话,都留附和:"哦,对啊!肯定就是这么干的!"可山下既没传来被幽灵吓到的尖叫声,也没传来看到天狗魂飞魄散的喊声,三个人没劲了,嘟囔道:"要是五个人都在这儿,还有点意思,三个人太冷了……"

三人喝着喝着,菊造和数一郎"嘎——嘎——""啾——

---

① 那智山是和歌山县东南部环抱那智川上游的熊野那智大社山地的总称,属吉野熊野国立公园。

② 位于和歌山县海草郡纪美野町,属于高野山真言宗,拥有日本重要文化遗产、和歌山县最古老的寺院吊钟。

啾——"地一边模仿鸟叫,一边拎着和服下摆从山下跑了上来,说是浮岛和兰之泽那边的人家大都熄了灯入睡了,只有寡妇家还亮着一盏灯,两人准备绕到后门口,结果被从她屋里出来的男人发现了,好一顿追。菊造和数一郎正想把衣服脱下来,给大伙轮流穿着下山去捉弄人,见一个个无精打采的,也就作罢了,干脆穿着那身衣服喝起酒来。喝着喝着,五个人都说,天狗不出来,在这山上熬夜也实在没什么意思,于是从那天起就不再往山上聚了,给孩子们问:"你们今天不去捉天狗吗?"就回答说:"我们把跑到山上的天狗逮住了,但它们求饶让放过它们,就都给放跑了。"这群年轻人又跟以前一样去山里干活了,路地的人们和阿龙婆见状都舒了一口气,也觉得有些冷清。

自那以后过了好几年,灾难频发的记忆渐渐久远了,聚到山上闹事儿的坏小子们也都忘记了当年的情景。文彦长成了轮廓分明、线条刚毅的年轻人,几乎看不到幼时的眉眼了,当年那样子,不要说天狗,谁都想抢来当供娃①。听到阿龙婆跟他开玩笑,文彦也会回嘴了:"不要这样嘛,阿婆!别什么时候都这么俗气嘛!"

久志和文彦都流着中本一族的血。阿龙婆眼里看得清清楚楚。遥远的从前,那种吹着笛打着鼓、每天沉浸在美妙音乐里的生活已经逝去,支撑着中本族的人们在这浑浊之世活下去的生命支柱似乎也腐烂了,血脉不断消亡。不过,文彦身上几乎看不出一点中本族人的特征,不要说不像阿弦、胜一郎,跟半藏也不一

---

① 在神社、寺院的祭礼、法会等活动中,扮成天童加入活动行列中的童男童女。

样,别的孩子大都初中一毕业就去大城市打工了,文彦却跟在路地上那些比自己大十岁甚至十五岁的年轻人后头,跑到深山里的工地去干活。可能因为年纪轻轻就一直干体力活,文彦个头虽不高,却有钢刃一般古铜色的胸膛。

有一次,阿龙婆去独居在南面水井旁边的民惠婆家还节日时候盛寿司的碟子。阿龙婆走在路上,被文彦一声"阿婆"叫住了。

阿龙婆应声说:"怎么了?"见文彦在里衣外面罩了件绣着八咫鸦①标记的短褂②,这衣服基本都是节庆的时候神社的工作人员才会穿的。文彦以为阿龙婆是问衣服的事,答道:"这是我一个在神社做香料的朋友给的。"说着把外褂的领子翻过来,小声说:"阿婆,我见过这样子的乌鸦的。"

"你是说三只脚的乌鸦?"阿龙婆反问,文彦眨着漂亮的微微泛蓝的眼睛望着阿龙婆,说:"是啊!"文彦的眼睫毛长长的,仿佛是从前那个刚生下来浑身是毛的孩子残留的印迹。"我老早就想问问您来着,我小时候经常看见这种三脚乌鸦,前些日子去橿原③水坝那边的工地干活时,这种样子的也好多……"

眼见着文彦微蓝的眼睛开始熠熠生辉,阿龙婆移开了视线。井边人家的玄关上,节庆时候摆上的新扎的锥栗树枝子随风飘摇,发出小风铃一样干燥细弱的声音,阿龙婆望着,禁不住叹息道:"怎么会有那种鸟呢?"文彦像是被阿龙婆柔和的语调感染了,

---

① 日本神话中有三只脚、颈项上挂着八咫镜的巨大乌鸦,为太阳神天照大神的使者。据传曾经解救因为迷路被围困在熊野山中的神武天皇东征军。主要能力是超度亡灵和复仇。

② 日本的一种和服罩外衣,与和服罩衫相似,但长度较短,没有翻领、腰带和胸带。多用作工作服和防寒服。

③ 位于奈良县奈良盆地南部。日本古代飞鸟文化的中心地之一。

脸上现出了笑意:"阿婆,你告诉小孩子们,去庙会可千万别喝柠檬水,也别吃天妇罗哦!我那些朋友特意借了瓶子来,洗都没洗,就拿黄豆粉和糖精兑柠檬水,炸天妇罗也都是用的陈年老油……"说完,又好像觉得和自己本想说的没什么关联,穿过水井旁边,拐向右边走了。

文彦明白,在阿龙婆眼里自己就是个净会胡言乱语的小年轻,可就像他小时候跟阿龙婆说看到鸦天狗一样,看见跟神社的护符①上画的八咫鸦一模一样的三脚乌鸦的事,也不是瞎讲。文彦小时候,就是在灾难频出、年轻人们想抓文彦看到的那只天狗却最终无果之后,文彦父母说天狗、鸦天狗什么的都是带文彦一道从电影里看来的;文彦的外婆说是跟他讲过自己出生地附近的传说,文彦后来说自己被神仙带走时,才会连"和泉"这个名字都报了出来。可越是这么讲,文彦反而更坚持说自己碰到了鸦天狗,还去了和泉,结果挨了一顿揍,被说这孩子怎么这么讨人嫌。

文彦十五岁时去二津野大坝深处的工地干活,过了一年,有些年轻人赚了点钱就准备回路地了,文彦跟他们道了别,打算一个人到自己从前应该去过的地方看一看。文彦先是去了玉置山,在那儿的神社里住了一晚。文彦环顾周围,想确认这里是不是就是玉置山,他坚信自己当年被鸦天狗带着,就是从路地的山上一瞬间飞到了玉置山。可是一棵巨大的楠树遮住了天空,夜色浓重,明明月亮挂在天上,却什么也看不见。文彦躺在神社铺着地板的房间里,听着虫鸣,还有从来没听过的"啾啾"的鸟叫声,一边

---

① 求神佛保佑消灾驱邪的护符。大多画上神佛的像或写上神佛的名字、真言咒文等。

回忆起过往的事，迷迷糊糊地打起盹来，忽然听到几声低低的抽泣。还有别人在吗？文彦爬起来，四处找了一圈，却什么也没有发现，只有从远方越过重重山峦吹过来的风摇动巨大的楠树，发出潮鸣般的响声。朦胧中，文彦又打起盹来，结果再一次被啜泣声吵醒了，可找了一圈还是没有人。就这样反反复复醒了好几次，到了天亮，文彦下玉置山拦了一辆路过的卡车，坐到汽车站，上了去吉野的车，接着又去了天王寺，最后从天王寺到了和泉。文彦背着天王寺买来的背包在和泉的街头转悠，脸上还带着孩童时代的影子，皮肤白白的，总是被警察盘问，以为是哪家离家出走的孩子。刚开始，文彦还不确定自己小时候被鸦天狗带去的就是这里，可到了从和泉径直回原先二津野大坝的那条路上，他终于确定了，自己的的确确来过玉置山，也来过和泉，记忆里去过的那地方从路地来看确实挺远，可一旦越过连绵的群山就感觉很近了。

文彦初中一毕业就辗转在各个工地干活，个中原委阿龙婆也清楚。文彦是个不折不扣的中本族人，流着澄净而淤滞的血，可想想文彦的父亲阿吉、母亲阿金，文彦身体里流淌的又不仅仅是中本家族的血，那是汇聚到路地的所有人的血，而且路地人不光是从有马、本宫，或是朝来的千毒谷等围着纪伊半岛一圈过来的，还有从和泉、玉置山、天王寺汇聚而来的，如果说中本族的血脉源于因声色犬马、昼夜荒淫而衰亡的高贵者的血液，那么看得到别人看不见的鸦天狗的文彦，天生也就看得见那些如地热一般潜藏在路地当中的日本各地的印记，像渴望了解自己一样渴望知晓那一片片土地。

文彦和其他中本族人不一样，那些待在路地的人，生命的轴心已经腐烂，连振作精神好好谋生的力气都没有了，成日里只知道饮酒作乐，靠着注射非洛宊、兴奋剂体味瞬间的欢愉，就这样变成废物。话说回来，文彦也没有在最美的年华骤然离世，他在路地住了个十天，就把干活挣的钱都交给父母，自己到车站坐上去工地的班车，仿佛工地就是最适合他本性的地方。顺着河边优哉游哉地走到山上，就觉得最开心不过了。偶尔在工地也遇到过路地青年，和在工地如鱼得水、生机勃勃的文彦不一样，那些路地的小伙子们一个个萎靡不振，简直让人看不下去。说实话，哪怕不问文彦，阿龙婆也清楚路地的青年人劲儿不足，阿龙婆就像他们的父母，把他们接生下来，但用不着担负抚养责任，是个轻松的角色。阿龙婆知道，这帮年轻人过年前两个月就坐不住了，过个节也是一个月前就开始借口准备神舆①、练习划船什么的，把正经活儿抛在一边。路地的年轻人们在乎过年，对十月里神社祭祀活动的划船比赛②那个上心劲儿，城里头论谁都比不过他们。每年二月的御灯节③同样也是兴致勃勃，男的一个礼拜前就开始洁身，不去碰女人，说女人有月经是脏的，只有白色的东西才是纯净的象征，他们吃白米饭、白豆腐，喝清酒，穿一身白衣裳，再拿绳子缠在腰上，还只能缠奇数，不能是偶数，然后举起火把往山上跑。阿龙

---

① 神道祭祀时众人一起抬的轿子，是平时居于神社内的神灵外出或转移时的座驾。

② 指"御船节"，由9条船争先环绕御船岛的祭神仪式。为熊野速玉大社例行的重要祭祀活动之一。亦见本书第149页脚注。

③ 御灯节，和歌山县新宫市神仓神社每年2月6日举行的神火祭祀活动。2000名身裹粗草绳的白衣男子手持熊熊燃烧的火把，在神仓山538级令人目眩的陡峭石阶上争先恐后地往下跑。该祭祀活动重现了人们迎接神灵降临神仓山的"迎神"活动，以及神灵下山进入熊野速玉大社中坐镇的"再临"过程。该传统节日已被入世界非物质文化遗产。亦见本书第149页脚注。

婆看到这帮年轻人每到节庆就狂热得忘乎所以的模样，心里头实在憋得慌。御灯节里定下来要登山的那些人要是不当心绑错了绳子，没绑成二字，绑成了四字，那"四"可是一个最不洁净的词，跟"死"、跟四只脚的动物都谐音，这下子就被语词编织的机关套住了，年轻人们恼羞成怒，命令把绳子重新绑绑好："不行！赶紧重捆！"阿龙婆为年轻人的这种心情又是伤心，又是气愤，也不禁心生绝望，她发火说，要是世道碰上了，哪怕是神的孩子、那些拥有神的语言当天皇的人，也会被四、被四个、被四只脚玷污的！

阿龙婆觉得自己至今已与路地共生了一千年，她下决心还要再活一千年。阿龙婆想到路地上除了这群窝囊废小伙子，还有血脉澄净而淤滞的中本之后在承受苦难，想起久志的面庞，想起文彦铁人般硬铮铮的身躯，终于平复了怒气。

文彦有一天回到路地，来阿龙婆家串门。那天阿龙婆在后山挑了几根挂着淡雅小花的野胡枝子摘下来，跟往常一样供在佛坛前，随后就把脑子里记住的日子一个个报给礼如听，今天是谁谁的忌日，明天又是谁谁的七周年忌辰，向来安安静静的礼如一个劲地"嗯嗯"点头接腔，再过一会儿他就要出门去诵经了，两人有一搭没一搭地聊着，享受着这秋天的清晨。礼如也好，阿龙婆也好，两人上了年纪，都吃不消夏芙蓉这样气味浓烈的花了，可想要听听来吮花蜜的鸟儿的啼鸣，也就没法子再挑三拣四。礼如告诉阿龙婆，有天他去为一个溺死小孩做每个月的例行法事，一进孩子家门就看见佛坛上的花瓶里插着一把跟小孩脑袋差不多大的通红的鸡冠花，礼如就说"这花太刺激了"，想告诉坐在后面跟着一道诵经的孩子妈妈，给不在的小孩子供的花能不能找稍微素净可爱点儿的，可他转过身就发现孩子妈妈两眼满含着泪水，可能是想起了死去的孩子。礼如百感交集,明白了原来她是希望孩子能像这花儿一样活得红红火火,不禁心生同情,一句话也说不出来了。礼如告诉阿龙婆,自己最发怵的花是山茶花和夹竹桃。上香或者点蜡烛,有时只是无意间碰到了山茶花,还没开全的花儿就吧嗒一声整个儿从花冠上掉落下来。夹竹桃呢,总觉得它没心没肺的。礼如从一朵花儿联系到人世的无情,阿龙婆觉得很难得。

这时候,文彦叫着"阿婆",探出了脑袋。礼如一看到文彦,马上站起了身——只要跟路地的年轻人讲话,不管遇到的是哪一个,最后总还是自己这个野和尚遭戏弄,他像是再也不想遭这份罪了。阿龙婆怕礼如忘记,把刚才报的那些忌日又叮嘱了一番,目送礼如匆匆穿上木屐出了门,这才问坐在廊檐下的文彦:"怎么了?"

"文彦啊,你这次是不是在山里发现了会说话的乌鸦?"

文彦听了摇摇头,说是把山里遇到的女人带回来了,不知道怎么办好。阿龙婆告诉他,只要不是木头石头,自然就会爱上女人,想结婚成家也是理所当然,我二话不说赞成。文彦还是摇头:"不是这么回事……"阿龙婆就追问,那这个女人是跟我一样上了年纪的老太婆,还是小野小町①?文彦回道,一把年纪的人,怎么说话这么没腥没臊!接着说,女人年纪不大,皮肤雪白细嫩,眉清目秀,让人根本想不到山里面竟然会有这样的女人,不过也不是什么小野小町啦!阿龙婆听文彦说到这里,就意识到文彦身体里

---

① 日本平安初期的女诗人,被列为平安时代初期六歌仙之一。精通歌舞、琴和书道,天资聪颖,容貌美丽,为闻名日本的绝代佳人。

流淌的中本族血液终于决堤了,开始如前世的业障带来的宿疾一般显现出来,不禁痛苦得近乎窒息。路地上传的中本人要灭亡的话本来也没有什么实实在在的根据,只不过是一种臆测,正因为这样,阿龙婆才直想哭:难道就连这长着一副铁人身躯的文彦也在劫难逃吗?她深深地吸了一口气,问道:

"你在哪儿碰到的她啊?"

"是在工地上。"

听文彦说女人听他的话还在下面等着,阿龙婆就叫文彦去把她带上来。文彦长得再怎么跟铁人一样强健,到底还是个稚气未脱的小年轻,听了阿龙婆的话,仿佛一个困扰多日的难题突然解开,跟孩子似的应了声"好嘞",便飞一般跑下了石阶。阿龙婆说不清为什么,但总觉得一直在工地勤勤恳恳干活的文彦身体里某种沉睡已久的东西就要愈发激烈地爆发了。突然间长大了要远离自己而去的文彦,还有那个眉清目秀的女人,他们会怎么看我?阿龙婆有些害羞起来,还偷偷瞄了眼镜子。文彦没把女人带上檐廊,直接就站在玄关的泥地上。阿龙婆忽然意识到,还在文彦出生以前很久,自己就已不是阿龙姐而是阿龙婆了,不禁觉得有些挫败,若无其事地站着点了点头:"家里乱得很,别嫌弃,请进吧!"女人深深地躬身低头还了礼。

女人有着标准的富士额①,宛如从画卷里走出来的古典美人,身材略丰腴,文彦要谈恋爱仿佛就会找她这样的女人。文彦告诉阿龙婆,自己跟女人是在吉野深山水坝工地旁一处专门为那些工

---

① 形似富士山的发际线(有些类似中文中的"美人尖"),被认为是美人的条件之一。日本仕女画中女性的额头多为此形。

地上做事的工人开的女郎屋①认识的。不过,这女人是巫女②,教团里约莫十个巫女为了寻求神灵庇护,特意跑到远离人居的深山里修炼。她们一大早就站在瀑布里接受洗礼,然后跟在年长的巫女后面摇着铃铛一遍又一遍地跳舞,直到能真真切切看清楚隐身在山川树木、溪谷峰峦里的神灵,最终同神灵彻底融为一体。要是还不行,就得用针扎脚尖、扎手指甲,流着血痛苦地呻吟,祈愿与神灵合一。修炼要一两年之久,巫女们就在吉野的水坝工地附近盖起小屋,跟先前进山的巫女们一样,把自己的身体交付给男人,靠收到的施舍买些生存必需的食材和小零碎。文彦被这群巫女迷住了。

巫女们绝对不是卖身给工地上的工人。她们委身男人接受施舍,等凑齐了需要的钱,就关了小屋,以一身巫女的装束走向吉野的深山。文彦被那神圣的样子深深吸引住了,趁着工地发工资,就跟了过去,想跟之前工地上好几个工人一样,没钱了就就近找个工地干活就是了。听说巫女们修炼的瀑布、岩场③都在仿佛才被一股神力劈开裂成两半的陡峭的悬崖旁,文彦就顺着悬崖间流淌的溪流一路找过去,到了瀑布潭④。

文彦躲在岩场的暗处,偷看那些曾接客的巫女们在年长巫女

---

① "女郎"是对"妓女"的委婉的别称,"女郎屋"即以色事人的女性居住、营业的地方,但本书中提及女郎屋不同于普通的妓馆,故保留日语原文的"女郎屋"表达。

② 日本古代的神女,又称神子,源自对神的信仰,是类似于主祭、先知、灵媒一般的存在。传说巫女可以接受神的附依,传达神的意志。现代日本神道教的神职人员中仍有巫女。

③ 岩石多而裸露的地方,尤指有险峻岩壁的地方。

④ 由瀑布冲刷形成的水潭。

歇斯底里的尖声叱骂下，战战兢兢地摇着铃铛，一边高声吟咏一边跳舞，鲜血从她们的手上脚上滴滴答答一直往下淌，文彦目睹修炼的情形，感觉巫女们仿佛从天而降飘落到山中，她们拼命摇着双手的铃铛，发出近乎窒息的笛子般的嘶鸣，最后昏倒在地。文彦寻找着曾在女郎屋服侍过自己的女人。

阿龙婆觉得这一切发生在文彦身上再合情合理不过，转而又想，绿水青山中巫女们的红裙、从扎针的地方冒出来又掉落的血珠同瀑布潭清澈的流水交相辉映，此情此景，就算不是曾亲眼见过天狗和八咫鸦的文彦，也会以为是天仙下凡在玩耍吧！

女人正任飞流而下的瀑布冲击着身体，看到文彦靠近，尖叫着藏起了身子。文彦回头一看，发现刚才一直在摇铃铛的女人们好像都忘记了曾在工地上见过他，四散奔逃，躲进了小屋。文彦就真跟闯进了仙女群里的男人一样，朝水里的女人走去，只剩她一人没来得及跑进小屋，湿漉漉地弓起身子缩在溪流里，口中喊着畜生、畜生，扭过身想逃走，文彦一把将她抱了起来。

之后很久，阿龙婆依然觉得从文彦嘴里听到的跟女人相遇的经过很符合中本家年轻人的本性，是个淫靡又柔美的故事。文彦用带点微蓝的漂亮眼睛注视着阿龙婆的脸，女人在一旁歪着头听着，脸上微微带着笑，看上去两人就像是在编故事讲给阿龙婆听。两人仿佛是千年以前的贵人和圣女，阿龙婆也仿佛从千年以前开始就这样一直在倾听。一阵风儿摇动枝头缀满小花的野胡枝子，掠过不知名的草丛，吹进文彦正在讲的故事中，于是，故事、文彦两人，还有阿龙婆都化作了白骨，化作破旧不堪、野草丛生的人家。

阿龙婆听着文彦的讲述，仿佛自己就是那时正在山里修炼的巫女,瀑布将头发和衣裳冲得精湿,就这么一下子被抱起来,被钢刃般古铜色的臂膀死死搂住不放,不由得恐惧不已。

女人吓坏了,这男人在自己正修炼的当儿闯将过来,胳膊箍得那么紧,任她怎么挣扎都动弹不得。女人想干脆咬舌自尽,刚把舌头伸到牙齿间,男人的脸就逼近过来,就要碰到从敞开的衣裳里裸露的乳房。女人保护自己的武器只剩下了牙齿,她摆出咬人的架势,齿间摩擦出"呲"的声音。就跟蛇一样。文彦就一直抱着女人,盯着她的脸,看到女人渐渐平静下来,闭上眼睛流出了泪水,文彦把女人放到不会被瀑布的水溅到、还带着太阳余温的河滩上。女人啊啊放声哭个不停,文彦就这么望着她。

其他巫女不知道这女人究竟被文彦看到了什么,一直恨得哭个不停,也都不去管她,麻利地把小屋里所有能带的东西都带上,顺着河流跑进了深山,嘴里还都哼着歌儿,在文彦听来就像奇妙的咒语。文彦吼道:"喂!我带了好多钱来哦!"女人们根本连头都不回。

文彦觉得这些巫女真是奇怪,她们需要钱的时候就在工地旁边搭个小屋勾搭男人,要修行了就消失在深山老林里。既然过些天等钱花光了又得找男人多的地方跟过去,修行的地方也跟着工地变,那又何必讨厌捧着钱追过来的男人呢?更没必要跑走了。文彦跟女人在巫女们留下来的小屋里住了两天,到了第三天,女人开口说,山里早晚都冷得很,米也只剩一丁点儿了,其他吃的都已经见底,自己愿意跟文彦一道到他想去的地方,做他想做的事。文彦要是赖在小屋不走,修炼的巫女们回不了屋,就有可能死在外头,请把小屋空出来给她们好么?就这样,文彦带着女人离开了住了两天充满性爱气息的小屋。

文彦跟女人一起在飞瀑拍打的河里洗净身体,女人问:"这下干净了吧?"文彦点点头,照女人说的往通汽车的池原方向走去,他忽然有种感觉,似乎很久很久以前,自己就曾经和这样的女人一道在山中游走过。见女人套着草鞋的光脚上有好几处伤口,文彦便问:"痛吧?"

"已经习惯了,倒也不觉得痛了。"

女人望着文彦的脸,垂下了眼帘:"就是那里有点痛……"语调仿佛那种痛已经在她身体里掀起了淫逸的波澜。说着,女人攥紧文彦的手,似乎知道他会不知所措,喃喃道,只要能这样握着手一起走就好。两人走在秋日的林荫道上,连太阳照得到的地方都有些阴冷,仿佛只有女人手心的体温还有暖意。女人感叹,桔梗花开,漫山红叶就好像把整座山都变成了锦缎,真美呀!听着女人的声音,文彦把嘴里还带着女人味道的口水咽下去,又将手指放在鼻尖轻轻嗅着,似乎想细细品味那份温暖。两人在池原水坝工地旁的茶馆里住了一夜。第二天一早,文彦考虑要不带女人去吉野,就住在旅馆里,时节离赏花季可能还早了些,那就去看看枚方①的菊花人偶、藤井寺②的焰火,吃些好的,喝点酒,直到把身上的钱都花光。总归都是路地年轻人通常想到的那些事情。可最后,两人还是按女人的想法坐上了开往熊野路地的汽车,那是文彦来的地方。汽车沿着河边坑坑洼洼的道路向前,女人依窗坐着,文彦越过她的脸往悬崖下望去,见河水反射着透明的日光,好多只乌鸦飞落到水边,又弹跃般飞起,就跟那些巫女一个样,文彦

---

① 位于大阪府东北部的城市,与京都府、奈良县相邻,以七夕文化和菊花扎的偶人展闻名。

② 此处指位于大阪府中东部藤井寺市的寺院。

回忆起很久以前自己碰到鸦天狗、遭遇神隐的经历，突然不安起来，觉得这女人就好像是天狗的化身，想问她是从哪里来的，便开口问道："你们在山里修炼完以后要回哪里去呢？"

女人默默地垂下眼帘，伸头蹭了蹭车窗，像是要去感受一下窗户有多冷，然后睁开眼说，本来想去全国各个地方再苦修一两年好获得净化，可一说这个就想起来自己修行到半道就下了山，太伤心了，所以别再说这个了。

在文彦看来，吉野也好，天王寺也好，都是山那边。女人虽说才来路地不久就学会了这里特有的表达，但还是略带京都大阪一带口音，对她来讲，熊野的路地这里也同样算是山那边。两个遭遇过神隐的人在路地这里连婚礼都没办就住到了一起。谁都看得出来，文彦对这外地的女人格外上心。平常他在家待不到一个星期就憋不住要去工地干活，这次回到家十天过去，半个月过去，还是什么活儿都不去干。路地的小伙子、大老爷们为了养老婆孩子，就算不情愿也都跑到山里找活干，或是挖挖土方、去林场搬搬木材，这些活计文彦也不参加。偷东西的现在确实少了许多，就连这个他也不像是想干的样子，只是从早到晚把窗子关得严严实实，躺在从来不叠的被窝里跟女人云雨。不久就传出风言风语，说是大白天就听得到女人的欢声，加上路地只有这一家终日关着门窗，愈发显眼。路地的主妇们爱比干净，一个赛一个，早上一把丈夫送出门干活，只要天上稍微有点太阳，就习惯性地门窗大敞，开始打扫卫生，仿佛在广而告之：看，我们家可没有任何见不得人的东西。这么一来，文彦家就更显得特别。青天白日的，小孩子们听到屋子里有女人的欢悦之声，就扒着窗户缝偷偷往里瞅，给文彦母亲阿金瞧见，觉着再也不能放任不管，冲过去训了一顿。

不知道阿金到底说了什么，第二天起，文彦就天天一大早起床，跟在男人们后头，跑到河口的林场干起了把木材贩子竞拍下来的木头扛到卡车上运走的活儿。扛木头的活儿文彦还是头一次干，不过之前在工地搬石头、推独轮车，已做惯了力气活，男人们看着文彦干活的样子都吓了一跳，莫名地同情起他来："这可不行啊！使这么大劲，一两次就没力气了！"文彦望见自己赤裸的胸膛上缀满汗珠，便调整呼吸，腹部一用力扛起了木头，一边想着活干得越多钱就越多，心里描绘出自己跟女人正正经经结婚生子、老老实实过日子的样子，感觉也很不错。扛木头这活儿，一般中午木材商竞拍结束就干完了，从包工头那里领了当天的工钱和木头的分红，太阳才刚刚开始西斜的三点钟左右，就已经回到了路地。女人勤快得很，特意跑到文彦父母家帮他烧洗澡水，文彦望着女人跑进跑出的样子，觉得尽管两人在一起才没多久，却有种一块儿生活了十年的感觉。

搬木材的活儿不景气，文彦很快就找不到事干了，等到加入年轻人的队伍，开始进山里干活，年已经过完，年轻人们瞎闹腾的二月御灯节也刚过完不久。担任"上子"①的那帮年轻人聚到会馆里，又重新开怀畅饮，结果田中的二儿子和年轻人里头做老大的久志因为一点小事吵了起来。任谁看久志都不多占什么理，不过，说是两个人都在山里干活，结了梁子以后再上山，摸不定会出点什么事儿，久志的狐朋狗友都留和菊造就借故把田中二儿子从小队里踢了出去，把没有活儿干的文彦招了进来。

---

① 参加御灯节祭祀活动的男子被称为"上子"（"登リ子"），身上必须穿着白色服装，以示神圣。

头一天进山里,比之前去林场搬木头时还早两个小时,女人就摇晃起文彦来:"阿彦……"文彦以为女人是缠着自己想接着昨晚再来一场,就张开胳膊去抱女人,结果女人说是该上山干活的时间了:"不知道今天山里天气好不好。"女人说,自己前不久还一直在山上修行,知道虽然现在有云,可山上已经在放晴了。路地的天还黑乎乎的,不过已经有天晴的迹象。文彦对歌似的说:"山上肯定下大雨,浑身湿透!"说着要爬起来,女人冷得缩着身子,过去关了门口的窗户,接着扑到正准备起床的文彦身上,吸着他的唇,蹬掉被子,把自己冰冷的身体骑在他身上:"我之前被针扎也好,流血也好,根本就不觉得疼,也没什么难受的。"说着把针扎过的指尖送到文彦的唇边让他舔,一边按着遍布扎痕的手背,说是一下雨就分不清距离有多远了,现在更能体会到在山里修行的巫女们有多冷,有多痛。

　　不一会儿有人敲门,一个急着要去山里干活的伙伴在外面吼:"你还要睡到啥时候啊!快过来集合!""真够木的,"女人嘀咕,"今天就算进了山,肯定也是打雷、滑坡,没什么好事……"接着传来了久志的声音:"文彦,还在做那事儿啊?"一听就知道,久志怕冷先喝了一杯,以为干活的时候酒自然就会醒,结果接着第二杯第三杯就下了肚,一下子就喝多了。

　　文彦没办法,只能穿上上山干活的衣服,跑到路地入口,等林场主的工头们派来的卡车。结果卡车比平常晚了半个小时才到,告诉大家山下虽然晴着,山里头已经雨转雪了,一直在下,一时半会儿没活儿干了。

　　"不能把那些被雪压断的地方修一修吗?"久志一脸认真地问。文彦插了一句:"又不是下雨,是下雪啊!"久志一下子露出了无赖样,破口大骂道:"真烦人!你给我闭嘴!"转过去又问:"头儿,那我们又要一直闲到夏天了?"头儿不作声地点了点头。

"这里工钱高,所以我们就没去别的地方,可是一年比一年活儿少,再努力也不行啊……"

"从前我们还是把木头扎成筏子从河上漂过来的呢,"头儿说道,"这个嘛,反正就是下雪天没活儿干了。以前我们把树砍了以后,要么拿爬犁拽下来,要么扔到修罗车①上,扎成筏子,现在都是直接在两座山中间拉索道,把木头吊起来运走,再装到卡车上的。"

久志"呸"地吐了口唾沫,气冲冲地甩着肩膀准备回路地,忽然间又停下脚步:"菊造,都留,喝酒啊!咱们喝酒去!"说着又摆出一副大哥的派头,冲文彦招招手,把手搭在靠过来的文彦肩上,小声道:"你出面的话肯定谁都不会有意见的,你去把酒店掌柜喊起来,就说我们这些小年轻私底下有喜事要办,打他一桶酒来,酒钱先赊着,回头用我们过节时赛龙舟得来的钱和收到的红包钱补上。"文彦他们从刚起床的掌柜那里扛了一斗那么大桶的酒,搁在会馆厅堂里喝起来。路地的人们不知道发生了什么事情,都吃惊地跑过来看,发现坐着喝酒的年轻人里坐着久志、菊造、都留几个恶名昭著的,就清楚不可能劝得住他们,哪怕满肚子话就在嘴边也没人敢吱声了,不等到他们把酒桶喝个底朝天,醉了再慢慢醒过来,不晓得还要惹多大祸上身呢。阿龙婆的性子跟久志那帮小痞子差不多,也是有什么事就搬桶酒哐当一搁,巴不得闹腾一场的,很清楚他们的想法:与其丢了活儿磨磨唧唧,还不如热热闹闹

---

① 日本古代搬运大石块、大木头的工具。

开心一场反而转运呢！礼如性子不一样，做事认死理，就特别反对，听阿龙婆说："这也没什么嘛！"马上接口说："龙，寺堂可就在那里哦！"礼如没有自己的寺院，青年会馆厅堂墙上挂的佛龛就是他一直以来守护的"寺堂"，他也知道只要把大门和隔扇拉起来，厅堂那边就是闹一点，佛龛也不会坏的，不过那帮坏小子弄不好会使坏，摸不准他们会不会故意搞破坏。

"坏掉了也是到了该坏的时候了，使坏也坏不到哪里去的……"

礼如听了，脸涨得通红，生气地喊："龙！"阿龙婆也少有地直想回嘴，板着脸说："别叫我龙，我名字叫阿龙！"礼如眼泪都出来了："世上哪有这么无常的事啊！龙你说自己是阿龙，也不去管菩萨怎么样。活着的人我行我素，都被那些随心所欲的家伙赚了眼球，根本都注意不到自己脚底下那些死掉的人一个个都在淋雨啊！"礼如的口气像是专门就要教训阿龙婆一个人，带着他独有的古怪腔调，阿龙婆一听到这熟悉的口吻就禁不住要流泪。她总觉得那些在会馆厅堂吵吵闹闹、大喊大叫的都是自己接生的孩子，这帮年轻人干什么都没关系，可一听到礼如的语调，阿龙婆就开始觉得，抱着这种想法的自己才是这群坏家伙里头最坏的那一个。

阿龙婆做了这么多年接生婆，体悟到的智慧就是肯定所有的一切，碰到什么都欣然接受。阿龙婆清楚，世上也不会就此变得顺遂或者繁荣昌盛起来，不过，也没有必要什么都顺顺当当、繁荣昌盛，也没有可能什么都顺顺当当、繁荣昌盛。礼如说，这就是无常。

这帮小瘪子闹腾了有三天才停歇，吃的喝的撒得满地都是，那一斗酒好像还不够他们喝的，地上还有好些一升的酒瓶子。意识到路地的人肯定早就一肚子意见了，小瘪子的老婆、妈妈们就主动跑来清扫。不久大家发现文彦的女人没来，估计她刚来路地不久，不懂路地上这种时候大家都是心照不宣，不需要人喊就自觉过来帮忙的，于是有个人家的老婆就跑去文彦家叫女人。文彦女人正在拿草根熬醒酒汤，说是熬好了给酒喝多了神志不清的文彦喝，赔着笑脸回话说："谢谢啊，我马上就过去喔！"文彦望着自己的女人现在跟路地人交谈起来有模有样，不禁心中欢喜，让她赶紧过去帮忙，女人回答："还要稍微等下哦！"文彦忽然问："山里面有三只脚的乌鸦吗？"女人头都没回，就像听到一个再正常不过的问题般答道："有啊！"女人把熬好的茶色草药汤倒到茶碗里，放在文彦床头，说很快就回来，匆忙出了家门。

文彦喝了药汤马上就不再想吐了，身体也奇迹般轻松起来，他忽然觉得女人会跟天仙一样，把他留在路地，自己回到山里，于是赶紧跑向会馆。头针扎般一阵阵痛，文彦觉得，那就是自己对女人的爱。女人们正扎堆说着丈夫的坏话，文彦冲进去，看见自己的女人也在，终于松了一口气，借口说家里有点急事，把女人带了出去。走到外面，女人问："有什么事？"文彦激动地说，如果你要回山里，求求你一定要先告诉我。见女人一脸诧异地盯着自己，文彦解释道："山里面不可能有三只脚的乌鸦的啊！"文彦不是普通孩子，小时候就见过鸦天狗，遇到过神隐，所以才会看到三只脚的八咫鸦，不过他也知道这事告诉别人谁都不会相信，只当他是瞎编或是吹牛皮，连他自己都觉得那可能只是自己性子特别才产生的幻觉；可女人听了却一点不吃惊，轻描淡写地说声"有啊"，那一定是因为根本就没有真心打算跟文彦好好过日子，如果不是这样，那她就原本是天上的仙女，在山里修炼的时候被兽性十足的男人发现，乱了修炼的节奏，判断与其个个都要沦为盘中餐，不如干脆舍己为人,结果才跟着他来到路地成了家。女人听完文彦的话,又重复了一遍:"是有的哦!"接着说,"我骗你也没什么用啊!说是侍奉神的巫女,我也不过是个修行不够的,师傅们怎么教,我就怎么做,可狐狸哼下我也怕,鸟叫一声我也慌,以前听工地上的男人说,男人这种东西,一直到死都会跟野兽一样痛苦不堪,我就当是布施,是救他们,接受他们包的钱,可心里还是怕得很。对你也是一样,我在工地看见你,在那个地方看见你,都怕得很。不过,就和我跟你在一起就不能再当巫女一样,没有你我也活不下去了,所以才下决心跟着你来到熊野,住在这个地方。"

女人的语调和平时不大一样,慢吞吞的,像是被什么附了体。肤色白皙、眉清目秀的女人在月光映照下,仿佛一个陌生的冰美人,端庄而高贵。女人不停地向文彦倾诉,伤心地把头埋在文彦胸口嘤嘤哭泣。文彦总害怕她会天仙一样从自己的手心飞离而去,这担心也是自然。此时他也忘了追问女人,她无意中提到过好几次常在山里看到三只脚的八咫鸦是什么意思,赶紧带女人回了家。

他们的家就在对着路地的那一排小屋里,原先也是老式的杉树皮屋顶,房主移民去了布宜诺斯艾利斯,文彦父亲买下房子后也没有改造,只是把杉皮顶换成了当时流行的瓦屋顶,板窗、拉门都关不严了,四处透风。屋子外面晒得到太阳,可里面冷得要命,文彦就把水泥地面的土间拆了,改铺了一间地板房。女人在地板间里坐下来,升起火炉,招呼坐在门槛上的文彦:"到这儿来烤烤火就暖和了。"文彦起身坐到地板间里,伸出双手放在通红的炭火上烘着,说着"火这玩意儿真是奇怪啊!",讲起了小时候看到的一场火灾。那是一家布店,明明仓库没有火源,却着了火,仓库和主屋的洗澡间都烧了。记得灰烬里发现了两具尸体,一个女人带着个孩子,看样子是朝圣的,也不晓得怎么就裹进了仓库。火是这两个人故意放的呢,还是为了取暖才点的?反正从那时候开始,这户人家就破败起来,最后落到深更半夜跑出去躲债的境地。文彦说,每次烤火都想起这事,小声叹道,真是奇怪啊……

不知道是在山里修炼的时候负了伤,还是小时候落下的毛病,女人对文彦说,一受凉自己大脚趾根那儿就疼,说着把脚伸出来给他看。文彦心疼地双手一把抱住女人的脚,女人哧哧笑了,抽回脚,让他帮自己把衣服脱了。炉火映照着女人的裸体,女人让文彦摸摸自己的乳房,告诉他,桃红色的乳头上扎过针,从光滑的肚子直到阴道口也都扎过许多针。文彦抱紧女人,将自己的脸颊贴上去,似乎想减轻女人经受的近乎奇幻的痛楚。女人双手圈住文彦的脖子,温热的气息呼到文彦耳边,她告诉文彦,自己的确是不同于一般女人的巫女,所以希望文彦能亲手那样对待自己,说着闪开身,从化妆桌抽屉里拿出一个织锦袋子递给文彦。文彦打开袋子,见里边放着一只绯红色的布袋,布袋有一面露出好几根针。虽然这只布袋是丝绵做的,里面只有用来缠裹好固定住针的线,可不知怎么沉甸甸的。是因为在山里——或许从更早以前就开始——刺破女人的肌肤,吸吮了流出的精髓才会这样么?文彦不由得从心底生出对女人的深深恐惧。女人把身体完全交给文彦,缠在文彦身上亲着他的唇,一边被什么附身似的念叨:"请刺我吧!",文彦用手指翻开女阴,问她:"这里也要刺吗?"女人点点头。

女人引诱文彦做的类似一种阴暗的巫术,只在巫女当中流行,要是文彦好这口主动要求,简直就跟路地年轻人个个瞧不起的游手好闲的家伙们才会干的变态事儿一样。可听着女人迫切地喘息着说"请刺我吧！"，文彦心想，她本来就是个巫女，修行中途自己把她从山上带下来，她身上发生什么也没什么好奇怪的。女人凝脂般白嫩的皮肤黏黏地贴着手指，每次嘴唇一贴近从脖颈到右乳隆起的地方，女人就抑制不住地发出喜悦的喊声。文彦把拿在手里没什么感觉的插着针的布包放上去，女人一下子叫出了声。不知道到底扎得有多深，只见针划破女人白皙的皮肤，立刻冒出了约莫十条闪着红光的血珠。文彦耳边响着女人的喘息声，凝神一看，闪烁的血珠瞬间汇成了一条血带，在文彦手中女人雪白的肌肤上流淌。女人总是说，每次一下雨，就会有疼痛的感觉从山那边传过来。女人一边喘息一边说，痛就要跑掉了，再多给我一点啊，越多越好，就到处扎吧，直到你的情欲彻底消失！女人在文彦的胯下摸索，找到文彦情欲的中心，怜惜地握在手中，露出微笑。给女人一摩挲，文彦心潮激荡，有些不知所措，他认定自己这样做不是出于情欲，而是因为崇拜天仙一样的女人，他痛心地将嘴唇贴到流出来的血液上，就好似一个嗓子渴得冒烟的垂危病人，为了获得重生在痛饮野兽之血。女人一直在喊痛。不多久，女人雪白的肌肤变得绯红，全身几乎没有一处不裹在鲜血当中，文彦抱住女人，在女人璀璨炫目的美面前甚至有些茫然。女人仿佛一尊光芒四射的阿弥陀如来，不断发出欢喜的声音，文彦匍匐在她身下，乞求饶恕般裸了身体，把自己昂扬的物件推进女阴，进入喜悦中心的中心。

那天夜里，阿龙婆听礼如说屋后仓房的窗户半夜里给冷风吹得吧嗒吧嗒响个不停，就跑出去关门，无意中看见文彦家上方竟如白昼一般明亮耀眼，很是奇怪。这事她告诉了旁人，有天文彦过来,阿龙婆对他说了。那之前文彦把自己关在屋里,整整两天不吃不喝。他铁人般赤铜色厚实的胸膛和臂膀仔细看还算饱满,可硬朗的脸庞瘦削了好多,不过,整个人还是透着一股人生尚未过半的男人特有的朝气。女人的身体越来越热,仿佛在欣悦状态中凝成了一尊热块,最后,好似芯部被热熔化了一般,渐渐停止了呼吸。文彦觉得自己杀死了女人,陪在她身旁整整坐了两天两夜。过了第二夜,天快亮的时候,他把女人扛到山上,在自己以前看到鸦天狗的那棵松树下挖了一个坑,把浑身绯红的女人埋了进去。当初找到神隐的文彦时,他正睡眼惺忪地呆呆站在那棵松树下。

阿龙婆告诉文彦,自己看见了天上飞的东西。阿龙婆说,文彦其实没把那女人埋掉。文彦看到的女人,浑身上下都在喷血,宛如披着锦衣的耀眼天女,又仿佛阿弥陀佛的真身。这种事情现实当中根本就不可能发生,告诉谁都不会信,除非是总被当成怪人的礼如,或是阿龙婆信奉的传诵释迦牟尼教义的经典里才有可能出现。女人呼吸都已经停止了,可又在光芒闪耀中复活,郑重地对文彦道了谢,也没伸手拉门,就飘浮到了空中。女人越飞越高,飞上了山,停在了山上那棵松树下。映入阿龙婆眼帘的就是这时的情景,女人瞬时间化作了光柱,往熊野的群山方向飞去。听了阿龙婆的话,文彦似乎被戳中了真实的秘密,痛苦地喊:我把她给杀了,我把她给埋了!看着文彦泪流满面,阿龙婆清楚,文彦是从心底里坚信女人是天仙,是阿弥陀佛的化身,就给文彦递主意:"你就是去警察那里自首,人家也不会相信你的,肯定说你在撒谎。就算他们从松树底下挖到女人的尸体,也只会认为你是恨她所以杀人抛尸的!"阿龙婆告诉文彦,要是没活儿干了,不如跟以前一样上山里的工地去吧。

文彦当天就从车站坐大巴,进了大坝旁边一家以前和女人一起住过的茶馆。店主一见文彦就会意地说:"钱又花光了,来挣下一年的钱是吧?"店主说夜路黑,又冷得很,挽留他不如住一晚再走,文彦一口回绝,继续走着赶往大坝,等走到搭着工棚的工地,天已经快亮了。管伙食的老夫妻俩已经起床,文彦请他们放自己进了工地,等坐到火边,浑身都快冻僵了,心情却奇妙地轻松。文彦问:

"这儿要帮工的吗?"

男的告诉文彦:"这里等造好了,可是这一块最大的大坝了!"说招个一两个人根本就是小菜一碟。"你是哪里过来的?"他问文彦,文彦回道"是从九州那边过来的",工地上几乎个个都会这么回答。"我也是九州来的呢!"男人接话的口气像是在说,彼此都别问过去的事儿了。许是体会到文彦这会儿有多冷,男人从灶台下掏出一瓶酒倒到茶碗里说:"马上那些工人都要起床干活了,你先喝杯吧!"文彦中学毕业后一直在工地干活,已经习惯了,不会因为别人的热情不自在,但也不会特别感激,就依他的话喝了酒。这时身后突然传来熟悉的声音:"我还想着谁这么一大早就喝酒呢,原来是文彦啊!"文彦回过头,见是久志站在那里。

男人问:"你们认识?"久志夸张地点头称是,那样子像是遇到了十年没见的老朋友。"我们前不久还在下面镇上一起闹腾呢,也不晓得算堂兄弟还是表兄弟,反正差不多就是这么个关系吧!"男主人苦笑着指指文彦和自己:"我们可是九州老乡哪!"久志以前没在工地干过活,嘟囔说,瞎扯啥呢,让文彦拎着行李跟自己走。出了门,久志带文彦进了工棚区的第二间屋子,文彦发现路地的那群狐朋狗友菊造、都留都躺在那睡觉呢，连好一阵子没见人影的数一郎也在里头，不禁笑了："吓我一跳！"这间屋子总共五个铺位，住了四个路地人，再加进文彦，这儿简直就成了山里面突然间冒出来的路地。文彦清楚，路地上每次庙会开始前一个月，或者御灯节前好多天，这帮年轻人就会聚到会馆里，刚开始还只是聊些女人的话题，聊着聊着就扯到男人身上那玩意儿了，说是比起用相扑、搬石头来比哪个力气大，还不如比比那玩意儿的力气呢，比如把装满水的水壶吊起来什么的，闹得不亦乐乎。文彦想，这下子不会无聊了，不过又有点郁闷，见久志叫醒还在睡觉的几个人起来干活，文彦暗自下决心，要是烦了就转到别处的堤坝工地去干活。

　　文彦赶了一夜路，原打算休息一天再去上工，可想想其他工人都走了，只剩下自己一个跟那个伙夫天南海北地侃大山，也累得慌，要想起了那女人也够难受的，反正这帮人干活也勤快不到哪里去，跟在后面混混一天也就过去了，于是就跟在久志后头，一有事就"哥哥、哥哥"地叫。

　　工地上以往都是靠软管把别处做好的混凝土运进来，前两天软管的口子突然堵上了，等疏通还要几天，这会儿就只能靠独轮车，穿过那条勉勉强强刚好能容一辆独轮车通过的小路运输。不管在哪个工地，都是规模越大、装备越高级，工人们干的活就越是单调，久志和菊造他们一边推着空独轮车晃到拌混凝土的地方，一边感叹："真不如在山上干活来劲呢……"有天中午，文彦刚吃过饭，突然发现久志他们不见了，这时候山崖上传来"啾啾"的口哨声，文彦左右张望，听见久志的声音从上面传来："文彦！在这儿！"抬头一望，只看得到久志挥舞的手臂，招呼着快来快来，石子直往下掉。文彦放下独轮车，四处张望他们是从哪儿爬上去的，这时后面过来一个小年轻，把自己的独轮车冲着文彦的直推过来，一边喊："快点！你走不走啊！"文彦吼道："干什么你！"那人回："我们都是今天刚来的，偷懒我们可不答应！"文彦乍一听还以为这小年轻是工地监工，定睛一看，原来也只是个普通的年轻工人。"你狂什么狂啊！"文彦说着，把小年轻拖到混凝土工地后头别人看不见的地方要揍他。小年轻一看就是打架的老手，趁倒地的当儿顺手抓起一截短棍冲过来就打，文彦顺势抓住短棍，飞起一脚踢倒小年轻，可能被踢到了要害部位，小年轻一下子老实了，文彦骑在他身上一顿猛揍。附近人发现这边打架，都围过来拉文彦："再打就打死了！"文彦放开小年轻，起身抬起头的一瞬间，看见悬崖上方一只裹着黑衣、长着乌鸦脸的天狗张开翅膀飞了过来。这件事文彦没有跟任何人说。

久志这帮路地的家伙说是四月份要开始剪枝①了，打算领了这个月的工钱就回路地去，老婆孩子都在家等着。他们听说翻过一座山过去的矿山上新开了好几间女郎屋，就纷纷说，等领了工钱就过去逛逛，哪怕就玩个两三天。文彦也想着，说不定能碰见巫女们呢，恨不得马上就跑过去，不过他已经下决心再也不回路地了，就不能跟回路地的久志他们一道，于是借口说还要在工地多赚点钱再回去，把那帮小混混送到车站，之后自己又返回了头。回来的路上，望着抽芽的绿叶和含苞的白花覆盖着杂木丛生的群山，文彦仿佛又看见了全身缀满樱花花瓣的女人。他在心里低语，要不是女人主动要求，自己是不会那么残忍地拿针扎她的。

---

① 给树木剪枝的工作，林业中的一种保育措施，以获得更优质的木材。

文彦觉得,变幻万端的女人无论是化身樱花,还是化身为织锦般的红叶,都无比美丽。

小混混们下山、文彦回到工地后,大概过了五天,文彦在工地扛着鹤嘴镐①下山崖的时候,居然碰到了久志。久志带着那帮小混混翻过山到那边的女郎屋绕过一圈后,这会儿本该回路地去的,没想到又双手插在工作服的口袋里回到了工地。看到文彦,久志像是有些难为情,"切"地吐口唾沫,嘴里嚼的草根也一起飞了出去:"我本来想回去的,没回成。"说着就地蹲下来,也不管自己挡了那些挑着畚箕的工人们来来往往的路,接着说:"钱都花光啦……"

"大哥,你全都被榨干啦?"

听文彦接腔,久志说:"可不是嘛!"一副黑老大的腔调。"都留还有菊造都玩疯了,舍不得走,结果就待长了……"说着绘声绘色地讲起来,翻山过去的女郎屋有多棒,她们身子紧实,皮肤光滑,没有一丝伤痕,简直能黏住人的手指,当她们兴奋得开始发出欢愉声时,就跟抹了胭脂似的浑身泛红……光是回想,久志的身体就禁不住痒痒得扭起来,突然开口问:"借我点钱好吧?"

"是要去女郎屋?"听文彦这么问,久志这回出声地啐了一口棉花般的白色唾沫:"我倒是想去女郎屋呢!去了那里可就再也回不了家啦!"久志跟小孩子耍赖似的说,要能跟文彦借到哪怕就一个月的工钱,回路地还能跟老婆解释得通;要不然,就只能做好腿被打折的准备,跑到章鱼棚②这样的地方,借个够花两个月、三

---

① 挖掘土石用的工具,因形如鹤嘴而得名。
② 章鱼棚是过去煤矿或工地常见的劳动条件极差的简陋工棚的俗称,因工棚狭小类似捕章鱼的笼子而得名。住在章鱼棚内的工人不仅被迫从事各种重体力劳动,薪金收入低,遭受资本家的层层盘剥,而且经常受到工头的监禁和虐待。

个月的钱,能借多少就借多少,再半夜偷偷溜掉,不过要给逮着了,肯定给围起来揍个半死,保不准真得打断腿!

既然久志这么说了,想想他在这里也不认识其他人,只有自己能借点钱给他,文彦心不甘情不愿地放下鹤嘴镐,说着"我的钱还放在工地的行李里",带着久志一起回了工地,路上连由头都想好了,要是给监工撞见,就说身体不舒服要请半天假,方便开溜。伙房夫妻两个都在外面砍柴,文彦也没过去打招呼,直接就进了工棚,久志也跟着进来了。文彦把所有的工钱都连袋子藏在袜子里头,裹在大衣橱的包袱里,本来不愿意让久志看到自己放钱的地方,可想着给了钱他马上就能回路地了,就当着久志的面拉开衣橱门,打开包袱,把里面的钱掏出来递给久志,一边说:"记得还我哦!"久志一张一张数着钞票,忽然想起什么似的抬起头问:"这里现在住几个人呐?"文彦回答说,五个,久志又问,另外四个人什么时候来的工地,文彦告诉他,这几个不是新来的,他们老早就在这里干活了,以前住在一号棚的小房子那里,久志他们回路地后,才给调配到这里来住的。"是么……"久志舔舔嘴唇,寻思片刻,把那一沓钱又塞给了文彦:"这个用不着了,还给你!"

"怎么的?"

"还怎么的,你傻啊!"

久志得意地一笑,推开衣橱里叠堆的被褥,把放在旁边的行李包和手提袋一个个抓出来,又把搁在下层的木箱子和包裹都搬到衣橱外边翻找,窗棂上挂的几件夹克也赶紧掏了口袋,接下来又打开手提袋一个个摸了个遍。文彦目瞪口呆地问:"你干啥呢?"久志一脸不屑:"你还不明白啊!"接着说:"男人的东西就是脏,要是女人的啊,就香香的啦!"说着拿出一沓钱,眯起一只眼冲文彦眨了眨:"你瞧!"

文彦心里想叫住久志,却没有开口。久志把二号棚的五个房间都转了一遍,又要去三号棚,里面的人都去干活了。文彦也就跟在他后头,踏进了从没进去过的三号棚。久志到处翻工人们的行李,嘴里嘟囔个不停:"真脏啊!""蠢货!"文彦很想告诉他,带现金的不多,除了想要能说走就走,到别的地方干活去的,或是在别的地方赚的钱忘记花了还留在手边的,一般人的钱都托烧饭的夫妻俩保管着,要么就是请事务所的主管监工存在保险箱里头。但文彦最后还是没有跟他讲。

就算这样,久志还是翻到了不少钱,差不多有他自己挣的三倍。钱一到手,看样子他又不想回路地了,嚷嚷着:"文彦!女人啊,找女人去!"让文彦跟他一道,上隔山那家女郎屋。

文彦心想,事已至此,没人会相信是久志跑回来偷钱,肯定都怀疑是他文彦大白天回屋洗劫了一通。反正迟早要离开这儿,倒不如就跟久志一道到山那边的女郎屋看看吧。见久志已经风一样一溜烟跑了,文彦便也跟着跑起来。

文彦一边跑一边反省:本来呢,把钱借给久志,让他回路地不就行了,可自己也不去阻拦,就任他去偷钱,这不是比久志更混蛋嘛!阿龙婆理解文彦当时的疑虑,甚至连久志的心思也都清楚。在阿龙婆眼里,翻过山奔向女郎屋的两个人,都跟凑到一块儿就会干坏事的天狗差不多,怕也是因为身体里流淌着的是那些纵情声色、沉迷舞乐,葬送了一生的人的血液吧!不过,久志就算再怎么调皮捣蛋,对那些被他风一般奔跑的势头吸引过来,犹如瞬间的幻影般闪现在他俩面前的巨物来说,根本就不是对手。"在这歇会儿吧。"久志坐在阳光灿烂的路边,把塞到兜里的钱掏出来又数了一遍,望着那么一大把钞票眉开眼笑,接着跑到清水潺潺的山溪边喝水。早春的暖阳夹杂着一丝寒气,晴空万里,久志忽然发现亮得耀眼的天空中有什么东西一个个飞过来,就在回头去看的一瞬间,他被抛上了天空,等再落下来的时候,身子已被生生撕扯成了两半。文彦目睹了这一切。久志裂成两半的身体掉落下来后,文彦面前又出现了曾经见过的鸦天狗,鸦天狗把久志身上的钱扔给文彦,说,山上有钱也没处花,还是给你吧!文彦知道这钱是久志偷来的,心里说不出的难受,翻过山一个人去了女郎屋。文彦把久志赞不绝口的那女人买了,一高兴就把这钱怎么到手的稀罕事告诉了女人,女人听了,劝文彦说,久志被天狗当玩具耍,给撕成那个样,这钱太金贵,应该回路地,把钱带给久志老婆才好。文彦花了两天时间赶回路地,把钱交给了阿龙婆保管。估计文彦活着也没劲了,在四月释迦牟尼生辰那天,吊死在路地那棵松树上。才二十四岁的文彦,壮实得像个铁人,就算在中本族里也有些与众不同,简直像是跟异类通媾生下来的奇特孩子。他一生下来,阿龙婆就这么觉得。

天人五衰①

  阿龙婆听到风吹过后山的杂木丛再撞上护窗板的声音，便知道冬天已经来到了狭窄水井般常年温润的路地。她心想，那些把孩子留在路地，外出去新天地闯荡的人所定居的布宜诺斯艾利斯，那里的贫民窟也和路地一样，冬天来临，风捉弄着树叶，把它们吹散又扬起。有一瞬间，阿龙婆觉得树叶犹如梦幻般的黄金之鸟，在日光下闪闪发亮，炫彩夺目。阿龙婆闭上眼睛倾听着风声，感觉自己的耳朵好似飞舞的树叶，浮在空中随风飞向无穷的远方。看到的听到的，全都无比快乐。顺着杂木丛旁边的小路，走到阳光斑驳的树丛尽头，就出了路地后山的边缘。阿龙婆在那里变成了轻飘飘的灵魂。她看到树干光洁发亮，便好奇地上前摸了一把；听到草的叶子沙沙作响，便绕过去探个究竟。原来是蝗虫轻捷地跳在叶子上。变成了灵魂也喜欢恶作剧的阿龙婆，伸出手抓住了蝗虫的触角。蝗虫想，没有刮风，也没有能加害自己的其

---

① 佛教概念，指六道中生于天道之"天人"于寿命将尽时所表现的五种衰败之相。据经典记载，人道和天道均为善道，人多行善事，可成为"天人"，待到福报享尽，便会重新坠入轮回。天人多披挂璎珞，飞于天空，故又称飞天。五衰又有大五衰、小五衰两种，大五衰指衣服垢秽、头上华萎、腋下流汗、身体臭秽、不乐本座。

他昆虫来到身边，触角却感受到了触碰，虽然不像有危险，但还是逃跑为妙，便纵身轻轻跃起。阿龙婆追着，一路向前，一直飞到了大海边，大海朝如茜草，昼如翡翠，到了傍晚，就好似盛装的腰带，流淌着葡萄汁般的颜色。她顺着田地飞，从小山冈到为了防风种下的松树林，就像一匹小白兽，从深山来到大海，穿越美到难以形容的绿色树林，要品尝海的咸味。阿龙婆站在海滩上，迎着海风，心想，暂时化作灵魂，从老迈衰弱无法动弹的身体里逃脱出来，是一件多么快乐的事情！阿龙婆的灵魂对路地半山腰家中卧床不起的阿龙婆轻轻笑语：

"阿龙婆啊，活到这么大岁数不容易啊，"又说，"一直躺着，身子不痛吗？"

"不痛呢。"

阿龙婆面对自己的灵魂，就好像是在回答从自己卧床不起后来照顾生活起居的那几位路地女人问的问题一样。一艘船沿着海滩被拉上了岸，阿龙婆看到自己的灵魂随风轻盈起舞，向那艘船飞去，心想，时至今日，无论什么都是愉快的。阿龙婆是自由自在的。如果想看，不管什么都看得见，如果想听，即使是上天派来迎接自己上路的人演奏的音乐，那轮回彼岸的声音，也能听得见。

冬天的风经常猛烈摇晃后山的杂树林，力量大得好像风暴呼啸而过。有一瞬间，这么大的风声让阿龙婆大吃一惊，看见金光闪闪的黄沙打在屋顶上、打在墙壁上，阿龙婆以为房子的周围还有通往山下的坡道都落满了黄金。阿龙婆在心里描绘着路地人看到不知从哪儿吹过来的金山，发出了欢呼声的情景。可以去捣正月的年糕了，可以给孩子们穿上漂亮的新衣裳了，不仅如此，从今往后可以不用劳作，只要愿意大白天就可以开始喝酒了。年轻人们可以跟着时代潮流,弹弹三味线、吹吹尺八①、弹弹吉他,尽情地沉浸在歌舞音乐中。

路地里突然有人弄来了一台从没人见过的会出声的机器,有一个女声在里面开心地歌唱,听起来和撕裂丝绸发出的声音一样,可是又甜美得像要把人融化。一位流淌着中本一族血液、绰号东方康的年轻人说,这是探戈舞曲。为什么这个小伙子会叫东方康这个绰号呢,消息灵通的阿龙婆也不知道。只是这绰号,同破烂爷爷、帕利基博士、白粉藤、荆棘龙等一样,虽然不知道为什么要这样叫,但只要一叫出口,多少也觉得说得通。东方康说:"阿婆,这玩意儿不错吧?"阿龙婆睁大眼睛愣愣看着东方康。

阿龙婆是路地唯一的接生婆,她的丈夫礼如则是一位毛和尚。东方康带来会出声的新式机器,让她听外国歌,可阿龙婆完全听不懂像是撕扯丝绸的甜腻声音在唱什么。听到阿龙婆说,"这是什么呀,我听不懂外国话呢",东方康露出一副悲哀的神情,说:"这是日本话呢。"阿龙婆突然意识到,新时代来了。日本人用日语唱的歌,同样说着日语的自己却完全听不明白,只能听到有声音在唱,就像听鸟鸣一样。同样的事情,阿龙婆也曾经听路地的一个女人说过。政令颁布的时候,大家举起双手一个劲地喊"万辉、万辉",可是他们自己都不知道"万辉"是什么意思。这个女人,还有把这事儿转述给女人的她的母亲,也都是一直到后来才知道,他们喊的就是用来祝福事情成功,或者祈愿出门平安的"万岁"。明治初年,太政官公布"秽多解放令"的时候,有个男人从村长那里飞奔来,手舞足蹈连珠炮似的说,前世造的孽终于要

---

① 尺八是一种吹管乐器,在隋唐时期传入日本,融入日本本土。

消解了，人生来归宿就是个死，年轻只是个假象，一下子就老了，身子不行了，这儿痛那儿痛，都是前世造孽，解放令一出，痛苦马上就要消失啦。从别人那里听说这件事时，阿龙婆觉得自己仿佛就在现场，听见男人喊着"万辉"。那曾经也是新时代。

阿龙婆本来就不识字，所以把万岁念成"万辉"，对她来说也没什么两样。不过路地女人那句"把万岁念成万辉了啦"却一直残留在耳边，阿龙婆觉得新时代到来了，因为她知道在高喊三声万岁、迎来解放令公布之后又发生了什么事情。其实阿龙婆也没有亲眼所见、亲耳所闻，那是她还小的时候，一边在泥巴灶里生火，一边听乳母讲的。有一天，突然就有石头砸过来，护窗板差点就被砸碎了。仔细一听，有人在高声怒骂，路地里的男男女女根本不用听下文，瞬间就明白出了什么事，要是再待在家里，这和简易窝棚差不多的小房子立马就会被攻破，人也会被锄头砍死、竹枪刺死，便踢开自家后门，撒腿就跑。看到近邻的平民①手里拿着锄头、铁铲、竹枪，持着火把在路地里挨家放火，路地人也顾不上了，只管朝着黑暗的地方，朝树林里逃。太政官的政令一发布，不仅是路地，在日本所有地方，这些聚居在城市角落的人们犹如简易窝棚一般的成排小房子立马被近邻平民攻击、放火。广岛县东部的备后地区，逃到山里的人被手持竹枪的平民像抓猴子一样围追，死了将近十个。

阿龙婆心想，即便有人像猴子一样被抓、被弄死，人还是不停地增加，形成街道、形成村子。阿龙婆从年轻的时候开始，每当有女人怀孕，就劝说她们把小孩生下来，她说，没爸的孩子并不可

---

① 指当时社会地位高于贱民，但仍属于社会底层的日本人。

耻，即便生出来个傻子或者残疾，光明正大地活着总比躲躲藏藏要好，人生此世总比黄泉来世要好，增添总比毁灭要好。就算现在身体不能动了，卧床不起的阿龙婆还是会一个人偷笑，如果有十个人像猴子一样被抓、死去，就不能光顾着痛惜死去之人，而是要十倍地生孩子增加人数，不停地高呼"万辉"。有时候，阿龙婆觉得这种想法是在故意冒犯礼如所崇敬的佛。

东方康的想法和阿龙婆很相似。当留声机还是稀罕东西的时候，东方康就小心翼翼地抱来播探戈舞曲，让上了年纪的人惊奇不已，虽然在他们听来这些舞曲就像是鸟儿在唱歌。东方康不仅是一个喜爱新事物的人。阿龙婆后来才知道，这个绰号为东方康的男人那时候便拥有比他那古怪的响亮绰号更加奇异的热情，他想创造一个新世界，用来给路地不断增加的人居住，为此游说了好几个年轻人。

阿龙婆清晰地记得，战后第二年盛夏的一天，复员回到路地的东方康走遍了路地的每一个角落，他捡起一块落在路上的石头仔细端详，仿佛那是一块宝石的原石，然后说："这里以前是莲池呢。"一切的一切，都是从这句话开始的。

从路上捡起一块石头，就说出了路地房子建起来以前的土地是什么样子，这并不是因为东方康眼光多么敏锐，也不是他直觉有多准，而是因为阿龙婆等路地上了年纪的人都喜欢讲从前的故事，把五十年前的事情讲得就好像昨天刚刚发生一样。路地人都知道，故事讲莲花一开，白天都会扑扑响。后来才发现，其实东方康是想说，即便在战争年代，路地的人还是不停地变多，结果莲池也被填满，房屋把整个莲花园子都垫在了脚下。那时候，路地的人都嘲笑复员的东方康是糊涂了，学他捡起石头说："这里以前是莲池呢。"阿龙婆也是其中一人,只有礼如例外,他认为莲花园子垫在脚下,就意味着是极乐净土。能这么想,礼如真是一位了不起的人。东方康眯着眼睛,仿佛看到了莲花发着声响接二连三地绽放,心想,填了莲池扩展而来的路地,久远以前,迎来了一个来自安艺国或者出云国的某人,那人也是如今中本、田畑、松根全族人的远祖,为了躲避寒冷的北风,来到这里找到一个合适的山脚,砍掉杂树搭起小屋定居下来。不过,在这个拿留声机放探戈舞曲、让阿龙婆吓一跳的东方康的脑袋里,那位远祖不是阿龙婆常常想起、充满感激甚至会因而热泪盈眶的、神一样的远祖,而是一位和东方康性情毫无二致的、开辟了路地的远祖。东方康拿起那块原本躺在莲池底下的滑溜溜的石头扔到远处,噗地啐了一口,嘀咕道,真蠢啊。就算路地是把莲池垫在脚下,跟极乐寺①一样,那又能怎样,又没有金山银山。

除了阿龙婆、礼如还有东方康寄宿的仁市一家,没有人留意到东方康没打招呼就出门了。路地十分安静,就和战争时期一样。道路干燥发白,偶尔传来孩子的声音,甚或是生命之源鼓噪的声音,如果仔细听,可以听到穷得揭不开锅的人家的哭泣声、痛苦的呻吟声,还有大白天引男人到家里的女人的欢声,各种各样的声音混合在一起,反而显得格外安静。一个穿着复员服装的粗犷男人从外头来到静悄悄的路地,打听东方康。老实人余市的老婆本来要去路地旁的水井打水,看见外面来的人感到害怕,答了一句,我不知道这样诨名的人呢,就折返回家,闭门不出。男人挨家挨户地询问东方康的下落。路地人反过来问了男人后,终于明

---

① 位于镰仓市的真言律宗寺庙,是镰仓幕府祈愿的场所。

白了中本康夫自称东方康,跑到"满洲"①,在中国游荡,在当地被征集入伍,战败之后,又回到了路地。当初是东方康让穿复员服装的男人加入那些曾经想在"满洲"竖一面旗帜的人里面,见要找的东方康本人不在,男人觉得没什么好说的,失望地回去了。马上,人们开口闭口就都在谈论有着东方康这一古怪绰号的康夫。不过东方康本人也不在,关于他也就只有在路地里晃悠、捡起石头端详说"这里以前是莲池呢"这么一丁点的事情,也成不了新的谈资,爱说长道短的路地人觉得很扫兴,很快就把东方康的事情给忘了,话题马上转到了别的地方,什么怪老头盖了一个大号狗屋住在里面啦,一个小伙子进屋偷窃被人家发现了从屋顶逃之夭夭之类。不过,阿龙婆不一样。阿龙婆不是因为记忆力好所以才记得东方康的。阿龙婆跟时春、武娘、信吾和信娘这些肚子里装满了流言蜚语的人不一样,眼前要是发生点什么,这几个人会立马扑过去把有的没的混在一起嚼舌根,而阿龙婆能记住突发的事件,能记住人,那是因为她自认,东方康也是自己亲手接生的,她比他父母还要早一步抱起他呢。

台风一直刮到入秋的前一天,因为刚下过暴雨,这一天,天空湛蓝,万里无云,东方康从街上走来,指着路地刚收完小麦的旱田,对跟在后面的男人说:"和'满洲'比的话,生活在这儿,真的就是一块巴掌大的地方。"见男人用手整理他那涂了发蜡闪闪发光的头发,东方康可能是觉得有点滑稽,嘴角带着笑意小声说:"对你来讲,可能这里就是新世界了。"

路地的入口有一棵孤零零的乌冈栎,东方康摸着它弯曲的树

---

① 参见本书第35页脚注。

干,盯着收割完的麦田看,仿佛在盯着小新芽生长,东方康对男人说:"去舞厅把安川给我抓来。"看男人有些磨蹭,东方康挥挥手催他去,男人走了后,东方康靠在栎树上,有些无聊地叉着腿站着。东方康的态度明显是在等人,但从他面前经过的女人们从来没有见过路地人背靠大树交叉双腿站立,她们觉得很奇怪,却没有人跟东方康搭话,问他在等谁,但是大家都知道接下来肯定会有什么事情发生,这些人暗自好奇,有的从洗碗池的拉窗张望,有的假装出来晒衣服,从花草丛的暗处偷窥。东方康和半藏一样,流淌着中本一族的血,但他不是半藏那种让人炫目的美男子,而是像神佛想要再造一个美男子半藏却半途而废的作品,缺乏半藏面庞的点睛之笔。可是,这样的东方康依然帅气,相比用下半身捕获上百女人的半藏,也许有些女人还更愿意拥抱东方康。果真有好几个女人就担心地想,东方康在栎树边站了这么久,到底在等谁啊,完全可以告诉我那人的名字,先进屋子喝杯茶,等人来路地了,我马上通知你啊。

　　东方康从没想过自己是可以和半藏相媲美的美男子,也毫不关心路地里的女人所谈论的、中本一族男人的风采仪容。他对男女那点事不太关心。东方康跟着那帮想在"满洲"独树旗帜的人游荡,去了战场,惨败给八路军,坐上复员船只撤退回国,在回国的路上逢人就劝他们来路地看看,回到路地后,心里也总是痒痒的从不消停,在舞厅、在咖啡馆看到精力旺盛的人,总要邀他们一起开辟新世界。在别人眼里看来,二十四岁的东方康实在太年轻,可是东方康自认十分特殊,虽然身子比欧美人小,心里却有一股雄蜂般锐利的日本人精神,这种精神在那些去中国开创新世界的浪人甚至军部的人当中也属罕见。战败后,到处都是一片混乱,被中国赶了出来、被朝鲜撵了出来,在南方①也被赶了回来,他感觉自己快要被这混乱的旋涡吞没,人生就要结束在二十四岁,他很焦躁,觉得如果再这样下去,身子就要腐朽。见打着发蜡的男人回来说安川不在舞厅,东方康顺势从栎树上起身,绕过路地前往烧炭的齐藤家。齐藤与东方康坐同一艘复员船回来,住在路地后山背面一座消防楼底下的大杂院里。

"在屋里吗?"里面没有应答声。"我是东方康,在屋里么?"齐藤闻声拉开门,站到土间:"工作太忙了,才到晌午就累了……"听口气,他刚才一直想假装不在家。东方康一看这情况,垂下肩抿嘴一笑,跟以前在大陆浪迹期间一样,说:"以前真好啊。"结果齐藤回答:"以前的事情就别提了。"他好像在故意显示自己已完全成了一个卖炭的,像年纪大的人一样弓着腰端起盛木炭的袋子,望着炭灰一下子在土间里飘起来,飞舞到打了发蜡的男人头发上,男人慌忙躲开。齐藤老婆在里屋说:"已经回国了,要是不能把从前的事情忘得干干净净,现在就活不下去。"

东方康对着用手整理头发的男人喊:"阿利,"抬抬下巴,"别老弄你的头发了,去帮忙呀。"又接着对阿利说:

"反正我听了以后也很吃惊,你想,就连我回国时,都用快回国前在中国搞到手的翡翠,在黑市上换了酒,到海边好好庆祝了一番。叔婶你们现在虽然在卖炭,可是在南京的时候呢,雇了好几个女佣人和中国劳工,南京大骚动那会,你不是在汽车部队大显身手了吗?"

---

① 指第二次世界大战期间日本强行侵占的东南亚地区,如菲律宾、马来亚、新加坡、印度尼西亚、缅甸等。

那时在海滩上,齐藤借着酒劲,假装两手拿刀,说自己就是这样砍了造反的中国人的头,东方康想,现在的齐藤和那时简直就是两个人,现在他们看起来就是一对善良怕事的老夫妇,看着他们坐立不安地说,都是新时代了,别人要是知道了我在中国的事情,那可怎么办啊,东方康笑了。东方康并不是瞧不起齐藤夫妇。东方康曾经在大陆漂泊,内心深处非常清楚,只要是日本人,哪怕是齐藤这种连虫子都不杀的胆小懦弱的人,一旦爬到上层,如果无人责问,他们能干出的出格事,就连年轻人和原本性子就暴的人都想象不出。东方康本来是想跟卖炭的齐藤讲,把这些勇猛的人聚集起来,找个地方开创一个能和"满洲"相匹敌的新世界,不过齐藤根本听不进去,还笑东方康是在说梦话。

阿龙婆理解东方康焦躁的心情。其实再怎么跟这对卖炭夫妇提他们的过去,齐藤都不可能听东方康的。战败后,齐藤在从中国回来的船上与东方康相识,不过齐藤流露出来的是平安无事回家的喜悦。再说,本来齐藤就是个在深山里烧炭的,昭和初年才沿着河来到新宫,住在路地后山的另一侧,生活过得艰难贫困,一个偶然的机会去了中国,在南京做煤炭生意发了财。这样的人,用阿龙婆的话说,就是拿着竹枪像猎杀猴子一样追赶、刺杀路地人的那号平民,他是不可能理解被路地高贵而污秽的血统的本能驱动,患上了一种要去创建一个新世界、再造另外一个"满洲国"的热病的东方康的心情的。东方康的脑海里昼夜描绘着另一个"满洲国"的样子,一整个晚上,就在阿利海边的家里,好像是被拍打的波涛声所煽动一样,他不停地讲原本日本是怎么诞生的、路地是怎么在山脚下出现的,又讲像"满洲国"那样的新世界世上不多,接着对登喜说,那种土地宽广、矿产资源也应有尽有、适合作为新世界的地方，找遍整个世界，现在就只有南美了。东方康灵光一现，回忆起小时候路地好几户人家举家迁往南美。东方康口中念叨着以前听到的地名巴伊亚，又念叨着圣保罗、布宜诺斯艾利斯①，脸上浮现出笑容，说起了不知道从哪里听来的故事：最初一批到巴伊亚去传教的基督教徒，被原住民抓起来吃了。说完又自言自语，自己要是带上五百个左右的人集体移民去的话，前来迎接的当地原住民恐怕会想，从大老远的日本送来了一船的肉，够吃的了。

东方康来到舞厅，正巧路地的鲁莽汉让治站在门口，大白天的就浑身酒气，东方康一开口，让治就很感兴趣，问要到哪里创建新世界。东方康想，基督教的主教当时在南美碰到的肯定就是让治这样的鲁莽汉，回答说："到南美的巴伊亚去。"让治在嘴里念了几遍巴伊亚、巴伊亚，然后问："那是什么呀？"说完，像是在测量身高一样上下打量东方康：

"老兄，要不我们去一个更明白的地方创建新世界怎么样？"

东方康问去哪儿，让治终于坦率地说："正想找你商量个事呢。"然后拉起东方康的手腕，走到舞厅外面的院子，坐在草坪的圆椅子上，还能听到从舞厅里传出来的探戈舞曲，歌声就像阿龙婆所说的，像丝绸撕裂时的悲鸣一般甜美。让治说，是关于路地麦地旁边建筑的事情。麦地对面长着茂密的茶叶树和梅花树，再过去就是黑市，黑市地方不够用了，一个叫山本的男人，他以前是开糖果店的，说要在这块土地上建新的集市，现在正动工呢，不过

---

① 巴伊亚、圣保罗、布宜诺斯艾利斯三座城市都在南美，前两座在巴西，后一座在阿根廷。

那块土地不属于山本，原本是佐仓的，后来租借给了一位单身的老太婆，有几个朝鲜人老早以前和山本一起经营糖铺，因为没有住的地方，就和老太婆达成了协议，出钱要老太婆把租借的地卖给他们。可是山本却拿着钱去找贪婪的佐仓交涉，让佐仓答应自己盖房子，盖了房子以后又谋划在这块紧邻车站的土地上建集市，目的就是要阻止糖果生意越来越红火、已经成为自己强大生意对手的朝鲜人住到路地边上。"你是拿别人的钱了吧？"东方康问。让治大模大样地说，老太婆想找我帮忙治一治山本，哭着求着让我同朝鲜人见面，那朝鲜人说日本人狡猾，我告诉他，出钱的话，我也可以答应。那个叫作金的朝鲜人说没有道理，不肯出钱，滔滔不绝地用朝鲜话说了起来，让治只当耳边风，根本不听，另一个卖红薯糖的姓赵的朝鲜人说，让老太婆哭哭啼啼的也不是事儿，就答应出钱。"给了你多少钱？"东方康问，让治掰着手指，说是买了两回妓女，喝了两天酒，泡了舞厅，钱已经花得干干净净，又说，要是肯帮忙，不管是巴伊亚还是其他哪里，都跟东方康去。东方康看着让治，感觉自己本来是个来传教的教士，却误入舞厅，被舞厅里面小伙子和姑娘们踩踏地板的声音、小提琴的声音、手风琴的声音、说话的声音混在一起形成的淫靡旋涡裹挟，不知所措。东方康点点头，对让治说："对付坏蛋就要狠狠揍他一顿，让他改改毛病。"好像东方康自己是一个纯洁无比的男人似的。

当天晚上，东方康就和让治蒙上脸，找到山本，拿木刀狠揍一通，只留了他一条性命，然后把动弹不得的山本扔到佐仓家门前。果不其然，没过多久，也不知道是哪里走漏了风声，东方康被警察喊去问话。而那个唆使东方康的让治又从朝鲜人手里讹了一笔钱，一下子变得相当阔气，成天逛花街，旁人都看得出来。不过，一个月后东方康被放出来的时候，倒是那四家朝鲜人在山本原来建的集市的地基上盖了楼房，开始了新生活，那楼房的规模根本就不像东方康心里描绘的巴伊亚或者布宜诺斯艾利斯的新世界，他们一大早就开始煮红薯做红薯糖，屋顶弯弯曲曲升起烟雾，周边都是红薯的香味。东方康被警察用竹刀招呼，给打得皮开肉绽，当让治看到东方康前胸后背的累累伤痕时，大吃一惊，开始热心地照护东方康，殷勤得连东方康都觉得恶心。让治钦佩东方康不管警察怎么殴打，始终没有开口招出自己。看到东方康的伤口化脓、疲累发烧，让治甚至在睡梦里都在说抱歉。

等到东方康身体完全恢复，让治也成了东方康的跟班，让治从前就以威胁、殴打他人为志向，他感叹世道太不像样了，得好好教训黑市背后那群不三不四的家伙，于是和东方康一起把让治原来的大哥阿友一直追打到他的情妇家里，面对情妇的责问"你这个忘恩负义的家伙，怎么可以这样恩将仇报"，让治根本不听，直到东方康说"差不多了吧"才收手。让治原来的大哥有好几块地盘，可东方康丝毫没有把这些地盘放在心上。一般来说，只要把头儿给打下来，而且压制得对方既不来报仇，也不会反抗，那么这几块地盘默认就由新的头儿接管，东方康和他的手下让治还有阿利他们也就可以威风凛凛地收生意人的保护费，可东方康只是在身边放了一把栎树做的木刀，这把木刀是他刚回日本时弄到手的，也不喝酒，就光放留声机听歌。那会儿，东方康住在女子学校后面西洋公馆的遗迹上，那里二战时被空袭轰炸过。给阿龙婆听留声机播放的探戈后不久，东方康就搬了住处，离那些做糖的朝鲜人不远，就在路地旁边登拉吉①家附近。从那以后，路地从早就响着大家没听过的音乐，路地的女人和孩子们到处说，第一天确实是听到了十分新奇的音乐，明明进出路地有好几条路，没有必要从东方康家门口走，可为了听音乐就特意经过他家门前，但过了三天就发现，进进出出东方康家的全是些名声在外的鲁莽汉或者二流子，大家就开始觉得这音乐吵人，令人烦恼。

东方康对此却丝毫没有往心里去，本来他就是中本一族的人，生在路地，太知道路地是个什么样的地方了。那些孩子和女人们没事故意从他家门口经过也好，有一个曾经站着聊过几句的女人指着湛蓝的天空，扯着嗓门讽刺"一大早的，听着马上要下雨似的"也好，东方康只是抿嘴一笑，并不作答。

每次听到留声机中的探戈，东方康心里就痒痒的，拉开纸窗，眼前是再熟悉不过的路地，散发着小便气味的木板墙、因为没有钱买瓦就用杉树皮做的屋顶，在这些平常不过的风景里，东方康仿佛看到了布宜诺斯艾利斯的街景，那街景也不知道是什么时候看到过的，不过东方康感觉自己仿佛正在去布宜诺斯艾利斯矿山掘金的路上，路边一条狗全神贯注地啃着一块滴溜溜打转的牛骨头，自己就这么从狗的身边走过。东方康突然注意到窗外有孩子们的喧闹声，拉开纸拉窗一看，外头不是布宜诺斯艾利斯，而是路地，有几个小孩用绳子绑了一块肉已经剔得干干净净的牛头骨，拖到野花一般的蔷薇木旁边，用草绳做了一个套，孩子们自己则躲到房屋的阴暗处，准备抓路地中成群结队、到处晃荡的狗。它

---

① 登拉吉（トラジ，toraji），和《阿里郎》一样是朝鲜代表性民谣，意为桔梗花、桔梗谣，此处用作朝鲜人名。

们不是野狗,而是家犬,但既没有项圈也没有狗绳,因此成了孩子们绝佳的耍弄对象。不一会儿,就有狗扑上来咬头盖骨,眨眼间就被套住了腿,狂吠不已。

东方康关了留声机,准备去舞厅,走出家门,见登拉吉的老婆正看着他,便回报一笑。走在别人家屋背后的阴凉小路上,东方康突然回想起孩提时候,一个女人在路地口的公共水井旁边全神贯注地洗东西,后来有人告诉他,女人洗的那滑溜溜的白色东西是脂肪,其他的则是牛肠子,东方康想起了当时那种想吐的感觉。东方康头上抹了香味发油,穿着一身白色西服,就这么径直走过车站,来到舞厅,把在舞厅入口和一个刚出狱的男人说话的让治叫了出来,让治刚答了一两句,东方康突然出手打得他一个趔趄,刚要站稳身子,东方康又是一拳打在他脸上,也不知道是从哪里学到的空手道,让治顿时满脸鲜血地倒下了。因为是街上年轻人聚集的地方,所以东方康的名声一夜之间就传开了,说是看起来温和,可是有好大的力气,空手就能杀人。从那以后,出了路地,人们也不敢怠慢东方康。要是让治是个记仇的人,他肯定会对只开了一两句玩笑就大打出手的东方康心怀恨意,不过让治本身就是一个鲁莽人,心里不藏什么疙瘩,他甚至觉得是自己不好,惹怒了东方康,因为他知道东方康心地单纯,没有物欲,就像一个十五六岁的孩子,一心想着去新世界,让日本民族重生,找回从前的活力。不过,东方康所说的集体去新天地这件事到底有多大的用处,让治是难以理解的,就连阿龙婆都不明白东方康的真意。阿龙婆一直忙着接生,战争结束了,人们从军队回来,孩子们也在各处降生,像是受了神佛的旨意要补足战争中少掉的人数一样,可阿龙婆忙碌中也没有忘记关注东方康。一直以来,阿龙婆做了各种各样的推测，去想复员回来的东方康为什么不自个儿，而是非要组团去新世界呢，但她也想不明白。

有时候，阿龙婆想，东方康所说的二十个人、三十个人，没有包含其他血统，全部是和他自己流淌着相同血液的中本一族。阿龙婆觉得，这二三十个人当中，既包含了迄今为止已经死掉的几个人，也包含未来将要死掉的人。只有这个活了千百年的阿龙婆才会知道，半藏的孩子在昭和天皇驾崩的同一天因为癌症死去，然后，半藏之子竹信的孩子光辉，又在昭和之后那个年号的第五年，被天上突然掉下来的一片闪闪发光的飞机残片刺穿胸部死去。阿龙婆想，东方康要聚集的，莫非就是这样一些过去与将来或夭折或遭遇意外死去的人，一起乘坐高僧莲如的白骨之文①中那样的船只去往新世界。阿龙婆有一次问东方康："你是要去圣保罗和布宜诺斯艾利斯吗？"说有一个青梅竹马的男人在那边，另外天满、和深也去了好多人，能不能带上她一起去，东方康脸上没有任何笑容，回答说，说什么呢，又严肃地盯着阿龙婆，说："没有空位呢。"

"那是我青梅竹马的初恋呢，礼如我都瞒着。"

阿龙婆如此一说，东方康的表情才有所缓和，说：

"阿婆，就算是安全到了那里，一开始肯定就像战争一样的。"又接着说，为了保证后代优秀，不会允许带过去的男女间通婚，而是要求大家生混血儿，他也会娶一个黑人老婆，训练孩子拥有健硕的身体，和日本人工蜂一样的精神。听了东方康的话，阿龙婆

---

① 日本净土真宗高僧莲如为解说教义所撰写的《御文章》中的一节。其中"朝为红颜，暮成白骨"一句已成为广泛传播的名句，意指人生虚幻无常。净土真宗的葬仪上会念诵"白骨之文"。

陷入了沉思。

东方康的小屋里聚集了好多年轻人，晚上也喧嚣不已。听说借房子给东方康的登拉吉夫妇也在其中，二战前在木材店抬木头、战后专门在黑市倒卖东西的庄太郎夫妇也在那里，过了三天，又来了三个女的，做的是坐火车到天满进鱼、然后又到河对面换米的生意，路地人都很好奇这伙人到底在东方康的小屋里干什么。对于路地人来讲，那个年代就算有钱也买不到东西，要是有点东西，家里也肯定没钱买，去东方康的小屋也不是为了别的，那里东西多，只要陪东方康聊聊新世界的事情，或者讲讲自己知道的移民的事情，不用出钱，就能喝到免费的酒，吃到免费的东西。登拉吉的老婆就把糖铺免费送来的红薯糖全部弄到手了，庄太郎还有那三个女人也在这里搞到了便宜的食物和其他一些货物，第二天再拿出去卖，这些东西都是让治和阿利他们从黑市上的生意人手里克扣来的，差点儿让他们的生意都做不下去。新世界有酒有肉，真是个好地方，路地的人都被吸引来了，东方康心里也很明白，这些人都是被诱饵引过来的，所以在其中选了几个年富力强的，组成叫"铁心会"的组织。让治写了一份文书，规定了铁心会的三条宗旨：一、作为日本人，我们要在新世界创建理想国；二、要让我们民族优秀的子孙为人类的和平做出贡献；三、在和平中起航。有六个人在文书上按了血印。不过，铁心会成立之后，那些只冲着好吃好喝来的人还是到处说，一个传一个，消息雪崩般传开，路地的人们聚集到东方康的小屋里吵吵嚷嚷，那架势仿佛拿不到好处就要闹事砸东西，东方康沉默不言，甚至突然取下挂在门楣上的围巾拿在手上。但是，加入铁心会的健、顺、辰这几个二十岁左右的路地小混混眼睛一冒寒光，来的人就立马消停了，一个个变得老老实实，最多敢坐到门槛上，或者搬个箱子到外头坐着，或者到登拉吉家的土间蹲着。

"好奇怪啊，怎么像乌鸦叫一样的了。"

听一回就记住了探戈歌词的顺说道。东方康笑了。登拉吉的媳妇来搭话，问土间里那一箱红薯糖如果不吃能不能给她，东方康点了点头，于是登拉吉的老婆便恭维起留声机里放的探戈真好听，东方康则心情舒畅地讲起了新世界的话题，讲起了布宜诺斯艾利斯、圣保罗还有巴伊亚。其实东方康不是一开始就有意靠撒诱饵吸引同志加入，对东西没有贪欲的东方康只是想把糖铺还有让治拿来的东西送人，只是消息很快传播开来，同时东方康也看到了物欲具有操控人的可怕力量。其实顺也是听说不需要理由就有东西拿，才来东方康这里的，不过，可能是因为加入了铁心会，油然而生被选中的自豪感，顺看不惯这些眼巴巴坐着等好处的女人，于是提议在黑市价格的基础上打八折，把红薯糖卖给登拉吉的老婆，怎料对方说："这红薯糖又不甜，要出钱买，我就不要了。"顺听了很生气，大声道："偏就不给你，要给也给阿龙婆。"

女人眼泪都快流出来了："为什么呀，你说阿龙婆会拿到黑市上去卖吗？"接着又发起了牢骚，说，阿龙婆是接生婆，完全养得活自己，而且礼如和阿龙婆就算是身体不行了，不能工作了，路地人也不会任他们饿死，自己就不同了，也没有个照应的人，孩子有四个，老公是个懒散人，去外地做马生意，就再也没回来，女人抹着眼泪说，这一天都没下乡卖东西，就想能到这儿来匀点红薯糖、豆子什么的。顺有点激动，赌气地说："不行，我就是要送给阿龙婆。"让治拉住顺，邀他一起玩花纸牌玩到天黑，过了一个小时，不知道是不是有人通知了阿龙婆，阿龙婆出现在东方康小屋的门口,一只手扶着门柱,一只手扶着窗套,身子往土间里面探,说:"听说你们有好多的红薯糖要送给我啊。"说着一眼就看见了顺身边木箱里的红薯糖:"哇,这颜色看起来好好吃。"

抹眼泪的女人惊讶地看着突然出现的阿龙婆,恶毒地说:"除了葬礼馒头,还吃红薯糖啊。"阿龙婆听了一点儿都没放在心上,反倒催着说:"你们要什么有什么,东西多得不得了,快给我吧。"顺拿不定主意,望向东方康,东方康说:"到时候,不要到我这儿来喊肚子疼哦。"向顺使使眼色,让他把糖给阿龙婆。

阿龙婆说了声"谢谢",收下了一箱糖,女人见阿龙婆想搬又搬不动,鼻子里哼了声,嘀咕道:"真是贪心。牙齿都没有了还吃糖。"阿龙婆说:"没牙也可以吃糖啊,把糖含到嘴里就融化了。"又对女人说,帮忙搬箱子吧,等下给你看怎么吃糖。女人感觉自己不仅被顺耍弄,现在又被阿龙婆当成了傻瓜,放声哭了起来:"吃了那么多葬礼馒头,变得这么贪心。"说着把身子扭到一边。阿龙婆这下知道路地人还在用诨名"葬礼馒头"来叫自己和礼如,脸色一沉,接着向东方康眨眨眼,使个眼色,对女人说:"别说那样的话,来帮忙搬。"

东方康放下手中的花纸牌,看着阿龙婆笑,好像已经看穿了阿龙婆的计划。女人慢腾腾地站了起来,一边念着,真是个贪心鬼,糖放到嘴里也许能化,小心卡在喉咙噎死你这个葬礼馒头,一边从东方康家里出来,一直走到路地的三岔路口。在三岔路口等着的另外一个女人见阿龙婆和女人来了,喜道:"看来挺顺利的啊。"女人终于知道了整个事情的经过,哭丧脸瞬间放晴。听到女人说"原来是这样啊",阿龙婆不由得怒上心头,两个女人不停道谢,阿龙婆就当听不见,甩脸愤然朝路地的小山走去,爬上了回家的山坡。阿龙婆自言自语，路地的人们往往唯利是图，哪怕是别人为你做的事，也都只看结果不看过程，见到有钱有势的人就像哈巴狗一样贴上去巴结。这样想着，阿龙婆突然难过得不行，回到家里后，就和往常思考问题时一样，坐到土间的灶台前盯着灶膛，灶膛里的火已经熄了，只剩下灰烬，阿龙婆想，战争结束以后，路地就什么指望也没有了，可是路地的男人们却直喊"万辉、万辉"，那声音宛若幻觉在耳边响起。为了消除这种不愉快的心情，阿龙婆转念去想东方康，东方康本名叫康夫，是由明的孩子，由明是仁左卫门的孩子，想着想着，阿龙婆心中此世温暖的回忆也苏醒了过来，这些回忆也属于死去的人，属于将来要出生的人。阿龙婆瞬间感觉到自己在寒冷的阴暗中逐渐恢复了生机，像是为了有所证明，她折了些柴塞进灶膛，把火又生得旺起来。阿龙婆想，自己就是路地本身，比路地孩子们的父母还要更早抱起他们，将他们放进澡盆，不管自己多老糊涂了，只要还有一口气在，路地的孩子们就有一个归宿地，这个地方就像是脉搏扑通跳个不停的子宫，自己要是变凉不能动了，再也不能思考了，那么路地的孩子们拥有的归宿地便会消失，将来生下来的孩子们也将是永远不会拥有归宿地的流浪者，阿龙婆思量着自己生命终结的那一天，一边伸手烤火，一边流下了眼泪。

那就是今天。

对于死亡这件事情，阿龙婆一点儿也不怕。阿龙婆想，自己的生命就像是蜡烛的火苗，一直到突然熄灭的前一刻，都只是在为活着的人以及将来活下去的人向神佛祈祷。就在这一刻，阿龙婆突然觉得，想要去新世界的东方康之所以一定要去那个根本不熟悉的异乡他国，为的不是别人，而正是阿龙婆，因为阿龙婆死了以后,路地的一切也就结束了。阿龙婆想象,自己死了以后,路地剩下的人不再有生机,只是朝着死亡消磨时间,闲荡在废墟沉积的路地里。每次起风,阿龙婆还有已经死去的半藏都见过的亡灵就会摇晃废弃房屋的墙壁,呻吟着、哭泣着,阿勇、阿勇,阿龙婆喊着路地人的名字问,是你变成了这样的风吗,可每次风起的时候,墙壁那里都还是只传来哭泣和呻吟。阿龙婆感觉冷得快要冻僵了,再这样下去的话就会死掉,于是往灶膛里添柴火,虽然不知道烧了水做什么,还是用提桶从水缸里打了水倒进锅里,身体暖和了之后,又想,就这样死了的话,路地人肯定会议论说,阿龙婆就因为被女人喊"葬礼馒头"的诨名,所以气死了,于是一个人苦笑了起来。

东方康完全清楚阿龙婆的想法,不过什么也没有说,一直到傍晚都在玩花纸牌消磨时间,太阳快要下山的时候,东方康动身去了舞厅,坐在舞厅的凳子上,等让治和阿利去新地盘收保护费,那里刚开张了几家餐厅还有普通饭店。夕阳刚好挂在名为广角的高楼上,东方康直接拿着瓶子喝起龙舌兰酒,这酒的气味很重,东方康有点醉了,感觉灵魂像反射的夕阳一样轻飘飘地被什么吸走了,游离开自己的身体,浮在自己套着白西装穿着白西裤的躯体上方。东方康想,"满洲"也有夕阳,布宜诺斯艾利斯也正夕阳西下,东方康决定,虽然钱还没有存够,但马上就出发吧。就在此时,外边小跑进来一个小伙子,一看就知道是个混黑社会的,他拿着手枪迅速朝着东方康开了三枪,然后又是两枪,一共开了五枪。不过,离这么近,东方康奇迹般地只是中了两枪,右胸口一枪、左腿一枪,其他的三枪都打偏了,至于打到哪里去了——一枪直接打在一个正在舞池里跳着的女人额头上了。女人当场就死了,她的血还有东方康的血飞溅得到处都是，舞厅里顿时炸开了锅，可大家见了浑身是血倒在地上的东方康都很害怕，谁也不敢上前救他。终于，警察还有铁心会的让治和阿利回来了，他们赶紧压住东方康的胸和腿给他止血，东方康脸色惨白，但还是不停地说："没事的。"他们把东方康抱起来，送到舞厅所在山下的眼科医生的诊疗室里，做了止血手术。铁心会的五个人蹲在走廊里，健、顺、辰这三个年轻的小伙子抽抽搭搭地哭了起来，说东方康虽然是铁心会的会长，却没有做过任何至于被别的黑社会枪杀的事情，在外面为争地盘跟人起摩擦的都是我们这些手下啊。让治和阿利认为迟到的这三人话里是说，让治和阿利两人平时做得过火了，所以报应到了东方康身上，于是喊道："别哭了，跟女人似的！""絮叨什么呢，去把对方脑袋射开花啊！"三个小伙子回答说，铁心会又不是为了当黑社会才成立的，接下来怎么做要东方康决定，让治恼怒地说："要是东方康就这么死了，怎么办呢？"三个人也不回答了，只是哭。

医生说手术很成功，性命保住了。铁心会的五个人看着东方康只有胸脯和大腿绑着绷带，几乎是全裸地躺在病床上，钢铁般的肌肉却像从来没有晒过太阳一样白皙，也许是因为发烧，明明出了那么多的血，身体看起来还是从里到外透着桃红色，他们第一次认识到东方康真不是一般的人，拥有被枪打了也能活过来的神奇力量，一起凑到打了麻醉药还没醒来的东方康身边。年轻的顺哭着哭着，看见东方康脚踝处的骨头仿佛要从薄薄的皮肤里鼓出来，不由得伸出手摸了摸，不管可能会招来医生、警察还有铁心会其他人员的怒斥。顺心里想，虽然别人说东方康是因为发烧所以看起来从里到外都泛着桃红，但用手一摸却是冰凉的，东方康其实失血过多快要不行了，医生和警察为了防止铁心会的人因为会长被杀出去复仇，才采取权宜之计，骗说保住了性命。顺正想向铁心会的人说自己的发现，又看见东方康的肚子有规律地上下鼓动，便闭上了嘴。

最初把消息传到路地的是顺，后来又混入了另一个当时在舞厅现场的人的说法，于是人们谣传说东方康额头中了一弹，当场就死掉了。这消息再传到阿龙婆耳中的时候，就完全变成了一个不符合常识的版本，说是东方康被狙击，额头中弹当场死亡，大家虽然知道东方康不行了，还是把他抬到了医院，结果东方康又有了呼吸，活了过来。接生婆阿龙婆心想，做买卖时是怎么定义死亡的呢，是没有了呼吸就算死了呢，还是头脑彻底坏死、再没有回天的可能才算死了呢？阿龙婆突然想起曾有一个路地男人在门框上方的横梁上上吊，被人解救下来后，过了一会儿，就好像复生一样，从土黄色脸上的鼻子里滴滴答答流下殷红色的血来。阿龙婆施展魔法一样，紧握两手左右摇晃，口中念念有词地向神佛祈求道，救救他吧。不久，一个去过医院的路地人传来了准确的消息：东方康中了两枪，不过都不在要害，生命没有大碍，而且子弹都穿过了身体，没有留在体内，恢复起来估计也很快。阿龙婆和路地的人听了都松了一口气。

不过，东方康一直发着烧，浑身桃红，昏睡了三天才醒来，口里没有喊痛，迷迷糊糊的时候却在呻吟，每当这时候，铁心会的人就连声说对不起，说什么也没有做的东方康遭遇如此不幸，都怪我们，大家都盼着你早点醒过来原谅我们。之前暴躁地大吼大叫的让治、阿利，还有三个小伙子一起商量，等东方康恢复了，这次真要好好征集想移居去新世界的人，抛弃这块狭窄的、藏不住任何秘密的尽是山的土地,一起乘船出发。被枪击后过了五天,东方康终于退烧了,皮肤也恢复了原来的白皙。让治对着在病房里晒太阳的东方康问,可以复仇吗。东方康消瘦了很多,越发显现出中本一族的英俊模样来,他回答说,想复仇也可以,不过对手可不是想复仇就能成功复仇的,还是我一个人好好想个办法。接着又说,枪击我的人不在这块土地上,就算在,你们也别出手。东方康英俊的脸突然变得残酷冷漠,不过马上又浮现出微笑,突然对着医院的纸窗户用手做出枪的形状,好像外面有什么奇怪的东西在飞一样,嘴里发出"砰"的一声,把五个人吓了一跳。东方康叫张口结舌的顺来到身边,说:"我这几天一直在做梦。"梦中路地人每夜提着灯笼,一个接一个地爬上路地的后山,东方康问,这是在干吗呀,一个男人,令人生畏的弦伯父吼道,你怎么没有拿灯笼!这个梦东方康连续梦见了好几天,知道了自己是在做梦,于是想跟着队伍向前,否则也看不到别的东西,这回梦见了提着灯笼的队伍不再往山里,而是朝着莲池的方向走,说是要去乘船,梦里莲池还是以前的样子。东方康问,队伍这么长,莲池有这么大的船,能装下所有人吗?对方说,大家都会死掉,然后一个个摞起来,这是大家的夙愿。东方康紧锁眉头,像是在回顾梦中的不祥,又说:"在梦里,山顶上、莲池中,都能听到探戈。"东方康说想听,要人到自己找登拉吉夫妇租的小屋去把留声机拿来,再去借一些探戈和吉特巴舞唱片来,越多越好。等顺听话地跑出病房,东方康接着说,等身体好了,就得去准备更多经费,好让更多的人能移民,接下来要动真格了,要扩充地盘,该打的要打,该杀的要杀,说着就站起身,结果扯到了伤口,痛得发出了呻吟。

两个月后的早春三月,东方康出院了,腿上的伤完全好了,但是胸部的伤还没有痊愈,他肩上搭着新做的白色西装,和中枪那天穿的一样颜色,阿利捧着一个大纸箱,里面装着东方康的短外罩等随身衣服,顺则像抱着个宝贝一样小心翼翼地抱着留声机,出现在了路地。当东方康回到从登拉吉夫妇家租借的小屋时,立马有不少人来看他,其中有些人之前亲口谣传东方康被枪杀了,有些人是想来沾点光,因为东方康面子广,说不定能分到点儿征收来的东西。要不是有铁心会的成员形成了一堵人墙,肯定挡不住大家挤上来拥抱甚至摇晃伤口还没有完全痊愈的东方康:"你可回来了!""那会儿好疼吧?"东方康有些应接不暇般,笑容中带点儿羞涩,低声一一向大家道谢:"我是不死之身啊。"东方康想,就算是打了胜仗回国,也不会如此受到欢迎,他头一回心存感激,等大家离去,起身打开纸窗。东方康看见小屋前边的路上有几堆已经干燥的狗粪,不知道是谁种下的大豆开了花,在道路两侧迎风招展,一抬头看见几个女人坐在木箱子上聊天打发时间。女人们注视着打开小屋纸窗户的东方康,屏住呼吸吞了口唾液,好像东方康马上就会变魔术一样拿出食物和衣服来,东方康觉得女人们就像是一群等待食饵的乌鸦,正打算关了窗户,其中一个女人问道:"有红薯糖或者红小豆吗?"东方康苦笑说:"哪来那么多的东西啊?"拉上了窗,外面的声音还是传了进来:"要那些小伙子去弄来嘛。"

　　东方康绑着绷带躺在床上。感受着疼痛与心脏一起跳动的声音,听着屋外女人在向阳处聊天的动静,东方康想象自己的身体被从天而降的太阳烤得滋滋作响,然后熊熊燃烧,最后化作青烟消失殆尽,东方康想,现在一闭上眼睛,就可以看见自己成了络腮大汉,赤脚走在新世界的道路上。东方康长吁一声,说不上是疼痛还是叹息，又伸手放下留声机的唱针，似乎要借此来要激励自己。

第二天，一个很肥胖的女人带着一个体格只有她一半大的男人来到了东方康的小屋，自称和东方康是同父异母的姐弟。女人坐在门槛上，说自己本来住在大阪，听到要移居南美新世界的传言，想着去那里还能见到在巴西的姑姑，于是说什么也要过来。东方康印象中根本就没有这样一个姐姐，就算真有，她对待中本一族也不可能这么亲热，可女人一见到管自己叫"姐"的东方康就老熟人似的喊他"阿康"，说："战争打输以后，姐姐看到有吃的就不停地吃，吃成现在这么肥了。"对她那个长得像老鼠一样的丈夫，女人都是用下巴指使，东方康也许是被她的气势给折服了，当女人提出要和她丈夫一起住下时，东方康也没有拒绝。虽说已是早春，但还是有点冷，东方康吩咐让治弄来两床被褥，晚上熄了灯以后，听到女人对男人说"傻蛋，不疼吗"，东方康就在两人发出的窸窣声中入睡。早上一睁眼，看见小个子男人睡得死死的，像被女人的大肚子压扁了一样，不由得笑了。东方康起了床，换上路地某个寡妇给自己清洗过的绷带，穿上西服，若无其事地走到寒冷的屋外。

红薯糖铺的人已经起床开工了，烟囱中冒着烟。出了路地，在凿开的山路上，去行商的人们拉着板车、挑着扁担朝黑市走。十字路口拐个弯，是一条通往花街的近道，路边是短工们住的成排的临时木板房，因为要早起干活，每一户人家的烟囱都冒着烟。东方康走着走着，胸口突然疼痛起来，刚才还好好的，现在每走一步就像是被刀子割了一样疼，东方康不由得停下脚步，等待疼痛像蛇蜕皮一样从体内远去，东方康第一次察觉到，自己不是别人，而是拥有特殊血脉的中本族人。看着朝阳升上天空,越来越耀眼,东方康感觉充斥着自己身体的淫靡血液也开始沸腾,他像女人们那样挨着路边的木箱坐了下来。风在吹。东方康迎着风、眯着眼看着,好像那不是普通的风,刚发芽的野草歪斜着身子摇晃不停,挂在花街的红砖上的爬山虎掉光了叶子的茎,就像吉他的弦,一齐在风中颤动。东方康起身继续往前走,这次走到了卖炭的店铺,从半开的窗户往里面一瞧,齐藤正弓着身子从筐里拿木炭装到小袋子里面。这个男人在中国的时候闯进街道四处搜刮,找到一张照片,上面的中国男人有两根阴茎,齐藤觉得这东西比什么都好玩,他想要是拿回日本肯定非常有意思,于是收入囊中,还给东方康看了照片。可这个齐藤不再是从前的那个齐藤了,东方康非常失望,不由得感到愤怒。东方康忍着疼痛朝让治家快步走去,门窗还是关着的,东方康用以前偷东西时的办法,轻手轻脚对着木板套窗下方撒一泡尿,然后推开窗户进了屋,让治抱着女人睡得正酣,东方康朝让治的屁股踢了一脚,说:"还不起来啊!"看到让治慌慌张张爬起来,又笑了:"整天就知道干些蠢事。"见女人是自己曾经在舞厅勾搭过的花惠,东方康又想捉弄一下让治,说自己从中枪之后就没有抱过女人,能不能借一下花惠。让治像是很内疚地说,原本花惠就是东方康的,说完迅速穿好了衣服。醒来的花惠点了一根烟,脸朝下趴着,翘起屁股,东方康一面看着她的背影一面脱衣服,让治喊:"还在出血!"告诉东方康绷带都被染红了,全是胸腔上的血,东方康像是才注意到自己在流血一样,点头说:"是呢。"让治就那么愣愣地坐在那里盯着东方康的裸体看,似乎在看着什么特别的东西。东方康说:"你要是看得下去,就坐在那儿好了。"说着在花惠面前蹲了下来,取下她嘴里的烟,含住了她的嘴,让治说:"还在渗血呢。"东方康故意吸着花惠的舌头发出很大声音,让治便对花惠说:"他还在流血,你要好好伺候哦。"花惠松开了嘴,皱着眉头说:"吵死啦,别打扰我们,你出去吧。"让治识相地说,我去一趟黑市,说完出了门。

东方康抱完花惠,看着自己裂开的伤口还在流血,心想,这都干了什么傻事啊,擅自拉开让治的橱柜,找到刚洗过的绷带换上,将沾上血的绷带摘下揉成一团,随手扔到房子背后空地里的垃圾坑里。花惠说,现在舞厅里最有威势的就算住在凿开的山路那里的忠保了,他比让治更鲁莽,还注射毒品,不管在哪里的舞厅和台球场,都大言不惭地说"我忠保都是免费玩①",从来都不给钱,花惠曾经被忠保强拉着当过一回舞伴,被他踩了一脚,花惠也很要强,大声喊了句:"痛啊,你这舞跳得也太烂了!"结果忠保一拳打在她脸上,差点把她打飞。

"其他还有哪些坏蛋?"东方康仰躺着问,胸前的血一点点渗到绷带上,花惠用手在血迹边缘划圈,说像花一样好漂亮啊,又掰手指数:"要说坏蛋的话,有忠保、白粉藤、荆棘龙、文造这么几个。"不过舞厅是东方康的地盘,说起东方康,这些人都要给几分面子:"这些人虽说坏,也只是在别的地方坏,不敢到这个舞厅来。"说着说着,花惠突然变了声音说,有传言说,黑社会的人冲进来枪击东方康时,安子被打偏的子弹当场射中死亡,她阴魂不散,常在舞厅里出没。那是在东方康住院期间的事,一群十四五岁的孩子们凌晨三点来到舞厅,也不跳舞,也不注射毒品,就在舞厅开开心心地闲聊到天快泛白,这时,安子出现在舞池里,她穿着去世

---

① 日语中"忠保"(タダヤス)的读音与"免费"谐音。

当天的服装,烫卷的头发用丝带扎起,口红涂到了唇线外边。看到安子魂魄的是一个连舞步都不懂的十四岁的男孩武,大家传说,安子的魂魄就像是在邀请大人一样,对这个男孩说:"跟我跳个舞好吗?"安子本来在舞厅很受欢迎,女孩们觉得,连她都在邀请别人跟她跳舞,说明充满甜蜜又悲伤的浪漫新时代到来了,于是流行起主动向小伙子们邀约:"跟我跳个舞好吗?"凌晨四五点钟,乐队的人回了家,音乐也停了,既害怕又好奇的小伙子们留了下来,最初是在院子里、在能看到舞池的入口处,坐在椅子上、台阶上竖起耳朵仔细听,后来就不耐烦起来,开始摔跤、掰手腕。东方康说:"好可怜啊。"花惠接着说:"安子为什么受到牵连了呢?"又说,一开始以为只有东方康中枪了,以为死掉的也是东方康,花惠手指从绷带外面揉着东方康豆粒大小的乳头,顺着流出的血迹画圈,轻轻说:"就像胸脯上印了一朵蔷薇花呢。"阳光下东方康脸上的汗毛也纤毫毕现,花惠压上去吸吮东方康的嘴唇,问:"铁心会的人真的打算要移居到别的地方去吗?"东方康尽管知道无论说什么花惠都理解不了,还是告诉她,战争失败了,只能住在这狭小的日本,渐渐地就会失去生存的空间,优秀的日本民族也会灭绝,所以想要去巴西或者阿根廷开创新天地,到了那儿,用锄头随便一挖就有黄金、钻石和祖母绿宝石,丁香花、三角梅一年到头都满开着,香味能熏得人晚上睡不着觉。东方康相信这些话女孩子们喜欢听。外面响起了让治的喊声,打断了东方康。花惠起身开了窗户,只见外面有一条狗,叼着从垃圾坑里翻出来的、东方康带血的绷带,在早春的太阳下跑开了。东方康说:"应该挺好吃的吧。"让治没有笑,只是盯着东方康看,似乎在说这话不吉利。花惠则笑了,用舌头舔了舔自己的嘴唇说,真好吃,狗也不是瞎子啊。

每次用留声机听探戈的时候，东方康都会想起对女人说过的满开的丁香花和三角梅，东方康想，就这样躺在小屋里，是永远去不了开满丁香花和三角梅的新世界的，于是把小屋借给了自称是他姐姐的胖女人和她的小个子丈夫，自己则像曾经在"满洲"时那样，要么住在手下的家里，要么住在哪个女人家里。也许这种生活方式奏了效，东方康胸脯的伤口一天天变小，释迦牟尼生日的前三天，阿龙婆在出了路地的大路上碰见了东方康。那天东方康敞着白色西服的领口，里面是一件白色的丝绸衬衣，透过衬衣可以看得到肌肤的颜色。阿龙婆问，已经没在扎绷带了吧。那时候东方康正和一个眼神不善的男人在一起，两个人聊着物价的高低，好像是在准备去新世界的东西，东方康看起来比以前稍丰满了些，脸盘和身形的细微处残留着一个二十四岁的男人应该拥有的某种危险的影子，不过东方康自幼就离开了路地，与各处闯荡的大人为伍，看到东方康自然地和成年男人平起平坐，讨论事情，阿龙婆感到很高兴，并没有询问和他交谈的那个男人是谁。后来才知道，那个男人原来是做买卖女人生意的，他把女人卖到分散在纪伊半岛各处的花街，那天说的贵了便宜了也不是指红薯、红小豆或毒品，而是女人的价钱。阿龙婆非常后悔，平常自己那么多嘴多舌，为什么那天眼神不善的男人眼光一闪对自己笑的时候，就没有问他"在干什么呢"，为什么关键的时候自己反而什么都没说呢？

那个做买卖女人生意的男人非常固执地要求一次性最少买三个女人，说给的价钱比山那头的木材集散地和隔壁略微繁华的渔村都要高，东方康默许了，与男人分别之后，向舞厅走去。路上进了一个搭起帐篷做生意的小店，见让治和花惠坐在叠起来的木箱做成的凳子上，东方康说："要卖女人的话，弄一两百个人没问题。"东方康叼起香烟，被烟熏到了眼睛，不由皱起眉头，又吩咐围着围裙站在店里的小伙子说，不要米饭，光上酒。东方康拿起从占领军那里流到黑市上来的杜松子酒，对着酒瓶就喝，喉咙里发出咕咚咕咚的声音，花惠就像电影里面的女人一样拍起手来说好厉害啊，东方康问让治，想去南美的铁心会现在总共有多少人加入。让治从口袋里摸出一张纸来，数数说共二十五人，其中十五个人左右是顺他们找来的十四五岁孩子，五个人是生下来就从来没好好干过活的忠保、白粉藤、荆棘龙之流，要他们按血印的时候，这些人就犹豫了起来说下次再说。花惠忽然摘下东方康的帽子戴到自己的头上，让治看见东方康对着花惠笑，便问东方康："是真的要去南美吗？"东方康按住花惠的手，趁机又把帽子抢了回来戴在头上，一边对着花惠笑一边说："是啊，要去的。"让治仿佛被东方康说话的语气惹恼了，又问："是真要去吗？"然后愤愤不平般咬着嘴唇低下了头。

过了半个月，铁心会的规模扩大了一倍，按照让治和阿利的建议，最初按血印的五个人担任其他会员的头儿，以示区别。如果把铁心会当作一个以黑社会为目的的组织，其规模之大已经在周边无可匹敌。也不知道顺和健是怎么花言巧语聚拢这么多人来的，东方康听说自己曾经住过的西洋会馆原址上要开会，过去一看，居然有近百号老人和妇女像参加法事一样坐在那个自称是东方康姐姐的胖女人面前，听她宣讲。东方康苦笑起来，问让治怎么回事，让治说女人是这样说的，自己是铁心会东方康同父异母的姐姐，作为头儿的头儿的姐姐来说教，是理所当然的事情。

"不知为什么呢,话说,如果说这个世界是神佛创造出来的话,那就是神佛自己太坏了。也许现在神佛会说,不是你们这些家伙太坏了吗,会和我们争吵,会把过错转嫁到我们身上,不过拿父母打个比方,要是孩子做了错事,十对父母当中肯定有九对都会觉得是自己的过错,是自己的种不好,大家想想,难道不是这个道理吗?"女人声情并茂,手舞足蹈,连东方康都佩服女人讲得太好了。去南美的铁心会似乎变成了一个为了听礼如那样的说教而成立的组织,但东方康对让治和阿利说,铁心会不管变成什么奇怪的样子,就随它变吧,你们是头儿,就跟往常一样,去想去的地方、做想做的事情就行,让治和阿利听东方康如此说,惊讶至极。

东方康那时没有出面参与任何一件事,但比让治和阿利更为绝望,东方康想,既然铁心会都已经成了现在这个样子,那就把这些没有用的老人和女人充分利用起来,为二十来个身强力壮的日本人出航做准备也行。胖女人一边流着眼泪一边讲,弟弟中枪,伤口还没有痊愈,但是一直没有忘记父亲的情义,为我这个在别的地方吃尽了苦头的人置办了被褥,还给吃给喝,简直就是菩萨,想到这个弟弟就会默默合掌。听说了胖女人的这番话,东方康得意地笑了,又把让治叫出来,问:"你看我是佛陀吗?"说完大笑起来。看见红霞铺满了傍晚的天空,东方康觉得自己体内的菩萨之血被探戈淫靡的声音搅得蠢蠢欲动,对让治说:"钱啊,东西啊,我什么都不要。"说只要到了新世界,就会看到丁香花还有三角梅盛开,淫靡的音乐会不停地撩拨血液,现在就一起去舞厅吧。

那个时候,东方康已经完全放弃了集体移居新世界的打算。东方康任凭自己菩萨的血翻腾不息,穿过大路,从拐弯的地方开始,每次一抬腿,都觉得自己的身体像羽毛一样越来越轻,东方康想,是因为中枪了,体力还没有完全恢复。东方康来到舞厅,坐进椅子,口里含着龙舌兰酒。阿龙婆想,看到这样的东方康,穿着比往常更要洁白的西服,梳着大背头,谁都会觉得他非常俊美,好像一个长大了的天使般的美男子,身周暴烈与甜美交织,散发着露骨的诱惑,让人不由自主地想靠近,又害怕一旦靠近就会受伤。阿龙婆又想,毫不造作的中本一族的东方康对于普通人来讲是一股多么狂暴的力量,阿龙婆想象,坐在椅子里、拥有与神佛匹敌力量的东方康,身上的每一个毛孔都散发出性的甜香,这股芬芳流淌到地面,既不像愉悦的露珠,也不像血滴,它形成黑色的阴影,变成蓝色的光芒漂浮在东方康的周围,只有阿龙婆能看得见,普通的男女只是注意到这个坐在椅子上、拿着瓶子直接喝酒的英俊男人而已,即便内心深处的仆人本性被激活,想被这个男人抱,想好好伺候这个男人,他们也还是看不到东方康周围浮现的蓝色光芒。

歌声甜美的唱片刚播完,乐队就开始奏乐,响起了震耳欲聋的喇叭声,东方康站了起来,一个扎着头发的女人来搭话:"跳舞吗?"东方康便点点头。舞池里面填满了年轻人,几乎没有下脚的地方,两人进入舞池,拉起手,把另一只手放在彼此背上,踏着舞步,东方康一边感受女人闭着眼睛贴在自己的身上,一边扫视舞厅,几个正在说话的女人抬起头来,凝视东方康。有一个女孩弓着身子靠在墙壁上,东方康心想,等这支简单的舞曲一结束就去找那位女孩,和其他跳舞的人撞了好几次,终于舞曲快要结束,东方康刚挪到旁边,花惠突然从一旁喊着"阿康"冒了出来,一把抱住东方康,女孩一时间被花惠的气势压倒了一样,垂下了头。不过刚才还在东方康怀里贴身跳舞的女人看到花惠的态度,大概是不乐意了,便假装没站稳,踩了花惠一脚。花惠立马脾气爆发,推了女人一把,差点将她推倒,看东方康抓着女人的手腕将她抱住,花惠认为东方康帮着女人,生气地喊道"我还要这么治你呢",伸手就要抓女人的头发。旁边一位叫满的男人一把抱起花惠,任她双脚乱蹬,把她从舞厅拖到院子里去了,东方康也将名叫高子的舞伴带到了门外,吩咐正在和阿利说话的让治陪高子聊一会,自己又转身回到舞池,这时那个弓着身子靠在墙壁上的女孩子已经和河对岸木材商的儿子在一起跳舞了。其实这个女孩子的魅力也没有强到让自己非得从别人手中抢来跳舞的程度,不过舞厅这一带完全在以东方康为老大的铁心会势力范围内,没人敢不听东方康的,再说那女孩一边跳着舞一边不停地诱惑东方康,好像只要等这支舞曲一结束就要扑到东方康这里来,所以东方康凑到那个木材商儿子的耳旁说,你爸爸找你有事,在外面等你。木材商的儿子悻悻离去,东方康抓起女孩的手拉到跟前,接着刚才的舞曲跳了起来,女孩被东方康紧紧抱着,感受到大腿间传来自东方康的压力,一瞬间觉得身处梦中,不知所措,害羞得红了脸,东方康见状进一步撩拨道,在上海学跳舞的时候听人说,要是男人跳舞时胯下的玩意儿没有鼓起来,就是对舞伴的羞辱。

天刚黑,东方康就把这个叫作菊代的女孩子还有高子带到了让治家,被两个女人夹着,东方康都出了汗,已经不是第一次的菊代还喊疼,东方康安慰着她,又让高子来帮忙,这时让治抱着酩酊大醉的花惠进了屋,东方康从来没有向花惠发过誓说自己是她的男人,不过花惠还是扑上去要打两个女人,说居然敢偷我的宝贝男人,让治赶紧抱住花惠往外拽,花惠愈发闹得厉害:"不是你把我带到这儿来的吗?"东方康放开两个女人,让花惠到身边来,花惠一边哭着一边缠着东方康不放,东方康瞥见让治不知为什么也很伤心,像是受了花惠的影响,流起了眼泪,于是说:"让治,你也来。"让治吃惊地抬起脸,摇头说:"不要。"东方康的身体被女人们舔了个遍,布满唾液的黏糊糊的皮肤由里到外都变成了桃红色,薄薄的皮肤看上去就像是性器本身的外皮卷起来后,肉裸露在外的颜色,让治觉得,人世间不应该发生的某件事情发生了。在让治看来,东方康的皮肤就像是剥了皮之后的肉一样,整个裸体呈现美丽的桃红色,要是像女人一样用手去摸、用嘴去吻的话,摸的手就会腐烂,吻的嘴唇也会融化,让治不由打了个寒战。

在黑市旁边,东方康把那个眼光犀利的鹰钩鼻男人介绍给了让治,说这是专门做中介给花街买妓女的田川。东方康提议说把高子和菊代两个人作为上等货色卖掉的时候,让治二话不说表示赞同。让治后来说,自己受了东方康热病的影响,认为与其活在这个狭窄的日本,都不知道明天会发生什么,还不如去南美广阔的土地上挖山掘土,创建一个新的国家,为了能达到这个目的,哪怕有一两个女人哭也顾不上了。东方康所想的,和让治完全一样。

东方康把田川带往让治家,把在家中的菊代和高子叫出来,说:"你们先和田川一起坐火车去木本,我们随后就来,你们在那儿等我们。"两个人丝毫没有察觉到自己被卖了,鹦鹉学舌一般点头说,好的,在木本等你们,说完便和田川一起朝车站的方向走去。等到两人的身影消失在大街拐弯处,东方康从西服胸口的口袋里掏出钱来,数了一半分给让治,笑着说:"这两个人比我们还要早坐上去新世界的船呢。"好像对卖掉两个姑娘丝毫没有内疚,反而像是做了件好事一样得意扬扬。一条狗在阳光中跑过去,东方康抬起头，似乎在倾听远处的发动机声，又深吸了一口气，仿佛眼前倾泻而下的太阳光的每一个颗粒里，都沾满了新世界丁香花和三角梅的芬芳。让治说："有这么多钱的话，可以买好几支手枪了。"东方康说，不要买手枪，可以拿钱去玩，或者像东方康打算的那样，把钱给住在路地登拉吉家小屋里那个自称是东方康姐姐的胖女人和她那像老鼠一样的丈夫。让治问："那真的是你姐姐吗？"东方康说，你要说是的话那就是，你要说不是的话那就不是，让治听了一脸愕然，说："那就不是吧。"又学开糖铺的朝鲜人经常做的那样，啪的一声拍一下自己的膝盖，说："哈哈，顺也好，阿利也好，都以为我是大哥真正的姐姐，又是送米又是送红薯，我其实是个冒牌货呢。"东方康说，她是个冒牌货也好，和东方康还有路地没有任何关系也好，说是姐姐那就是姐姐，说是路地人那就是路地人，让治伸出手说："大哥，那个钱，给我，我来帮你全花掉。"东方康觉得让治没完没了，一脚踢在让治的手上，让治摔倒在地呻吟道，骨头都断了。东方康放下让治不管，一个人往路地方向登拉吉的小屋走去，孩子们好像刚才还在玩耍，三条腿上都被绑了绳子的瘦狗呜呜地吼叫着，互相恐吓，抢着一块只有一点点肉、也被绑在绳子上的骨头，东方康从它们身边走过，绕过臭气熏天、处理动物内脏的地方，抄小道来到昼夜能闻到朝鲜人做红薯糖气味的登拉吉的小屋，果不其然，一群女人像是忘记了还有活计要做，聚在一起闲聊，稳稳地坐在木台上，像是等待谁来救赎，看到东方康躲着地上横七竖八的狗粪小心翼翼地走过来，其中一个女人站了起来说："你姐姐在等你。"东方康问："什么事啊？"对方回答："民生委员要来，连米柜都要翻开看的，所以为了能得到补助，我什么东西都不能买呢。"东方康笑了，这种诉苦的方法真是炉火纯青。东方康也是路地长大的,他清楚得很,说着一点储蓄也没有,就连明天要吃的米也没有了,可一旦有事,路地人就能像变魔术一样,突然弄出一大笔钱来,比其他任何地方都奢侈豪华。阿龙婆回忆起一件这样的事情,有一个女人,她有四个孩子,丈夫得了心脏瓣膜炎没法工作,女人自己也没有去别的地方,就靠补助生活,可政府建了新的市营住宅,女人一家搬到新房子的时候,所有的旧家具旧东西都扔了不要,全部买了新的,阿龙婆不由得拍手喝彩,说这就是贫贱之家的气派,所以阿龙婆非常能理解东方康想笑的心情。路地的女人们从胖女人来的第一天开始就从来没有真的认为她是东方康的姐姐,不过还是对小屋里喊:"姐姐,像菩萨一样的东方康来了。"于是纸窗户打开了,小个子的丈夫探出头来,小声道:"哦,来了啊。"又缩回头去,站在土间里等东方康,见东方康进了门,便对那群坐在木箱上或简易临时用椅子上的女人们说:"你们差不多也好去找点活做了吧。"结果被这群女人集中炮火攻击道,你这外地人在这儿装什么蒜,你这小不点儿算哪根葱。小屋里有一男一女两个客人,都是一副疲惫不堪的表情,胖姐好像也疲于应对,抬头看见东方康,兴致颇低地喊了一声"是阿康啊",又对女客人懒洋洋地说:"今天不行,听不到老天爷的声音。"一个女人说:"是吗?"胖姐拿起笔看了看,小声说了句"不行",又把笔吧嗒一声放下,问道:"你是不是被怨灵作祟了好多次?家里是不是有战死的人?"女客人无精打采地说:"孩子被炸弹炸死了。"胖姐一下子来了劲:"是了,就是,难怪不管我怎么问接下来你应该怎么做,神佛都不回答,我问接下来你去哪儿生活比较好,他们也只是回答说不知道,根本不告诉我。"看见女人眼中浮出了眼泪,胖姐提高了嗓音,唱歌一样气势汹汹地说:"没有好好扫墓吧？连一块墓碑都没有立,把他一个人丢在寒冷的地方了吧？妈妈,我想你来看看我,我都不知道是怎么死的,我希望你来安慰我。"女人哭倒在地,胖姐鼻子咻溜一声,换了和蔼的语气对她说:"好了,下次再来吧。"接着对东方康说:"铁心会的集会,也在这里七天开一次。"东方康问,会上都说些什么内容,刚才一直在哭的女人说"父母的养育之恩啦,兄弟姐妹的手足情之类的",胖姐说,来参加集会的人四五个人分成一组,相互倾诉如今世上的苦痛、不满和悲伤,一起讨论远方的新场所将会有多么开心的事情,胖姐邀请东方康说,明天你就装作什么都不知道,来看看呗。东方康回答说能来就来,从西服的口袋里取出钱,对胖姐说:"得到一笔意外之财,你帮我分给大家吧。"胖姐含着眼泪,紧紧抱着东方康,说真是菩萨一样的弟弟。

　　胖姐想留东方康吃饭,但东方康觉得事情已经办完,没有必要再留在小屋,走到门外,东方康心想,自从这个自称是姐姐的胖女人和她的丈夫突然到来,铁心会就开始变得怪异,胖姐刚刚突然紧紧抱住自己,她残留在身上的肉感实在让人厌恶,东方康用手拍拍西服,朝着乌冈栎的方向走去,回忆起自己刚复员回来时靠着那棵树漫无目的地等着,要改变世界,要聚集一群同志去新天地,东方康喃喃念道,那时自己的耳边总是响着探戈,于是哼起歌词来。歌舞音乐真是不可思议的东西,刚才还令人不快的胖姐,现在便觉得是天下无双的美女,平时想到自己是路地中本一族的成员便觉得懊恼,可一打开留声机,心情就一百八十度大转弯,仿佛已经漫步在巴伊亚的岸边。卧床不起的阿龙婆回忆起自认为已经漫步在新世界的东方康的面容,说,真是糊涂啊,真实地站在新世界,和站在路地想象自己已经到了新世界,是有天壤之别的，阿龙婆注意到，正是这种空想的癖好让东方康身体受损的，不由得流下了眼泪。

东方康带着花惠从让治的家里再次搬进登拉吉家的小屋，是在把女人们卖给了人贩子的第二天，阿龙婆以为是东方康的手下让治因为被打生气了，所以把他赶了出来，不过让治本来不记仇，东方康搬回小屋不到两日，就有风言风语说，在路地一处狗屎到处翻滚的地方，爱打扮的东方康被一群仙女一样的漂亮女人包围着，开着留声机跳着舞，让治听了一刻也沉不住气，马上便来路地看东方康来了。让治想给东方康看用卖女人的钱买来的手枪。确实和谣传的一样，路地里家犬与野犬没什么两样，狗屎到处翻滚，不过小屋里精心打扮的却只有东方康和花惠两人，没有留声机的声音，也没有仙女一样的女人，让治眼中看到的是戴着红花的胖姐正在向一群战后过着麻痹生活、疲惫至极的女人们信口胡诌一些教诲，胡乱写下一些字，说是受神驱使写下，或是故意翻白眼预言未来，宣讲新世界的教义。听到让治喊"大哥"，东方康抬起头，一边擦着花惠印在自己脸颊上的口红，一边说"是让治啊"，花惠在众多女人面前还是情欲高涨，鼻翼张开，从后面轻哼一声抱住东方康的背，东方康说："被骂得那么狠，怎么还老这样。"见让治叉开腿粗鲁地站着，东方康笑着说："我东方康也拿她没办法，只要有花惠在，就会被亲得满脸口红。"东方康从口袋里取出一封信递给让治，说自己拜托胖姐给移居布宜诺斯艾利斯的中本一族的藤一郎写信，结果对方的儿子昇回信来了。东方康看着屋外，仿佛顺着狗屎滚动、野花盛开的路地往外的道路走，前面就是布宜诺斯艾利斯。东方康说，十年前，有两万多人被赶到新世界的贫民窟里，现在被杀得只剩下五百号人了，但那里土地广阔，能看到地平线，地下埋了好多宝石的原石，要挖多少有多少，当地人不知道它们的价值，也不感兴趣，东方康说："是个很有意思的地方吧？"让治看了信大受打击，根本不觉得有意思，反而觉得新世界就是一个和路地一样的地方。胖姐像是明知已经被东方康看穿却还是要继续粉饰一样，抬起头念念有词地翻起白眼，作势要开始说神给的启示，让治用下巴指指她，问："她在干吗呀？"东方康说："别管她。"

打开留声机的是胖姐的丈夫，这位小个子的丈夫刚从花惠那里学了探戈，想要邀请花惠跳舞但是被拒绝了，于是拉起胖姐到外头跳了起来，就像他们刚来的时候那样，路地的女人们聚起来说他们奇怪，是怪人，胖姐那些受神启写字、预言的行为，在谁看来都是骗人的把戏，她仿佛在为自己辩解，一本正经地叼着一枝蔷薇花，跳起踢踏舞，然后翻着白眼舞动，享受着大家的鼓掌。花惠听到掌声也跃跃欲试，邀请东方康一起跳，被拒绝后又拉起让治的手，让治苦笑着向东方康使眼色，表达自己的难堪，没想到东方康假装什么都没看见，让治突然觉得，跳舞的花惠、胖姐还有围绕在周围的路地人，都是被东方康体内流淌出来的甜美香气所蛊惑、所吸引，这些人都是飘浮在空中的怪物，让治觉得想吐，他掏出手枪，朝着曾经说好要一起去新世界，甚至一起按下血指印的东方康就是一枪。东方康应声倒下，让治心想这一枪打在之前中枪的地方，把才愈合的伤口又抠开了，让治歇了一口气，想朝东方康的脑袋补上致命一枪，看到美丽的鲜血从东方康体内流出来，没有停歇的探戈在耳边响起，让治如梦方醒，扔下手枪跑了。东方康想，为什么自己的得力手下突然用刚买的手枪打自己呢，然后失去了意识，被抬到医生那里做了紧急治疗，保住了性命，醒过来的时候已经回到了路地的小屋。门窗紧闭，东方康发着烧，仿佛飘浮在黑暗中，东方康喊花惠，花惠像是揭开戏法的秘密一样，打开了窗。春天令人眩目的蓝天填满了整个窗户，东方康身上的枪伤与疼痛没有消失，却幻听般听到远方传来了留声机的音乐，东方康问是怎么回事，花惠说是你听错了，留声机就在枕头边，说着用脸颊蹭蹭东方康的皮肤，东方康发着烧的肌肤光滑美丽，花惠说，想去丁香花和三角梅怒放的远方。东方康的空想癖好像又犯了，对花惠说，这里底下是莲池，是不知道哪个人睡着后做的一瞬的梦而已，他不顾身体疼得快麻痹了，把花惠抱在胸前，鲜血宛如花蜜一般从绷带渗了出来，东方康吓了一跳，听到屋外传来胖姐的声音和女人们故意压低的笑声，还有一群狗朝着路地的十字路口奔跑的声音。

中本一族的东方康两次被枪击，都幸运地躲过了灾劫，到了第二年正月，东方康一个人毅然决然地踏上了前往巴西的轮船，先从圣保罗，再从巴伊亚，然后又从圣保罗，东方康给不识字的阿龙婆寄来了信，信上画着图，还夹了照片。但是从布宜诺斯艾利斯寄来的信，署名却是一个不认识的人叫横内正一，阿龙婆让礼如帮她读信，听到东方康卷入了布宜诺斯艾利斯的革命运动，下落不明，恐怕是死了，不由得流下了眼泪。信的下方横着写了一行西洋文字，礼如也不认识，阿龙婆走到中学去找老师帮忙，果然跟阿龙婆想的一样，这行字不是说信都是开玩笑的、里面的内容都是假的，而是一行西班牙语："深表悲痛，写给母亲，同志笔。"阿龙婆想，"写给母亲"这句话明显就在说，下落不明就是被杀了，被扔进山里或沉入海底，阿龙婆想飞过去亲眼看看，阿龙婆想，东方康大老远地跑到南美，都干了些什么呀。阿龙婆好像想起了什么,找出东方康的留声机和唱片,开始在家中听起来,每天每天。一开始,阿龙婆觉得唱片里面关了个女人,发出像丝绸撕裂一样的声音,后来渐渐能听出词来,阿龙婆觉得,东方康是一个年轻的、能让女人折腰的美男子,又会打扮,他不停地听着唱片,所以被歌舞音乐的力量永远地关闭在远方,阿龙婆这样想着,定定地凝视着唱片。音乐拥有鬼怪一般的力量,把不管什么烈性酒都直接拿着瓶子喝的东方康给关在了远方,中本一族中又有一个小伙子,用年轻的生命给中本淤滞的血赎了罪。阿龙婆把东方康的享年定为二十四岁,把忌辰定在了佛祖释迦牟尼的生日。

拉普拉塔①奇谭

阿龙婆有的时候会这么想。自己最喜欢的季节,比起春天来是万物舒展绽放的夏天,比起夏天来是万物皆有尽数、悄无声息中衰败、根茎闭塞、繁华消逝、绿叶变成灰银、红花化作锈色的秋天,比起秋天来是萧条到死寂的冬天,比起冬天来是生灵萌动的春天。阿龙婆倾听着后山随季节更替而变化的鸟鸣声,觉得自己再不是阿龙婆这个人,自己就是那永无止境的四季轮回。

如果说金色的鸟是半藏,那么银色羽毛的鸟就是新一郎。阿龙婆用心倾听着银色鸟儿孤独凄凉的鸣叫。与半藏一样同样流着中本血脉的新一郎说,有这样一处桃花源,那里的河底走着一条银矿脉,每当日照和月出之时,就连水流都变成了银子,不过没有谁染指它们,更没有人想要开采卖掉。虽说新一郎是和半藏相比也毫不逊色的美男子,但半藏被自己淫乱的血折腾着过了一生,新一郎则丝毫不在意与生俱来的美貌,他十二岁的时候与人打架,脸上割了条长长的刀伤,他对路地其他人传的那些风流韵事,像是某某把街上哪位大老板的女儿弄到手啦,某某傍上了弹

---

① 拉普拉塔是南美洲一条河流的名称,位于阿根廷和乌拉圭之间,其名(Río de la Plata)在西班牙语中意为"白银之河"。

子房的小姐等,总是嗤之以鼻,只顾着拼命做自己的事情。

打开地图给阿龙婆说明淌着银子的河流所在的位置时,新一郎放下手上忙碌着的事情,收起旁边的图纸,然后指着世界地图下方说:"就在这,就在这。"又苦笑道:"我要是生在这个地方,那就不得了啦。"阿龙婆看透了新一郎的心思,说:"你是想重新投胎做人吧。"新一郎仍苦笑着说:"现在的地方实在住不下去了,还是这里好啊,这里简直就是乐土!"

新一郎从十二岁开始就没有回过父母的家,倒是能简简单单轻轻松松地进出别人的家,到了十七岁,他已经是一名谁也抓不到的盗贼。不知是因为他这份营生,还是他的性格使然,新一郎在父亲死去之后就算搬到了路地口的拐角处居住,也依然不和任何人来往。不管是二月的御灯节、四月的佛诞日还是五月的端午节,路地的人都要盛大庆祝,无论明天是否能揭开锅,今天该有的乐子丝毫不能少,他们从早就开始热火朝天地忙起来,有的淘糯米,有的蒸糕团,有的捣米糕,有的负责派发这些掺着大家手掌心味道的糯米糕。御船节的晚上会在会馆举行酒宴,大人让小孩们表演节目,这些稚童们脸上涂着大人化妆用的粉,乱擦一气,嘴唇像泥娃娃一样轻轻描红,身上穿着仿丝绸的花纹和服手舞足蹈,观众们则拍手喝彩。这些活动新一郎从来都不参加。而这些时候阿龙婆总是借口眼睛不好使,要坐到最前排的位置,看小孩子们装扮成硬朗的武士,拿着大酒杯咕咚咕咚往小嘴巴里灌,做出豪饮的样子,演出《黑田节》①,也看孩子们演穿着圆点花布衣服的

---

① 《黑田节》是福冈县福冈市的一首有名的民谣。歌词取材于武士黑田长政用豪饮赢得长枪,后用长枪立下功勋的故事,酒宴上常歌唱表演此曲。

英俊船夫与街上生意人家女儿的故事,唱"夜晚的海风打湿了我的梦"①,阿龙婆深深感受到孩子们品性纯良、时节上佳,为此飘飘然起来,而毛和尚礼如则担心宴会上的人耍酒疯,不知道会做出什么事来,总是坐在出入口处,这样一有什么情况就可以立马逃走回家。

阿龙婆喝了些酒,身子轻飘飘的,任思绪驰骋。当初"四民平等、上下无别"的政令颁布时,那些觉得坏了体统的平民扛着竹枪刺杀路地人、放火烧了路地人的房子,之后路地人受到的待遇还是一样,尤其在以神社为中心发展起来的新宫,路地人要是胆敢在二月的御灯节②、十月的御船节③期间进到城里,铁定要被驱逐和殴打。现在情况好了些,路地的小伙子可以参与节日活动而不受到责难,他们可以拿着火把从神仓山上一路比赛着跑下来,也

---

① 是日本老歌《可爱的船夫》(『船頭可愛いや』)中的一句歌词,原文为"夢もぬれましょ潮風夜風"。

② 和歌山县新宫市神仓神社的例行祭典,是一个充满男子气息的火把节庆活动。1964年被指定为和歌山县无形民俗文化财产,2016年,与速玉祭一起被指定为日本重要无形民俗文化财产。

御灯节重现了人们迎接降临到神仓山上的神灵的"迎神"活动,以及神灵下山进入熊野速玉大社中坐镇的"再临"过程。在御灯节上,将近2000名的男子(日文称为"上子")穿着白色衣裤,身上裹着粗草绳,手上拿着神圣的火把,从神仓神社的石阶一拥而下。其景象仿若一条火河从神仓山538级的石阶上倾泻而下。这个祭典被认为是日本最生动壮观的火祭之一。祭典当天,女性禁止进入神仓神社,但可以在参拜的道路上观赏。

③ 是熊野速玉祭的组成部分之一。速玉祭是熊野三山之一、和歌山县新宫市熊野速玉大社的例行祭典,每年10月15日至16日举办,15日是"神马渡御式"(速玉大神骑着神马游行的仪式),16日是"御船节"(熊野速玉大社供奉的夫须美大神乘坐神幸船,一边举行划船比赛、一边向熊野船行进的仪式,在传说中神的暂居之地"御船岛所"举行)。2016年,速玉祭与御灯节一起被指定为日本重要非物质民俗文化遗产。

可以抬神轿、参加划船比赛，把赤条条的身体暴露在城里人的眼皮子底下。

不知道这是不是好兆头。阿龙婆任思绪驰骋。没有任何人为过去做过的事道歉。虽说倡导四民平等，但一旦再来一次物质大匮乏或者大地震，路地人肯定会首当其冲遭到屠杀。所谓四民平等，就像当年朝鲜人无故被大量屠杀，后又被冠上"新日本人"的名号一样。① 阿龙婆把这个看法苦口婆心地跟礼如说了。礼如是个献身于佛法的善良人，所以当阿龙婆讲如今的平等思想很可疑，讲新宫人以及日本国民一旦有事铁定拿路地人开刀时，他总是安慰道："阿龙，不要这么说，活着也好，死了也好，都是一样的。"

新一郎的性格，不知道是该表扬还是批评，他身体里流淌的是高贵而又污秽的中本一族血液，似乎缺少为努力工作而生的器官，胆子却很大，他夜晚出门，早晨静悄悄地回来，之后屋子里也安静极了，没有一丝声音，一直到晌午，像是在睡觉。阿龙婆每每看到新一郎安静的屋子总会感叹，干得真不赖啊。新一郎像猫头鹰一样夜出早归的时候做了什么，只有一两户人家订了报纸的路地通常在事情过去好些日子后才知道。这一次大家听到的消息是：那个靠着压榨劳工起家，代代道貌岸然地经营和服店的老板，一个晚上被偷得精光，从此家道衰落，大家拍手称快，觉得新一郎

---

① 1923年日本关东发生大地震，地震后社会秩序陷入混乱。内务省宣告戒严令，指示各地警署尽力维护治安。指示文件中写有"朝鲜人浑水摸鱼，要注意其策划凶恶犯罪及暴动"等内容。这些文字经行政机关、报纸的扩散后广为人知。随后"朝鲜人在井里投毒"等流言四起，因之，有数百至六千（据研究者不同而数字不同）的无辜朝鲜人惨遭杀害。另外，还有数百名朝鲜裔日本人、中国人及社会主义者等被害。上述无辜的牺牲者均为大灾后的政治替罪羊。

简直是义贼鼠小僧①转世。平时新一郎就是中本一族中最高的，身段灵活潇洒，要是穿上时髦衣服，简直就像个脸上有刀伤的当红歌舞伎演员，他又不像那些整天只想着胯下那点东西的人，所以新一郎虽然很少与人交往，但也格外受路地女孩们的青睐，有不少人曾通过阿龙婆来做媒。阿龙婆觉得一位来自天满的姑娘不错，于是来到新一郎家问："你觉得怎么样啊？"说着四处打量起新一郎一个人住的屋里来。新一郎反问道："还有人愿意把女儿嫁给贼？"阿龙婆回答道："不做贼，也可以做做别的嘛。"新一郎觉得这种撮合本来就是一场不可能的闹剧，便打趣起阿龙婆的来，说一进人家家门就东张西望的，不是一个好贼，接着又说道："阿婆啊，做了贼才知道，不管岁数多大，为别人偷盗才讲得通，如果不是为别人，那偷盗即使有理也讲不通了，也不能娶媳妇。"怪不得，那些传说是新一郎犯下的事，都是有道理的。别当物敷②的一家被人洗劫，那是因为里面住着的是郡长养的情人，公交公司办公室被盗，也是在因为贪污事件受到警察搜索前夕。

　　不知道算不算盗亦有道，新一郎曾经下过手的都是那些有问题的住宅、商店以及公司。新一郎知道，有问题的地方往往是下手的绝佳目标，因为他们的心思都在那些问题上面，经常忘记锁门，或者根本觉察不出来早就有贼踩点，把窗户的横条一点点损坏掉了。路地人都把新一郎叫作义贼，诚惶诚恐地议论着盗窃

---

　　① 鼠小僧（1797—1832），本名次郎吉，是江户时代后期专门盗取大名财物，救济穷人的著名义贼。现今歌舞伎、相声、小说、电影均有以鼠小僧为原型的作品。

　　② "别当屋敷"现为一处地名，原意为"长官官邸"，此处的"长官"（别当），指9世纪至14世纪前叶统领熊野三山（本宫大社、速玉大社、那智大社）及其附属庄园的地方最高官员，世袭制。可参考本书第27页"熊野别当"脚注。

之事。

话说新一郎一家就他一个人，偷来的东西太多了，他总是慷慨地分给大家。新一郎的口头禅就是："把这个拿去，就说是在车站前面广场上捡的。"在路地的十字路口玩耍的小孩们早就知道那些东西的来头，听到新一郎吩咐，就会弓着腰跑去把这些没有包装的腰带、和服，还有那些总能派得上用场的手表、戒指送到指定的人家。要是恰巧旁边没有玩耍的小孩，新一郎会直接把东西丢在路地的十字路口，好像在说谁捡去都行。

路地里的人虽说多少有点不好意思，不过可以借口只是捡了别人不要的东西，定眼一看，东西就像被老鼠拖走了一样一会儿就没了，所以也没有谁去告密新一郎偷了东西，也没有谁去规劝新一郎学好。

只有礼如曾经为这事烦心过，在会馆每月一次的法事上讲经时，礼如向大家讲了这样的一个故事：有一个盗贼的儿子，不听父亲的教诲，也当了盗贼，他四处作案，成了一名手段远远超越父亲的大盗，于是雄赳赳回乡，没料到大地崩裂，这盗贼一头倒栽了下去，这是佛法对他的惩罚啊。可没有人把礼如的这些说法当回事儿。礼如是一个正直的人，容不得任何歪门邪道之事，他来到新一郎家，劝他不要再偷东西了。

"偷东西有什么不好的？再说贼也有好坏之分。"

新一郎义正词严，一句话就把礼如顶了回去。他振振有词道："靠揩别人油发家的木材商成了街上最大的店，没人说他们是贼，而偷点他们的东西也不过是揩点油，怎么就是贼了？"礼如也一时语塞，无话可说。

礼如前后三次去新一郎家劝他不要做贼，反倒被取笑："一起偷东西怎么样？和尚进别人家里最方便啦。"礼如满脸通红地回家了。

"跟他一起混也不错啊。"阿龙婆也拿礼如开玩笑，礼如的脸涨得更红了，说，做人不走正道，怎能走得长久。

阿龙婆气礼如这种给人的命运做预言的说话态度，责怪说："你胡说些什么呀？新一郎是中本一族的血脉，生是生了下来，将来长不长久本来就够让人担心的了。"

阿龙婆这一天都紧绷着脸。礼如像是要从气冲冲的阿龙婆身边逃开，去了路地的人家里诵经。十二月的路地冰冷冰冷的，回来的时候，阿龙婆连一杯热茶也不给礼如递上，礼如问："还在生气吗？"阿龙婆反而嘲讽他："哟，这不是葬礼馒头嘛。"说完阿龙婆突然觉得好悲哀，好像世界上就只有自己一个人在对抗伦理纲常。

礼如则常常引用佛经中的故事，说人生就是如此：

"从东方太阳升起之处一直延伸到西方太阳沉没之处的无垠旷野中，一位行者孤身走在其间。突然，他注意到一只寻食的猛兽呼朋引伴，成群地从背后追赶过来。旅行者拼命往前跑，寻找避身之处。猛兽越逼越近，惊慌的旅行者发现前方有一口深井。而且万幸的是，古井里还悬挂着蔓藤。旅行者抓紧救命的蔓藤条往下爬，可是立马又两腿发软。原来古井底下有条凶恶的大蛇，张着大嘴，伸出像火焰一般的舌头。旅行者想，下去就完蛋了，使出浑身力气要往上爬，不过头顶已经传来了猛兽低沉的吼叫声，也能看到猛兽的獠牙。穷途末路的旅行者生命只系于一根蔓藤，悬在半空中，可怕的事又发生了。白天有白老鼠，晚上有黑老鼠，交替不停地啃着这条救命蔓藤的根部。要死了，必死无疑。在不安中,旅行者忽然看见眼前的叶片上有一团看起来很甘甜的蜜汁,于是他伸出舌头,入迷地吮吸起这蜜汁。"

的确,人往往就是在这样一种不安的境况中品味着蜜汁一时的甘甜,不过吮吸甘甜的蜜汁又有什么错呢?反正人生下来就是要死的,在只抓着一条蔓藤的这段时间里听从本能、自由行动又有什么错呢?阿龙婆气愤的是,一直想着死亡并为之做准备的礼如,现在正为新一郎的死做准备了。

在礼如劝新一郎收手后,新一郎立马又去河对岸的造纸公司偷了一笔,这次好像失了手,于是新一郎暂时消停了下来。也正是那段时间,新一郎和一个回路地的女孩好上了,女孩的父亲自小去了南美,待在巴西,不过做什么都不顺畅,于是又回了日本。可是由于去之前欢送会办得十分隆重,这位父亲想回老家也不好意思回来,就待在了大阪。一开始,新一郎和女孩就像普通的夫妻一样,不过才两年,轻浮的女孩就和路地里另一个小伙儿好上了,与新一郎分了手,新一郎似乎受了女孩什么影响,打那以后断然收手,不再偷盗。

新一郎收手之后,昼伏夜出、白天赋闲在家的情况没有任何改变,胆量倒是明显变小了,人也没了精神。如今的新一郎和那些整天混日子的小青年混在一起,用不知从哪里弄来的钱一起玩弹玻璃球的游戏,放到往常这种情况是不会在新一郎身上出现的。有时候新一郎会露出和其他小伙子不一样的特别温文尔雅的举止,不过一群年过二十的小伙子在一起玩小孩子的游戏,总让人心里有点发毛。

阿龙婆问:"你们赌多少钱啊?"新一郎回答:"赌那边点心摊儿的煎饼。"阿龙婆说:"玩这种孩子气的游戏,你的伤口会哭的。"

新一郎回道："又没有别的好玩的东西，才和他们赌的。"阿龙婆身旁的小伙子催新一郎说，到你了，穿着白色长裤的新一郎不理他，走到阿龙婆身边认真地问道："阿婆，女孩子是不是都喜欢坏坏的男人？""坏坏的男人？"阿龙婆问。新一郎说："盗贼啊。"

阿龙婆苦笑道："做盗贼的坏男人，和在一起之后觉得是坏男人，是两码事。在一起后发觉是坏男人的话，哪怕他是个好人，也是个坏男人。"阿龙婆看着新一郎在年轻人们的催促下，弓下腰把玻璃球弹到小洞里。他崭新的白色长袖衬衫扎在裤腰里，衬衫随着其覆盖的优雅的肉身也动作着，阿龙婆自言自语，中本一族里就没有让女人觉得是坏男人的。也不知道是很早以前种下的因带来的果，还是七代之前有先人受了佛祖的惩罚，已经分了好几支的中本一族的男性接二连三地早早死去。他们清一色都是美男子。虽然骨相和眉眼不一，有的气宇轩昂、男人味十足，有的像女人一样眉清目秀，不过女人只要看上他们一眼，都会觉得他们非同一般，要么是子爵，要么是男爵，反正样貌看起来都像是高贵血统出身。路地里的女人们说，没人比中本一族的男人更适合共享房中之乐。而且，他们还个个喜好歌舞音乐。

新一郎显露出中本一族的本性，是在那不久之后。一天晚上，新一郎家里传来阵阵三味线的声音。

"昨天是怎么回事？"有人问新一郎。新一郎老老实实地回答说，把仲之町①和服店的老板娘带来了。那个女人是有丈夫的，以前偷东西踩点的时候见过。有一回，新一郎闲逛的时候，突然被那个女人叫住了。

---

① 仲之町是当时新宫市的主要商业街。

新一郎一瞬间很是吃惊，以为从来没被抓过现行的自己，却被女人在偷盗现场看到过。"什么事？"新一郎问。女人却说，你是不是那个从南美回来的女孩子的前夫。新一郎说不是丈夫，只是住在一起而已。女人说："我有话要对你讲。"两人一起进了附近的一家小餐馆，女人絮絮叨叨地说起了南美回来的女孩。女人说，那女孩隔三岔五到和服店里买做衣服的布料，后来就勾引老板发生了关系，开始把店里的东西一件一件往外拿。女人问问新一郎，能不能帮忙提醒下南美女孩。

"你让我提醒她？可是我和她已经断绝了关系啊！"新一郎说完，又觉得女人在餐馆众目睽睽下不停地抹眼泪不太合适，就答应了下来。女人说就这天晚上在家里等他，新一郎不太情愿地出了门。和以前进来时不同，这次新一郎从女人专门为他打开的后门进了屋，不过感觉还是像做贼一样。一进屋，新一郎就被兴奋至极、浑身颤抖的女人一把抓进了卧室。新一郎解开女人的腰带，手指在女人丰盈的肌肤上游走，盗贼的本性也流露出来，把四周观察了个遍。

新一郎心想，女人跟自己打招呼，并不是为了让自己去切断南美女孩和她丈夫的关系，只是因为一个人睡觉生气，想要泄愤而已。新一郎一边这样想着，一边用一根手指头让女人达到了高潮。女人仿佛不知该如何放置自己肥硕的肉体，夸张地缩着身子、蹙着眉头，像能乐面具一样额间皱出两道竖纹，一副享受的样子。女人缠在新一郎身上的手开始朝着下身探去，新一郎甩开她的手，嘀咕道，这里有贼来过的。

女人尖声喊，亲爱的，新一郎则像对歌舞伎中柔弱的美男子角色一样，把从女人身上解下来的带子压在女人的脖子上说："想要被捆起来吗?"女人回道:"你救救我吧。""不,我救不了你,你已经知道了,我是偷过这里的贼。"

新一郎像演戏一样吓唬女人,女人含着眼泪说,我什么也不知道,我什么也不知道。好啦,好啦,新一郎放开了压在女人脖子上的手,一副什么都无所谓的样子躺了下来,女人则起身斜坐在旁边。过了一小会,新一郎说"来吧",女人于是来到新一郎身边吮吸他的嘴唇、舔他的股间。新一郎舒服地说:"路地里的年轻小伙子当情夫最合适,因为好多都是坏男人。"女人低声道,我什么也不知道。

那个女人拿着三味线到路地的新一郎家里来了。女人弹了新一郎想听的曲子,之后细细打量了一番新一郎住的房子,自言自语说,没有一件自己熟悉的东西,眼中看到的只是一个单身汉朴素的生活。女人似乎彻底了解到,新一郎不是那种碰了就会让人受伤的坏人,反而是一个最终会为了女人付出一切的中本家的男人。女人说:"家里被盗的时候,我还想会是个什么人呢,原来是个明星一样的人。"女人说,自从被盗之后,和服店的生意开始下滑,丈夫也不怎么照看生意了。

大约有两个月的时间,新一郎和这个和服店女主人在路地的房子里持续幽会,到了第三个月,和服店老板发觉了这件事,夫妻二人都指责对方不要脸,女人无意中透露出新一郎就是早些年四处偷盗的犯人,警察为此监视了路地好一阵子。

新一郎自己警觉,老早就逃到其他地方去了,警察转悠了近一个月,结果抓了和偷盗完全不相干的十个起内讧的马贩子来审问。警察猜疑路地里有盗贼的同伙或者团伙,肯定有谁漏了风声,现在也一定和新一郎保持着联系,可是这些马贩子没有一个认识新一郎的，警察也只好放了他们，并解除了对路地的监视。

警察的这次行动说明了一件事，那就是路地里没有谁知道新一郎的详细情况。那以后过了三年，新一郎回到路地，那时他二十九岁。大家能认出这个人就是三年前出走的那个新一郎，但和以前相比总觉得哪里不一样了，不知道是不是因为脸上的伤疤，新一郎显得经历了一些苦楚，要是说更有男人味了，那绝对是恭维，在以前就认识新一郎的人看来，他的气色差了好多。从口音来判断，新一郎这些年应该是躲到了伊势或者松阪一带，回来之后没有立刻去找工作，当时流行养莺，新一郎也弄了几只豢养起来。

也不知道哪儿来的那么大干劲，新一郎把鸟笼子整个提到屋门前的石板路上，用竹条把沾在笼子底板上的食物残渣和鸟粪刮下来，用水冲洗过，再放到日光下晒干。笼中的莺鸟也许是因为被提到了有阳光的地方，也许是因为鸟笼子被打扫得干干净净，心情格外好，喝着新汲来的水，抖擞着羽毛冲了全身，在歇脚的横木到竹鸟笼边缘兴奋地飞来飞去。莺鸟吃着新投放的鸟食，又在笼子里飞起来，突然像是想到了什么似的，发出了琉璃般清脆的鸣叫。不过毕竟才从雏鸟养大，鸣叫并没能持续多长时间。

新一郎侧耳倾听，发现鸣叫声到最后是突然断掉的，新一郎心想，这莺儿身上还残留着土味儿，于是托了关系，专程去了神之内求人借名莺来陪练，对方不答应，新一郎又花了大价钱终于说服对方出借。新一郎从雏莺中选了一只品相最好的，把其他的都放了，又用包袱布把装过莺鸟的三个笼子罩了起来，并排放着。新一郎在鸟儿吃的东西上也一点都不含糊，有时候一大早就去河里抓鲫鱼，晒干了之后磨成粉，拌上糠和青菜，弄碎后揉成小颗粒。听着这样养出来的莺鸟在新一郎家一天到晚唱着琉璃一般的谣曲，仿佛新一郎曾说过的河底走着银矿矿脉、连河水都是银色的河流现在就流淌在路地里，周遭是无边无际的自由乐土，不由得陷入半梦半醒中，品尝起甘甜的蜜汁。

不过新一郎饲养莺鸟也没有持续多长时间。新一郎笑着打趣说，自己打小就开始偷窃，都快要成长为天下闻名的盗贼了，不过与活动在大江户八百零八条街道间的义贼鼠小僧相比还是有差距，毕竟新宫实在是太小了，说完又叹气道，自己注定是不能在历史上留名了。又说，不管什么时候，就算是早上带着笼子去河里抓鲫鱼，盗贼的本性还是蠢蠢欲动，总是打量哪里有值钱的东西，哪里的店铺好进去，不过警察在暗中巡查，要真发生了什么事，路地就会被搜个底朝天的，自己也不得不再来一次逃亡了。

新一郎突然放弃养莺，一方面是因为为了抓鲫鱼，在街上还没人的时候就要起床出门很痛苦，另一方面更是因为身体里喜好淫靡歌舞音乐的瘀滞血统越来越明显了。

恰巧有位肥头大耳的城里男人来到路地新一郎家，说是莺鸟"锦山"的主人介绍来的，"锦山"正是新一郎苦苦借来的、给自己的雏莺做发声老师的那只名莺。男人没有说自己是谁，就说有人告诉他新一郎豢养着名鸟，虽然还没有驯养多长时间，莺鸟的天资还没有充分发挥出来，但要是拿到品评会上，一定可以拿奖无数。新一郎正疑惑这男的到底要干什么，男人说，讲起来有点不好意思，能不能分一点莺鸟的粪便给我？新一郎起初觉得莫名其妙，接着就明白了。从男人的话里，新一郎察觉到他供着一名艺妓。男人被介绍到新一郎家里来，正是因为这名艺妓要早晚用莺鸟的粪便洗脸，以保养美玉一般的肌肤，一般莺鸟的粪便是没有效果的，一定要是天下闻名、叫声好听得像美丽的天仙投胎转世的莺鸟才行。

新一郎虽然觉得这名男人奇怪，但还是拿起竹片刮下一些莺鸟的粪便，包上纸给了男人，算是与男人强行放下的钱做了交换。新一郎觉得这男人进到路地家里时过于鬼鬼祟祟，像是藏着什么秘密，有次就尾随男子，找到了男子的住处，也摸到了艺妓的住处。新一郎知道这天艺妓已结束工作回了家，就像从前一样掀开窗户进去，只见男子正匍匐在地，给差一个辈分的年轻艺妓剪脚趾甲，又将艺妓的脚放在脸上轻抚。过了两三天，男子又趁着夜色来取莺鸟粪便，新一郎冷淡地说："没有了，莺鸟跑了。"男子沮丧极了，连声叹气，说："真是太可惜了。"要在以前，新一郎一定会去把男子的大店偷了，不过这个义贼在上次和服店夫妇吵架的事件里长了记性——新一郎出逃之后，有几个路地的男人就被凭空怀疑，还给抓了起来。新一郎打算先按兵不动。可能是中本一族血液作祟，新一郎心生一计。

次日，新一郎来到住在阿龙婆家下方的楠本又之丞家打招呼。之前新一郎从没来过这里。

当时又之丞做着代理区长，又是路地修鞋匠的头领。路地人自有史以来就为城里人修理草鞋和木屐，而没有头领的许可是不能干修鞋的活儿的。路地有几家反目成仇到现在，也是起因于从几百年前就开始做的修鞋营生。最初来到山脚、依山定居下来的人为了生计，选择了去修鞋，后来的人就被赶到路地的边缘，一个人也没能加入修鞋的队伍。池川、田川、木川这些从河边下来的人，和住口、鸿池这些从海边来的人，虽说顺流到了这座小城，但统统被赶出了路地，无论怎么求人也入不了修鞋的队伍。阿龙婆记得，为了这事有两回还闹出了人命，最后原本就在路地的田畑、向井、楠本家的势力取胜，修鞋的伙伴间更加团结了。中本也是其中的成员。看到新一郎不知给什么风吹来，说想明天起也加入修鞋的工作，又之丞非常高兴地答应了，甚至还鼓励新一郎从此好好做人。

路地修鞋的男子一个个模样俊俏，也难怪成为忌恨的对象，池川、木川等后来者虽然明知要是被发现又免不了大动干戈，但还是为了生计偷偷找街上最不起眼的地方干些修鞋的零活，新一郎和这些人简直是天壤之别，英俊得像舞台上的演员。

这个地方的人本来就容易跟随浮华，有的人穿着纯白的长裤，套着内衬是花鸟图案的和服，脚上穿着金属扣的草鞋，也有一些人受到那些爱玩的木材商或艺妓的喜爱。尤其是新一郎的时代，一改往日的萧条，经济如巨浪翻滚般迅猛发展，街市上成了不夜城，三味线、太鼓声终日不绝。

阿龙婆默默点了点头。新一郎自然在那里瞥见了歌舞、听见了音乐，他身体中流淌的好几代之前受到过惩罚的血液，现在正骚动起来，渗透到他竹子般柔美而又挺拔的身体的每一块肌肉、每一块骨头里。一切再也没有回头路，那名用莺鸟粪便洗脸的艺妓拿来一双木屐："这个，断了。"新一郎用以前在茶馆大门口耳濡目染自学的方法，重新装起木屐带子。"还没修好？""正在弄。"过了一会儿，新一郎提着木屐站到艺妓面前，盯着艺妓的脸半蹲了下来，放下木屐说："把脚穿进去看看。"艺妓穿着一件整洁的新和服，她的怀里揣着早上用过的汗巾，正散发着甜美的气味。木屐带子嵌入了艺妓粉嫩的脚趾，看起来有点紧，新一郎把木屐脱了下来，松松带子。

宴会后，艺妓没有回宿舍，而是径直回了男子为她买的别当物敷街道深处的房子。新一郎悄悄尾随其后，心想艺妓一路踉踉跄跄，不是因为喝醉了，而是因为自己修理的木屐带子太紧了，让她踉踉跄跄，新一郎决定，如果艺妓摔倒，哪怕自己跟踪的事情暴露，也要去扶她。

新一郎回忆起之前跟踪那男人时偷看到的男子和艺妓间那一幕。男子恭敬地双手捧着艺妓的脚，贴到自己脸上，说"好软啊"，又用嘴去吮吸艺妓的每一个脚趾头。新一郎天马行空地想，艺妓是被佛祖罚到人间，被赋予一双能在地面行走的脚，因此男子这行为是在慰藉她，实际上艺妓和那只被放走的莺鸟一样，是天上下凡的仙女，以前飞在天空中是没有脚的。新一郎心想，那男人肯定是这么认为的。

估摸着艺妓已经躺进被窝里的时候，新一郎掀开窗户进了屋，突然出现在艺妓面前，迅速用绳子捆住了惊恐失措的艺妓，又用毛巾堵了嘴、绕上封口布。新一郎问，认识我吗，艺妓摇头。新一郎伸手抚摸艺妓卸了妆的脸，说："噢，滑溜溜的，莺鸟的粪起作用了呢。"接着粗鲁地扒开艺妓胸前的睡袍，高高卷起下摆，说："从哪里开始动手好呢。"忽然，新一郎叹了一口气，俯身到艺妓眼前，抓着一边裸露的乳房，将粉红纽扣一样的乳头夹在指间，取笑道："原来你也长着乳尖呀，捏一捏，你也会和其他的普通女人一样，舒服酥软，像融化了一样主动迎合吧。"说着手上增加了力度，又不至于让艺妓疼痛。从女人裸露的腰部能看到女阴的繁茂之处，新一郎伸手要去摸，艺妓呻吟着躲开了。新一郎抓住她的脚，用力抚摸。"喂，让我看一下嘛。"说着端详起艺妓的脚趾。新一郎觉得，这被男子含在嘴里的脚趾，越看越像佛像的脚，是用一整条棍子雕出来的。若是只分成两瓣，就是禽兽的蹄子，要是装上五根指头，那就是人类了，新一郎这样想着，放开了艺妓的脚。

阿龙婆想，这个时候新一郎脑中一定是浮现出了中本一族另一个叫作阿弦的男丁，他出生时手就像禽兽的蹄子，被认为是不幸的象征，预示着中本家男人早死的命运。现在想来，来到世上的阿弦像是一个人背负了两个中本家男人的罪孽，本来他们注定要受到佛祖的惩罚，在伸出舌头正要品尝转瞬即逝的甘甜蜜汁途中死去。

阿龙婆常常绞尽脑汁回想，阿弦生出来后，母亲的肚子里是不是另外还有一个没成型的胚胎。新一郎这个时候也充分意识到了自己不是他人，而是流淌着中本一族的血。艺妓根本不知道新一郎在想什么，只是盯着他带着刀伤的脸，吓得浑身发抖，新一郎要解开绳索，艺妓扭动身体想避开他的手，绳子深深勒进手腕，还是不停挣扎。

艺妓想，新一郎十分温柔，和刚才绑起自己的贼简直判若两人。艺妓情绪高涨起来，新一郎像是在等待这一刻的到来，从后面抱起艺妓的屁股，用手撑住自己，不让重量压在艺妓身上，然后配合腰部的动作轻轻托起她的身体，好填满整个女阴。这么一来，新一郎感受到愉悦如闪耀的光波涌动，在艺妓体内翻滚，艺妓紧紧抓着新一郎，指甲深深抠进了新一郎的皮肤。

女人高潮过后，意识到自己从恐惧变为愉悦，宛如梦境。女人觉得好像在哪儿见过新一郎，于是开口询问。新一郎射完精，觉得艺妓也只是一个普通女人而已，站起来穿上了衣服。艺妓看着穿好衣服的新一郎，终于想起他就是白天那个修鞋的年轻人。

次日，新一郎继续去修鞋，这一次艺妓拿来一双不用修也完全能穿的低齿木屐，在新一郎开口说话前就要求修理，完成之后当场试穿，大声呵斥："怎么回事，太紧了！"又气势汹汹地说，弄得这么紧，怎么穿？屋里酒席上的人都能听得到声音，探出头来看热闹了。当天晚上，新一郎又偷偷潜入，捆了艺妓。

一个月来新一郎就这样和艺妓乐在其中，艺妓只对新一郎发火，于是街市上开始传，艺妓要么是非常讨厌新一郎，要么就是喜欢上了新一郎，之后新一郎就隐去了行踪。过了一个月左右，新一郎又回来了，这次他去了山里干活，成了一个劳工。

那段时间，正好繁荣的行情已经到了尽头，木材商们纷纷减薪，劳动争议频发，只有大滨的木材商一个月都没有削减工资，路地人于是辞掉别的地方的活儿，一窝蜂似的去了大滨。新一郎心里明白，如果木材商都减工资，大家会一起罢工，所以有人想到了办法对付路地人。现在已经有木材商将劳工分成正副两个小组，把路地人划到副组，要不要雇佣副组的人，由正组的劳工们说了算，所以随时都可以清退，就这样控制了路地人。

和加入这个木材商的其他劳工一起，新一郎早上从路地出发，在夕阳开始染红天空时回家。在这里，新一郎认识了一个年龄相仿的男子，听他说要去南美，新一郎决定同行。

最初听新一郎说要去南美时，阿龙婆并不吃惊，因为之前就有人去了异国他乡，而且阿龙婆知道不管到哪里都有路地这样的地方，没有必要担心，不过她还是说，去了南美也改变不了血统，不要去的好。

新一郎深表赞同，害羞地笑了起来，说："我做了一个这样的梦。"

新一郎说，天空中挂着一轮明月，把银色的光芒投射在宽阔的河流上,一头牛站在河里,我和老婆、孩子三个人在河里洗澡。新一郎自言自语:"我想那是一条全是银子的河流,那里非常安静,盗贼是没有用武之地的。"

没过多久,新一郎就出发去了南美,在那里整整过了两年。

阿龙婆收到的六封附有图画的信里都反复提到了银色的河流。阿龙婆常常仰望天河,心想,也许南美那条银色的河流就是天上的银河流到了地球尽头折了个弯形成的。阿龙婆让礼如反复给自己念信中的文字,自己也反复背诵。第一封。突然看到了草原,一望无际。什么都是银子做的。孩子们因为吃了含有大量银子的食物,拉出银粪便死了。第二封。听说可以买女人,所以去了,女人让我捆起来做了,要我用金银没法兑换的东西来支付。第三封。印加灭亡。第四封。酩酊大醉的男子变成了老鹰,裸露着阴茎在天上飞。第五封。阿龙婆和礼如性交图。第六封。偷东西时店面的图纸、卖淫女的住处以及抽奖号码。

信中的文字很少,阿龙婆看着图画,想象、解读新一郎在南美做什么。天上的银河倾泻下来形成的银色河流附近,新一郎去找卖淫女,不过这里钱不管用,男人们必须留下各自的某样无法代替的东西。新一郎在那里留下的是中本一族高贵又腐朽的淤血。新一郎来到南美,知道了国家和民族并不是一开始就有的,而是不断消亡又不断产生的。偶尔和朋友在工作之余去喝酒,有人喝得酩酊大醉,大白天的在广场上吵吵嚷嚷地裸奔,飞到天上去了,大家兴奋地拍手,热闹得不得了。有时候也会想起路地。想要去偷东西,不过不管是偷金子还是偷银子,都已经腻烦了。无聊地去找卖淫女,女人们把收集到的那些东西都摆出来做奖品,于是试着抽了奖。

这些信虽然就是从这个世界上的某个地方寄来的，但阿龙婆觉得非常不可思议，她盯着信件看，觉得新一郎肯定还说了些别的事。阿龙婆想，信里写的一切都是基于事实。和有路地的日本不一样，南美的土地上是无限绵延的草原，一棵树也没有，在那里走着走着，突然就来到了银河边上，到处都是银子，连土地都是银子，旱田里的作物闪闪发亮，好像白银涌出了表面，孩子们吃了那些农作物，有时候消化不良，生病死掉。买了女人想怎么睡就怎么睡，钱是没有用的，人家也不收。阿龙婆这么想着，忽然回忆起新一郎饲养莺鸟的事情，认为那条银色河流旁边是一群受到上天惩罚的仙女仙人下凡来居住的地方。三年之后，阿龙婆问回来的新一郎是不是这么回事。新一郎说，拉普拉塔确实尽是那样的人，乱糟糟住在一起。多得是长着翅膀的女人。

不管阿龙婆怎么问，新一郎都不太愿意多说，阿龙婆说："干吗呀，你要独享呀？"新一郎说，拉普拉塔虽然是银子的河流，可那里和路地一样，也是人住的地方，长着翅膀的仙女也不过是臭女人，鹰男也不过是个酗酒的丑陋畸形。有一天，新一郎走在石板路上，想从狭窄的道路两侧打开窗户卖淫的女人里找一位合适的。看见有个女子头上戴着花，上下左右一打量，结果这位法国、西班牙与印第安人的混血女子盯着新一郎哭起来，用西班牙语说，我们是兄妹，我们是兄妹。新一郎不知所措，用从前与那个从南美回来的女孩同居时学会的话说，哪有这样可笑的事情，我是日本人，你是正好在地球对面国家的人。女人一边流泪一边回话，语速更快了。新一郎没有办法，于是来到渔业工会办公室，骗一名女翻译说和人大吵一架，请求帮忙，把她带来卖淫街做翻译。女子手舞足蹈，激动地和翻译说话。我和你是兄妹啊，我没说谎，你脸上的刀伤就是证据，为什么不是兄妹呢？新一郎说，我知道了，我知道了，然后转身对女翻译说，你好漂亮，月光下你就像玛利亚一样，背上也长着翅膀吧，说着抚摸起她来。女翻译同情这个男人被妓女认作兄妹，不能称心如愿行事，于是拉新一郎到月光底下亲吻起来。新一郎完全明白了为什么这里的一切都被认为是银子了。在这个的确什么都是银子的地方，两个人相互亲吻、吮吸、抚摸，那个自称和新一郎是兄妹的女人也来到他们身边，脱光了衣服说要加入。舔着做翻译的女人，又被卖淫女舔着，新一郎就这样乐在其中，当空的皓月不知不觉坠落了下去，太阳绕了半圈，从遥远彼方路地的黑暗中来到地球对面的此处升了起来，新一郎看着染红了的天空，将精液射到卖淫女的喉咙里，感觉自己在那里有无限的自由。

总之，那里是正好在地球对面的国家。所谓对面，新一郎想，就像有阿龙婆就有和尚礼如一样，妓女说和自己是兄妹也不无道理，实际上，从地球对面的这里来思考天和地、生和死、上和下、右和左的话，这里的右在对面就是左，这里的上在对面就是下，如果考虑到地球是圆的，就没有任何理由把一方定为上，另一方定为下。一位乖僻的人把白昼说成夜晚，夜晚说成白昼，把没有任何光亮的黑暗也说成了白昼，因为白昼就是黑夜，因为黑夜就是白昼，能如此混淆下去，那里确实是一个轮回的国度。

新一郎与自称是兄妹的卖淫女和做翻译的女子一起生活，接连见到了瞎眼的芭蕾舞演员、喉咙溃烂的歌手、吹牛皮的女间谍，还有那个国家被枪杀的元首的情人。广场上满是卖东西的。也有人在表演走钢丝、转飞盘，但没人正眼去瞧。

新一郎讲完，又说起这个国家与日本形同颠倒，在银河边上金钱失去重力的那块地方,汇集着形形色色奇特的人,恐怕天国也就是这个样子。不能飞翔的天人。淫荡无比的如来们。想在眼珠子上刺青的人。像猪一样肥的鹤。像鹤一样的猪。

新一郎从南美回来之后,好像在别处学会了认真劳动似的,加入了情况已经和以前完全不同的去山里打工的一伙人当中,每天一大早就开始工作。很快也有了女人,家里有女人的声音。不知道女人是谁,也不知道从哪里来的,新一郎每天从山里回来的时候,女人总是站在路地入口等着,跟在新一郎后面回家,能听到两人说一小会话后,很快就发出欢愉的声音。

女人白天不在家。

阿龙婆觉得奇怪,问起这件事情的时候,新一郎一本正经地说,女人就是从地球对面的国家,那个到处流淌着银子,金钱失去重力的地方来的。阿龙婆觉得这就是在糊弄自己,再也控制不住暴躁的脾气,像年轻女子一样高声爆发道:"听不懂,说什么鬼话呢。"说着扬起手,像是要打自己的孩子一样。

"都三十多岁的人了,讲点听得懂的人话啊!成天说的什么乱七八糟的鬼东西。"

听阿龙婆这么说,新一郎小声嘟哝道:"干吗,你当你是谁啊?"阿龙婆一听又火冒三丈:"我是阿龙婆啊,你不知道吗?不记得了吗?你妈是把你生了下来,但我才是这个世界上第一个抱起你的。"说着阿龙婆又有点后悔,觉得说了多余的话,但还是装作不知情。新一郎出生后还没满三个月,母亲就和别的男人跑了。"可别再说'你当你是谁啊'这样的话了。"

新一郎说,我知道了,知道了,然后弯下身子凑到阿龙婆的耳朵边说:"她是个女的。"阿龙婆失望地说,什么啊,就这样啊?新一郎说:"是仙女啊。经常逃跑,我都快吃不消了,把她捆得严严实实的,还是能咻溜一声就溜走了。"又一本正经地看着阿龙婆说,要不要也让我捆一回。阿龙婆慌忙说,就算是为了爱抚而捆我,我也会死掉的,真是变态!新一郎说,变态怎么啦,哪里坏了?"很难的。要把女阴大大分开,像要啪嚓一下撕开一样,然后用绳子挂起来。因为原本是仙女,所以,没有翅膀,只有胳膊、只有手指、只有指甲,是可耻的,是不健全的,要把它们和另一个不健全的地方捆住吊起来。"

阿龙婆并不知道,新一郎把山里的活儿辞了,又开始偷盗。阿龙婆有时候也看见路地人急急忙忙地回家,藏起在会馆旁边叫作"天地路口①"的地方捡来的东西,但是阿龙婆并没有注意到,这是新一郎和从前一样,当作废物扔掉的从别的地方偷来的东西,想以这种形式来破除金钱的重力。

从那时候开始,新一郎又过上了晚上外出、天亮回家的生活。从天亮到晚上新一郎家里总会传出女人的私语声、欢爱声。路地人谈论着,新一郎像感知不到性的重力一般,不捆住女人就不能满足、不能勃起,和这样的新一郎在一起,被捆住羞辱,还从中享受欢愉的,到底是一个什么样的被淫欲所驱使的女人啊。一个闲话会招来更多的闲话。有人说那是一位绝世美女,但是谁也没有亲眼见过。

连续三次,在天地路口,仿若与夜露一起,从天降下湛蓝的蓝宝石、鸽子血般的红宝石、如深山溪流冲出的水潭一样深绿色的

---

① 原文为"天地の辻","辻"意为十字路口。本书第一篇《六道路口》原文即为"六道の辻"。

翡翠、像荷叶上滚动的雨滴凝结而成的珍珠,还有黄金、白银,散落一地。路地人一开始没把孩子捡回来的红宝石当回事,就给孩子们当作玩具,后来有人拿到当铺,知道了这些东西货真价实,一片哗然,赶紧从孩子们手里拿了回来。

最初的一天,第二天,第三天,每天都是一大早就能听到女人和新一郎的窃窃私语,屋内的欢愉之声穿透门窗,羞煞旁人。第四天早上,不知是谁走漏了风声,外面的人也聚集到路地来,不过除了从水沟的泥巴里找到一颗珍珠外,其他什么也没发现。

第五天,一大早就聚集起来的人们发现往常持续的欢愉声没有了,路地的人里有一个预感到有什么不吉利的事情,找来阿龙婆,开门一看,新一郎跪倒在佛坛前面,已经死去,身旁还有一个杯子,里面装着他喝剩下的水银。

七夕节的前一天,早晚还有些凉意的七月六日。享年三十二岁。又净化了一份中本家高贵而又污秽的血。

雷神之翼①

整天卧床不起的阿龙婆终日不知是睡是醒,她的头脑里一定不断浮现着已经死去的人、现在还活着的人各种各样的事情。路地人之所以这样想象,是因为阿龙婆身体还很硬朗的时候,脑袋里就塞满了从过去到现在,甚至一直到未来的各种景象,一有机会她就拿出来讲。

今天为阿龙婆守灵,不止从路地出去分散到各地的人,各个时代出生的人都聚集来了。阿龙婆身子硬朗的时候扎着小小的椭圆形发髻,自从身体不行躺到床上,打扮也马虎了,咔嚓剪掉了头发,来的人议论着,阿龙婆这样的脑袋里到底装了什么。大家都说,阿龙婆的脑袋里肯定就像城市里错综复杂的摩天大楼那样,装满了世界上所有的空间和时间。

阿龙婆大字不识一个,不过丈夫礼如念诵的经文,阿龙婆能背诵出来,也能准确地记得出生于路地之人的生日与忌辰。路上看到路地的孩子,马上就能想起这是谁家的,家长是谁、家长的家

---

① 本篇标题的直译为"卡恩纳卡姆依之翼","卡恩纳卡姆依"(カンナカムイ)为阿伊努语,意思是"雷神"。

长又是谁,这些也清清楚楚,甚至还知道谁和谁同父异母,谁和谁同母异父,谁和谁是堂亲、表亲,谁和谁是叔侄,等等。

阿龙婆想要找回逐渐模糊的记忆,努力回忆着,有一名男子来到路地,蹲在涌出莲池之水的清泉边喝水,喝了好长时间。阿龙婆记起,那名男子抬起头看到阴凉处有人向自己招手,不由得紧张起来。正因这次相遇,外地的阿吉定居路地,并成为美津、友次、阿辰三人的父亲。女人是向井玉之丞的二女儿,本来嫁到了别的地方,后来又回来了,父母亲要她去干活,她却成日和外地的阿吉在一起晃荡,阿吉的真名谁也不知道,两个人生了向井美津、友次、阿辰三个孩子。

阿龙婆想,路地的人正是像这样增多的,路地的起点原本就是山背后的一两户人家。路地自诞生以来,最大的家族以中本为首,然后是向井、楠本、田畑、松根共五个家族,此外还有池口、岩本、下地等旁系,它们之间虽然也有摩擦和矛盾,但都是一个祖先繁衍而来。只要愿意,仿佛还能看到最初的那对夫妇在山脚下竖起木头、砌起墙壁、盖上茅草屋顶、铺上地板,那场景仿佛就在昨天。除了那几个来照顾阿龙婆的女人,路地大多数人都没有特意留心,这位对路地了如指掌、对路地如何诞生甚至未来会如何消亡都知道得清清楚楚的老太婆,这位一个人住在稍微有些高的小山上、要爬一段石阶梯才能到家的老太婆,像打盹睡着了一样,衰老的身体一卧不起。

在阿龙婆看来,这也是十分自然的事情。后山的杂树随着寒风的到来,换上金色、银色、锦缎色的新衣,绿油油的青草不知何时开始掉落果实,叶子从尖端开始变色,最后枯萎成金黄色的长针,和雨水一起腐烂。看过无数的枯荣更替,阿龙婆知道,天道如此,自己也会衰老,对此她甚至是愉快的。阿龙婆自言自语,没有比在枯草上落下的漫长冬雨更能体现老天冷漠的慈悲的了。

阿龙婆恍恍惚惚地想象,不管是巴伊亚、布宜诺斯艾利斯还是京城①,都有雨落下,枯草腐烂,变成养分,让掉在地上的种子发芽。随后,阿龙婆又打开收音机,收听为出海的远洋船舶播送的天气预报。阿龙婆想起那个在浦胜的渔港登上远洋渔船的路地年轻人的面孔,想象着年轻人们现在也在船上听天气预报,感觉同他们心灵相通。阿龙婆像打盹一样躺在床上,不知眼前是真实还是幻象,看到后山亮着光,光亮发出响声,风恶作剧似的咔嗒咔嗒摇晃着门板。半藏金色的小鸟像是惋惜播放中断的电影银幕,乘风起舞,在杂树丛中飞翔、跳跃,跨越了生死轮回,为此浑身颤抖,愉悦地展开歌喉,发出了清澈的鸣叫。阿龙婆又为中本这浑浊而高贵的血统的宿命流下了眼泪,心中默念着,半藏啊,落下种子、自然枯萎,这才是佛赐予的愉悦;你还年纪轻轻的,可别就这么倒下了啊。半藏金色的小鸟不停鸣叫,仿佛炫目、清澈的天空在颤抖。阿龙婆感觉自己的身心都因半藏的小鸟清脆的鸣叫声而变得纯净了,一边又想起中本一族的另一条血脉达男。

达男和半藏是堂兄弟,不过年纪差得多,达男和中本胜一郎的孩子郁男差不多年龄,是个出生前就有非凡预兆的孩子。达男的母亲登美快足月的时候,希望父亲中本富繁待在家里,暂时不要出去做马生意了,可是富繁不顾反对去了藤波的集市,不知是

----

① 日本强占韩国时代,称韩国首尔为京城。

勾引了女人，还是被女人勾引，据说被一个女人的情人砍了，最后又回来了。富繁三十岁左右，也是中本一族的人，因此男人味很足。但他被人砍了也不去看医生，拿自己漂白的布当作绷带缠在肩膀、手臂上，在家闭门不出，没多久突然又从家里跑了出去。阿龙婆奇怪，放下临盆的老婆，是去了哪里，问了登美，可就连她也不知道富繁的去向。阿龙婆最初没有注意，后来发现礼如的行为举止有些奇怪。阿龙婆发现家里的衣服不见了，存的粮食也变少了，有一天，礼如说要外出为死者的忌辰诵经，阿龙婆尾随其后，来到了当时几乎还是一片沼泽、没有开垦成农田的浮岛边缘，那里有一座小庙，富繁就在小庙边上搭的一间小屋里，全身盖着布，身体像一团破布一样蜷缩着。礼如站在小屋前，脸涨得通红，弓着身子，明显很紧张地小声问："有哪里痛吗？哪里不舒服吗？"阿龙婆见状先行回了家，等礼如回来一盘问，礼如交代说，富繁让他不要告诉其他任何人，说中本的先祖犯了罪，自己倒了大霉，要承受比任何人都要重的惩罚，所以才离家出走。又说，因此才在浮岛的小庙边搭了小屋，传说浮岛有大蛇栖息，平常也没有人敢来。阿龙婆一时哑口无言。

礼如又说，富繁本来想立刻动身去汤之峰，据说那里有能让人起死回生的灵力，但想到既然自己受到了沉重的责罚，那老婆登美肚子里的孩子可能也会受到重罚，所以决定在那里等到孩子出生，如果真是两个人都受了罚，就父子一起去汤之峰请求佛祖怜悯，如果不是，就自己一个人去。礼如叮嘱阿龙婆，这事儿对谁都不要提，哪怕登美和肚子里的孩子哭着央求，也绝不能告诉他们。

阿龙婆听从礼如，在预产期的前一周把登美带到了自己家里。傍晚刮起了暴风。狂风夹着大雨，吹得后山的杂树林翻起了波浪，不时雷声轰鸣，巨响仿佛要将房子吞没。阿龙婆让礼如在灶台前烧水，自己则陪伴在登美身边，登美的阵痛间隔越来越短，阿龙婆心想，不管发生了什么都要装作不知情，一面责怪失踪的富繁，一面给忍着疼痛的登美打气："要加油啊！"天快亮了，凌晨四点，在涨潮之前，随着登美的最后一次用力，达男生了下来，没有缺胳膊少腿，也没有长多余的东西。把婴儿泡在温水中，阿龙婆突然觉得水声格外响亮，这才注意到风雨已经停了。礼如盯着灶台里的火苗，抱着膝盖弓背坐着。阿龙婆给响亮地哭个不停的达男裹上襁褓，抱到床上，接着开始处理胎盘。这时，礼如像是被灶膛里跳跃的火苗夺去了魂魄一样，突然站起，下到土间，穿上了木屐。平时礼如如果没把事情做得完美就踏实不下来，可这一次他居然把脚伸进了阿龙婆的木屐。虽说两人是夫妻，礼如以前可没有穿过女人的鞋。礼如打开了后门。猫头鹰在后山鸣叫，似乎正在品味重回山林的静谧。

后来，达男问过阿龙婆："我是在猫头鹰鸣叫的夜晚出生的吧？那猫头鹰就是我的守护神啰。"但达男不知道，自己出生的当天晚上，礼如想去浮岛的小庙旁告诉富繁，生出来的孩子四肢健全、像白玉一样无瑕时，眼前看到的却是一番魔界的景象。那个时候，从路地到浮岛还没有凿出山路，也没有新路，只能绕过横卧在街道中心的龙形山坡，或者爬上山，沿着以前的人走过但是已经模糊不清的山间小道，爬到山顶再下到另一边去，看到眼前的景象，礼如在山顶久久不敢动弹。

礼如正准备下山往浮岛去的时候，看见一条有自己手臂合围起来那么粗的大蛇，正缓慢地向山下滑去。礼如跟在大蛇后面下山，不敢发出脚步声，生怕大蛇回过头来。湿热的风带着浮岛瘀滞多时的海水的气味扑面而来。大蛇一边发出嘶嘶的声音，就像喉咙里卡了痰似的，一边顺着山脚钻进了浮岛，进入黑暗的茂密森林，转了个身，探出头看着站在小屋前面往里面瞧的礼如。富繁已经不在小屋里了。礼如明知道没有人在听，还是压低了嗓音喊"富繁、富繁"。旁边又响起像喉咙里卡了痰似的嘶嘶声。

这就是达男有个"猫头鹰达"的外号，从未见过父亲，就这么在路地长大背后的故事。即便在中本一族中，达男也是卓尔不群的，他骨骼结实，个头很高。阿龙婆看着达男和路地其他小伙子一起，兴致勃勃地玩着把石头扛在肩上来回走动这种在旁人看来十分无聊的游戏，才十五岁的达男却比其他那些已经成年的小伙子块头还要大，他裸露着的两只汗津津的胳膊，既有男子汉的强健，又混杂着还没到年龄的小孩子那种咬一口就会有大量汁液流出来似的娇嫩，白皙的肌肤热气腾腾地散发着桃色的光。阿龙婆当时看得入迷，并没有觉察到这是危险的征兆。

说起来，那个时候阿龙婆因为当了产婆才被人叫作阿婆，其实根本还没到黄脸婆的年龄。路地的人们记起，那时阿龙婆的月事量还很多，乳头还是樱花的颜色，每次月事来临前就跟年轻姑娘一样肚子疼得不行。路地的人们想象着阿龙婆的样子，笑了起来。

在平常不会这样，可到了月满之时，阿龙婆总是很注意达男。出生之前就充满了谜团的达男也不回母亲家，跟小伙子们一起混在门窗尽是破洞、充满了男人臭气的青年小屋①里看美人画②,一个小伙子骄傲地展示说,自己的那玩意儿都长了老茧,达男感到吃惊,认真听小伙子说那玩意儿的由来和他的光辉事迹。路地人想起来了。达男身上混杂着成年男人和孩子的魅力,不知阿龙婆是把达男当作自己的孩子而被吸引,还是被达男男子汉的一面所吸引,阿龙婆下了石阶,往青年小屋走去,一个小伙子看见阿龙婆来了,慌慌张张地把美人画藏在怀里,阿龙婆假装什么也没看见,说:"达男,礼如回来之前,你借把斧子来帮我劈柴吧。"有时还会说:"帮我去井里打桶水来。"

路地人没有谁觉得阿龙婆找达男帮忙做事有什么奇怪的。虽然路地人取笑礼如叫"肥蜈蚣,快啊快""葬礼馒头",但同时也爱戴礼如,他们都觉得这个毛和尚是不可或缺的。礼如和阿龙婆居住的地方在山腰,要爬坡才能上去。路地人都知道,礼如不管是身材还是其他都小小的,要他从最近的公共水井提水爬坡回家是不可能的,阿龙婆也做不到。水都是别人帮忙提的,找达男帮忙的时候,每次也会给些零花钱。达男很听话,从来就没有怀疑过什么,按照吩咐来到山坡上阿龙婆家旁边,流着汗,抡起斧子噼里啪啦地劈柴。

没有人看到当时的情景。路地人看着面前一睡不起的阿龙婆,心想中本一族的男人们其实是阿龙婆孕育的,是阿龙婆爱抚

---

① 在日本的一些村落,传统上男子在十五六岁时要加入当地的青年组织,共同居住,体验一定时间的集体生活,承担一部分村落的防卫、消防、节庆、义务劳动等工作。他们聚集和生活的地方即"青年小屋"。

② 原文为"危な絵",是浮世绘美人画的一种,多描绘女性日常入浴、纳凉的场景,画面中女子肌肤裸露较多,带有色情气氛。

着婴儿时期的他们。路地人好像是为了给一睡不起的阿龙婆献上鲜花一样，又开始想象和年轻女孩一样还会生理痛的阿龙婆注视着达男的样子。

礼如那时候被叫去给去了天满的田畑家的民惠守夜。阿龙婆看达男砍起柴来毫不费劲，就想让他帮着准备好够用一个月的份量，于是去后山的杂木林找枯枝，正巧有一棵大小合适的树，根部已经腐朽，快要倒在地上，阿龙婆想把它拉出来，力气不够，于是叫来达男，回到林中。达男挥舞着斧子砍树根，阿龙婆站在旁边，看到日光突然变得血红，把达男的脸庞和胸肌都染成了金色，闪闪发亮，心中想象着达男的父亲富繁，以及礼如看到的大蛇的样子。

阿龙婆想，闪耀着金黄色光辉的达男，是许多代人反反复复以夭折换取净化最后才降生的、至高无上尊贵佛祖的现实化身，那一瞬间，阿龙婆觉得一直令人痛心的男人们的悲惨命运终于抵达了净福，不由得伸出手去触摸达男不停挥动、闪闪发光的胳膊，打量他的手。达男的手也闪耀着黄金般的光芒。阿龙婆像是被天雷击中般一阵眩晕，难道这就是过了三十岁突然遁入佛门、一天到晚不停念经的礼如所说的法悦吗？还拿着斧子的达男抬起头，阿龙婆一边想一边抚摸他裸露的臂膀。阿龙婆压在达男流淌着温热的金黄色汗水、充满弹性的身体上，闻到一股麝香一样难以形容的香味，阿龙婆张开双手紧紧抱住达男，嘴唇贴到了达男的脖颈上。达男仰面倒在山上茂密的树林中，阿龙婆全身叠在达男的身上，见达男一脸严肃地望着自己，忽然有点害怕。达男摆弄起阿龙婆的乳房，阿龙婆感觉小腹下面被一根石头般坚硬、膨胀起来的东西顶着,仿佛忘记了是自己先抚摸达男的,尖叫着想要起身,却被达男翻身压在底下。

十五岁的达男流出的汗水从金黄色渐渐变成了铅色,随着光芒的消失,达男精钢般的年轻身体显现出来,阿龙婆心想,和自己的孩子做出如此不道德的事情,是要堕入畜生道的。

确实就像路地的那些女人们说的,中本家的人生下来就懂得让女人快乐的手段。在达男身下,阿龙婆决然地抬腿缠住达男,任由自己陷入快乐的旋涡。阿龙婆被达男的男根顶撞、被达男爱抚全身,又抽泣起来,她在自己的哭声里察觉到一个只知道享受生孩子再生孩子这一种快乐之事,且极度迷恋这种愉悦的女人。

阿龙婆感觉自己犹如身处幻境。她看着达男从自己身上爬了起来,短裤褪到了膝盖,两腿间的男根滴着液体,就像一个人刚进行了淫秽的自慰,不过等到阿龙婆自己也起了身,发现身体里也有东西流了出来,便放声哭了起来。阿龙婆一边哭一边想,今晚礼如不在家,那就把达男留下来,像和自己的孩子一样一起钻到被窝里睡觉吧。

那天晚上,阿龙婆像一个年轻女孩一样,和达男做了四次。早上被说话的声音吵醒。原来是坐了最早一班火车回家来的礼如在土间里训斥赤身裸体的达男,阿龙婆觉得事已至此,什么都无所谓了,穿好自己的衣服后,拿起达男的衣服送过去。结果礼如突然扑了上来,抓起阿龙婆的头发就是一个耳光。"干什么呀,我什么也没做。"阿龙婆嘴上也不服软,一脚把礼如踢开。"像做父母的抱孩子一样抱着他有什么错?生孩子的时候不也是光着身子,生下的孩子不也是光溜溜的吗?"礼如颤抖着站起来,直说

"好,好",别的一句话也说不出来。路地人站在一睡不起、不能说话的阿龙婆身前,脑海里浮现出年轻时的接生婆阿龙婆与毛和尚礼如的身影,并不觉得滑稽,倒是想要欣慰地微笑,又想象着断气前那一瞬间阿龙婆清晰、澄明的意识。

阿龙婆闭上眼睛想,年轻时的礼如那时发那么大火,不单单是因为阿龙婆出轨,而是主要因为出轨的对象是十五岁稚嫩的达男,这个中本家的男孩还没有碰过任何女人,那时阿龙婆坚持说没有和达男发生男女关系,并说礼如瞎吃醋,说完就逃开了,想起来真是滑稽,阿龙婆不禁笑了起来,又张开嘴,慢慢伸手揪住自己的舌头试了试。阿龙婆想,舌头比自己身体中的任何部位可都要年轻,对心里只有佛祖的礼如,这舌头可以骗上他百千回,要是死了被打入地狱,会是舌头被最先拔掉吧,于是练习起紧咬牙关。路地的人们都说,阿龙婆临终前躺在床上时肯定是这么做的。

嘴里一颗牙齿也没有了。阿龙婆想,这可不行,于是用力紧紧抿住嘴唇。不过毕竟上了年纪,阿龙婆发现自己没法一直用力,于是想,只有用舌头来说服红鬼、蓝鬼①了。阿龙婆这么说:女人像抱着自己的孩子一样抱着男人,有什么错吗?我认定礼如是自己的丈夫,也会一直跟随丈夫。不过,既然看到小孩子想要抱抱这样的爱能被认可,那么爱一个像孩子一样的男人又有什么错呢?达男是一个能接受一切、像佛陀一样的孩子。

阿龙婆看着达男混在路地的小伙子们中间,天气好的时候明明应该去干活的,却像个小孩一样玩弹子球、拍洋画,有的时候就

---

① 红鬼、蓝鬼是日本传说中的怪物,人形,头上长角,住在地狱。

一整天和小伙子们一起在腰围那么粗的栎树上蹦来跳去。

生于猫头鹰鸣叫之夜的达男在这帮小伙子中间年纪最小，玩起游戏却最厉害，赢了好多的玻璃弹球和洋画，不过这些用来打发时间的不值一提的无聊游戏，赢了也没有多高兴。有时候也会赌点东西，但这群人都是些游手好闲的无业青年，也没有钱经常赌博。

达男就和这样一些小伙子为伍，在青年小屋破旧的榻榻米上，想起来了就喝上一口一点点偷来攒下的酒，然后迷迷糊糊地听大伙的空想奇谈，什么邂逅了潮吹的女人，在鱼缸里养了条大章鱼、只要章鱼还活着就每晚让它爱抚个不停的女人，不断和狗交媾的女人，等等。

青年小屋的壁橱里放着一些不知道是什么时候准备的、充满汗臭味的棉被，天气冷了，小伙子们睡觉的时候就拿出来盖，他们相互间也有喜欢不喜欢，达男明明只有十五岁，块头却最大，有个小伙子经常喝醉了酒就嘲笑达男："我才不抱着猫头鹰睡觉呢。"最后，也不知是哪个地方合得来，达男和年纪最大的、男根上长了老茧的小伙子同盖一床被子。有次这个长老茧的小伙子喝得大醉，对达男说，借你屁股用下，我来让你领教老茧的威力，达男断然拒绝说"不需要"，于是小伙子扭着屁股，模仿女人对这老茧的反应。

路地的小伙子们就这样了解到女人和他们所有人有着完全不一样的身体，不过也许是因为中本一族淤积的气度不凡的血统，达男对女人没有特别的兴趣，达男觉得，和女人在一起，也不过是身边有一个和自己不一样的人，最多比晒太阳的快感，或者夏天最热的时候跳进海里游泳的那种畅快升级一点而已。

达男十六岁的时候,长老茧的小伙子到外地干活去了,小伙子们也不再混在一起玩耍,达男听到另外一个小伙子说起,于是决定去北海道的矿山干活。

那之后过了四年,十九岁的达男带回来一个眼神锐利的小伙子,说是在北海道认识的朋友。

阿龙婆在半山腰的家门前,看见从北海道回来的达男走进路地。达男和那位像"特高"①一样眼光锐利的小伙子在路地边界处跳动着光芒的大路上像幻境又像海市蜃楼般突然现身,一边交谈一边走过来,双脚不像踩在地上,倒像是在空中滑行而来,在路地三岔路的拐角突然站住,责备似的望向这边,仿佛不满阿龙婆正望着他俩一样。

阿龙婆感觉到两人间有些异样的东西。虽然看一眼就知道那的确是达男,但十九岁的达男身上已经完全没有了小孩子时那种天真的气质,取而代之的是钢铁般坚硬的线条,不苟言笑的面容让人不敢轻易接近。和达男一起的小伙子也毫不逊色,他身材高大、浓眉大眼、目光锐利。从达男对小伙子的笑容,看得出两人间弥漫着其他人无法插足的亲密感。

达男来阿龙婆家是次日了。看到达男喊着"阿婆,身体好吗?"跑上山坡,阿龙婆觉得自己也突然变年轻了,说道:"成大小伙儿了,就不高兴和阿婆们玩儿了啊。"达男像是想起了从前,小声说道:"和阿婆那次不是第一次,已经是第三个人啦。"又说:"也

---

① "特别高等警察"的缩略语。明治末年,以后文所说的"大逆事件"为契机,日本政府设置了"特别高等警察",镇压社会主义、共产主义等反体制的思想、言论、政治活动。第二次世界大战败战后,依美国驻日盟军总司令部(GHQ)指令解散。

不知道为什么,后来我就不停地找和阿婆年纪一样大的人,去了外地以后才和年轻人做。"

达男有点害羞地笑了,露出洁白的牙齿,接着偏偏脑袋看看下面的山路,挥手向那位从外地带回来的小伙子示意,说那家伙是在北海道认识的。

北海道来的小伙子差不多走到一半的时候,达男说,他是阿依努人①啊,又没头没尾地问:"阿婆啊,我出生的时候,你是不是以为生出来的孩子会长着牛一样的手脚?"看到阿龙婆不知道怎么回答,达男又连珠炮似的接着说:"阿婆啊,你那时候是不是觉得我像禽兽的小孩?阿婆是想被我长得像兽角一样的那东西戳一戳吧?"说着那个阿伊努小伙子来到了身旁,达男于是介绍:"这是接生婆。"又俏皮地说:"也是普雅恩珮②的接生婆哦。"那小伙子笑了起来,眼神依旧闪亮。

阿龙婆听两人说了一会儿在北海道的生活,然后目送他们俩下山朝街上走去,两人依旧脚步匆匆,像在空中滑行。阿龙婆

---

① 阿依努人是居住在库页岛和北海道的一个原住民族群,被认为与日本绳纹文化有关(梅原猛),人种系统不明,以狩猎采集为生。因近世松前藩的苛政统治以及明治政府大开发政策,固有习惯与文化多有丧失,人口锐减,现在推行文化继承运动。阿依努人有自己的语言,但是阿伊努语没有文字,日常交流、文化传承都靠口口相传,也留下了许多神话传说、英雄传说。由于阿伊努语、阿依努文化的衰退,以"尤卡拉"(神谣)为首的口承文学的传承者们也在逐渐减少。此处的"阿依努"为阿伊努语"アイヌ"的音译。在阿依努语中,"阿依努"(アイヌ)就是"人"(即原著中日文表记"人間")的意思,与后文的"卡姆依"(カムイ),即神灵相对。

② "普雅恩珮"为阿伊努语"ポンヤウンペ"的音译。据工藤雅树《古代虾夷》(吉川弘文馆,2011 年)一书,"普雅恩珮"意为"那个本地小子"。普雅恩珮是阿伊努族神谣(尤卡拉)里的人类英雄,但与凡人不同,拥有超能力,受神灵护佑,奋勇杀敌。

想象,那小伙子的名字就叫普雅恩珮吧。小伙子说,普雅恩珮是神谣(尤卡拉)①中半神②半人的英雄,乘着闪闪发光的摇篮(西恩塔)③而来,小伙子还讲了神谣的大概内容,不过普雅恩珮出生的那段故事和达男出生时的情形也太相似了,阿龙婆怀疑是达男和小伙子两个人串通好瞎编出来的。

阿龙婆从小伙子那里学到了好多关于阿依努人的事情,都是以前闻所未闻的。一开始,她知道了"阿伊努"就是人、人类的意思,"卡姆依"就是自然、神的意思,后面她又认识到,"普雅恩珮"其实就好比阿龙婆平常所说的"打跑外面来的敌人！"。

阿龙婆在两个人离开之后,认识到原来还有自己不知道的阿依努人,生存状况和路地一样,她感受到一种难以言表的冲击,一个人反复念叨着,阿伊努、人类、卡姆依、自然卡姆依、神,阿龙婆迷迷糊糊地想,如果自己如达男所说是普雅恩珮的接生婆,那么激励、养育普雅恩珮的那位火祖母又是谁呢？

阿龙婆思索得入了迷。如果自己可以和达男交换身份,一定会把散布在北海道各处的阿依努人路地"古丹"④和这边的路地联

---

① "尤卡拉"是阿伊努语"ユーカラ"的音译,汉字表记为"神謡"。神谣是阿伊努族口承的叙事诗,讲述英雄、神灵的故事。本书原文中,阿伊努语的读音是用片假名标注在汉字之上的,如此处表记为"$\overset{ユーカラ}{神謡}$";在译文中,则采取将阿伊努语读音用括号标注在译文之后的方式,即"神谣(尤卡拉)"。

② "卡姆依"是阿伊努语"カムイ"的音译,汉字表记为"自然・神",即阿伊努语中"神灵"之意,与"阿伊努"所指的"人"相对。

③ "西恩塔"是阿伊努语"シンタ"的音译,汉字表记为"搖り籠",意为"摇篮"。

④ "古丹"是阿伊努语"コタン"的音译,作者此处将其汉字表记为"路地",以与本书的主要舞台路地相联系。"古丹"是阿伊努语中"村落,集群"之意,是阿依努人生活的基本单位。

合起来，狠狠地教训那些无缘无故就打过来的家伙、那些永远摆出趾高气扬神色的家伙，准备好弓箭、枪炮和炸药，说不定还会引发战争。要是礼如听到，肯定会说阿龙婆的想法过激，要抚慰说："阿龙，你又讲这种话了啊。"要是追根究底，礼如突然当上了毛和尚，可以说就是因为路地卷入的一场战争。那完全可以说是一场战争。路地本有一座自己的寺庙叫作净泉寺，礼如、阿龙婆还有路地的人们都曾经去寺里听过一位从四国来的人讲经，有一天，净泉寺的和尚高木显明①突然被逮捕，理由是他是大石毒取②的同伙，参与密谋暗杀天皇③，因此被处死。寺里没了和尚，也没有人供奉佛祖了。礼如于是代替被处死的和尚，上门给路地的人念经做法事，所以这事儿得怪战争也说得过去。事到如今，战争也不是什么可怕的事情。

阿龙婆想象着自己就是火祖母，低声对自己养育的两个普雅恩珮说，要为那些像猴子一样被人围猎、被长枪刺中腹部死去的兄弟姐妹报仇，又想象着不管是路地人还是阿伊努的古丹人，都是自己一个人生下来的孩子，号召他们奋起报仇。

现在就拿起武器！阿龙婆说着，激愤得忍不住流下了眼泪，

---

① 高木显明是日本真宗大谷派的僧侣，新宫市净泉寺的第12代住持，1910年，因与大逆事件（即下文所说密谋暗杀天皇的事件）有牵连被捕，被判死刑。

② 即大石诚之助，日本的社会主义者、医生，新宫人，在1910年的大逆事件中被判处死刑，2018年新宫市将他作为"奠定人权思想、和平思想基础"的人物，追认为名誉市民。

③ 指的是1910年日本政府逮捕密谋暗杀明治天皇的主谋幸德秋水等，并以此为由追捕全国的社会主义者、无政府者的事件。一般称"大逆事件""幸德秋水事件"。现代学者普遍认为该事件是当时政府为镇压反体制思想而蓄意制造借口诬陷、捏造的。

阿龙婆知道,路地人也好,阿依努的古丹人也罢,都喜欢和平胜过打仗,最后还是会被三寸不烂之舌所欺骗,哪怕将来肚子上被戳个洞,也还是要沉溺于眼前的一丁点快乐,阿龙婆想,他们当中只有达男和小伙子普雅恩珮两个人会响应自己的号召,最后被大伙孤立,凄惨地死去。

阿龙婆在灶膛里生起了火。阿龙婆听到后山刚发芽的野草杂树在窃窃私语、互相交谈,阿龙婆确信,生命是真实存在的,自己一直对那些怀孕的女人说,哪怕身上有残疾,哪怕是个白痴,都要生下来,生下来就是增加了一条生命,其实自己就是一个大骗子,做这些实际上只是对礼如这个尊贵的佛陀子弟的恶意背叛而已,这样想着,自己也变得可鄙起来。阿龙婆觉得,对中本一族的达男产生情感,也仅仅是出于对礼如的逆反。

阿龙婆听说,达男十六岁到十九岁生活的北海道矿山旁边,就是那个小伙子居住的路地(古丹),那里的风景和这边的路地完全不一样,一年到头有三分之一的时间都被冰雪覆盖着,但阿龙婆听了也完全想象不来。

阿龙婆在脑中描绘路地人去的别处时,想象的也是在冰天雪地中,有一个老太婆(福齐)①,脸上刺着古老的刺青(西努伊)②,坐在火炉边,讲着从神话时代流传下来的神谣(尤卡拉)里的故事,就好像在说今天的故事一样。想到这些,简直和路地太相似了。

在矿山两个人玩得来,达男就去小伙子家住了。熄灭炉火后,屋子里马上就冷得像冰窟,小伙子和达男从并排摆着的被窝

---

① "福齐"是阿伊努语"フチ"的音译,汉字表记为"老婆",意为"老太婆"。
② "西努伊"是阿伊努语"シヌイ"的音译,汉字表记为"刺青"。

里伸出头来，彻夜长谈了好几晚。恰好聊到有一群流落到矿山的朝鲜矿工为了改变待遇准备闹事，小伙子一听，讲起了阿伊努神谣（尤卡拉）中普雅恩珮的故事，两人一合计，想要干一场。矿山里还有三个从纪州①来的人，其中有两个从古座来，一个从和深来，达男负责同他们联系。

原本的计划是，小伙子和劳务管理人发生口角，等对方动手开打，朝鲜人就配合小伙子制造混乱，然后达男和纪州人砸玻璃。可真正干起来的时候，朝鲜人、纪州人都没有行动，结果就只有达男和小伙子两个人闹事，扔了椅子砸了车、捣了窗户玻璃，两个人当场就被逮捕，拘留了起来。

当时正处于时代动荡中，被强制征用②的劳动班子前不久暴动了好几次，几个在警察上层说得上话的朝鲜矿工去请了愿，达男和小伙子被放了出来，两人打算暂时回路地（古丹），在从家里到河边挑水时的必经之地，一个叫作兔子谷（伊瑟博纳伊）③的地方，看到一位老太婆（福齐）蹲在地上哭泣。

小伙子看到这个巫普福齐——用达男的叫法就是巫普婆——吃了一惊，跑上前去一问，巫普婆伸出布满刺青（西努伊）的胳膊，一边用手心擦眼泪，一边哭着说"痛（汉嗯呀）④、痛（汉嗯呀）"，巫普婆说，北海道政府的人和警察突然来路地（古丹）的家

---

① 纪州是纪伊国的别称，纪伊国为日本旧地名，涵盖了和歌山县，以及三重县的一部分，本书的主要舞台路地也位于纪州。

② 第二次世界大战中，帝国主义日本强占朝鲜时期，曾强制征用朝鲜劳工至日本务工，引起很大争议。

③ "伊瑟博纳伊"是阿伊努语"イセボナイ"的音译，原表记为"うさぎ沢"，意为"兔子谷"。

④ "汉嗯呀"是阿伊努语"ハンヤ"的音译，汉字表记为"痛い"，意为"痛"。

里搜查,把东西乱翻一气,祭坛(努萨萨恩)①被掀翻了,自己也挨了打,他们要我们搬走,到别的地方的改善住宅里去住。

小伙子安慰着巫普婆,然后像是才注意到身边还有个达男一样,介绍说这里叫兔子谷(伊瑟博纳伊),是因为一到春天,这里就有好多兔子出没,达男冒出一句"我是在猫头鹰鸣叫的夜晚出生的呢",小伙子嘀咕了一句阿伊努语。巫普婆突然又哭出声来。只见巫普婆好几次仰望通透的蓝色天空,像是在强烈地祈求着什么,达男感觉她凝视的远方有一个巨大的神秘存在。从兔子谷(伊瑟博纳伊)仰望,天空就像是要把高山藏起来包裹住一样延伸开来,明明天空中谁也没有,却又好像有着什么。

小伙子搀扶着巫普婆往家里走,达男跟在小伙子后面,第一次意识到自己并不是孤单一个人站在这个世界上,而是夹在人与人之间、经受着各种各样的锤炼在活着,也意识到自己能站在这里,是因为得到了路地各种各样的自然神(卡姆依)的护佑。

阿龙婆知道,十九岁便出类拔萃、拥有钢铁般身体的达男有那样的感受,是因为体内涌出来的力量已经到达了顶峰,与异乡的自然神(卡姆依)心灵相通后,显现出中本血脉的一点点萌蘖。无论是路地还是阿伊努人,老早以前就住在这样的土地上,却被追赶驱逐,迁徙不停。在高远的太阳底下,他们没有做过任何昧着良心的错事,可就像太蓝、太通透的天空会微微渗出毒物一样,在最紧张、最兴奋的时候,用阿伊努人的话来讲,就会看到心地恶毒的自然神(卡姆依)。

有一瞬间,达男感觉自己看到一个发光的东西飞过蓝天,他

---

① "努萨萨恩"是阿伊努语"ヌササン"的音译,汉字表记为"祭坛"。

没有放在心上,跟在小伙子的后面,来到一户人家门口晒着的鹿毛皮前停了下来。一个女人从屋子(齐色)①里走了出来,瞧见达男后又折了回去,站在门口痛骂巫普婆:又忘了去地里播种子,跑到兔子谷(伊瑟博纳伊)哭去了?巫普婆则像唱起了神谣一样对小伙子说,我们从前一直住在山里,以猎鹿、猎熊,采摘百合花、野草为生,后来他们让我们来种地,我们就来种地了,现在又命令我们搬到别的地方去。屋子里传来女人的声音,说巫普婆被心地恶毒的自然神(卡姆依)附了体。

小伙子嘀咕了一两句,搀扶着巫普婆进了屋,然后很快就出来了,说昨晚、前天晚上都有风声传路地(古丹)要发生什么不好的事情了,所以大家人心惶惶,说话也变得尖酸,暂时回矿山看看情况吧,说着便迈开了步子。

走了一小会儿,女人一边喊着一边追了上来,手里拿着一捆纸,说刚才忘了这个重要的东西,帮我交给矿山的女人(屋塔里)②。小伙子苦笑着接过来点了点头,刚才痛骂巫普婆的女人好像完全变了个样儿,脸上挤出明朗的笑容说,到了矿山请替我向女人(屋塔里)们问好,见达男在一旁直愣愣地看,女人有些不好意思的样子,沿原路回去了。

女人离开之后,小伙子还是生怕她听见似的压低声音说,这一捆纸是要交给警察的请愿书,请求对我们两个人从轻处罚,把我们放出来,又苦笑道,我们就是用这种做法已经出来了,但女人不认识字,只好以这东西很重要为理由委托我转交。达男也没有

---

① "齐色"是阿伊努语"チセ"的音译,汉字表记为"家",意为"家,屋子"。
② "屋塔里"是阿伊努语"ウタリ"的音译,此处汉字表记为"女",意为"女人"。

正经上过学,没有办法取笑女人,只看到这捆沉甸甸的纸上列着歪歪斜斜的名字,还按着朱红的指印。

往矿山走了三个小时,达男和小伙子都觉得风声有变,得先去纪州人的大本营望希楼看看去。被强制征用的劳动班子反复暴动的时候,陪客女们四散避难,现在又恢复了原样,望希楼还是一座有陪客女的普通茶楼,两人不理睬迎上前来的女人们,转过走廊角来到茶屋的另一栋小楼,只见一群从纪州来的混混正聚在一起,胡侃着要怎么发起一场大规模的暴动,这群人对吃的也腻了、对抱女人也腻了,只是想折腾点事情而已。

上次闹事最后只有达男和小伙子两个人行动,还被警察给抓了,可古座的那个自称市松的男人似乎根本不在意上次的失约,若无其事地说:"哦,来了啊,坐。"说着把身旁的位置空了出来。达男给小伙子递了个眼色,也当作什么都没发生过一样坐下了,接了市松递过来的酒杯,市松从大酒瓶中往酒杯里倒酒。一名朝鲜矿工给小伙子递酒杯,小伙子拒绝说,父母不让喝酒,立刻有几个男人发出嘲笑声,和深来的吉说:"不喝酒,是要把钱都存起来吗?"达男代小伙子使劲瞪了一眼吉,凶道:"你给我闭嘴。"达男自知体格超群,又说:"可别以为我们阿依努人就一个,所以好欺负,我可不允许。"

阿龙婆想象着这时候的达男,心情十分畅快。如果普雅恩珮一半是自然神(卡姆依),另一半是人类(阿伊努),那么这个达男就一半是阿龙婆的孩子,剩下的另一半是知道如何让阿龙婆愉悦的男人,阿龙婆觉得达男的一半和另一半充满的都是人的力量,心里不由得十分难受。阿龙婆想到,流淌着路地血液的达男和流淌着阿依努血液的小伙子,如果这两个伟岸的大丈夫就像相爱的两个人一样,为了在日本创建起一个新的桃花源,割破手臂、歃血为盟,他们就会更加充满力量,阿龙婆又扑哧一声笑了。当然,阿龙婆知道,与自己乐在其中的那些天马行空的想象不同,达男作为一个真实的活生生的人,他所做的一切尽管都是在无意识地上演故事里早已写好了的中本家的悲惨命运,但他还是要在与其他人相比极为短暂的一生里,在左右碰壁中逐渐了解自己的宿命,跌跌撞撞地逐渐接近自己的命运。阿龙婆这样想。如果是故事,当情节进展太快时是可以停下笔、停下嘴,插入一段闲话稍做休息的。阿龙婆叹了一口气。出生前就背负了悲惨命运的达男,像佛陀的小孩一样,十五岁就让路地的女人们品尝到了性的愉悦,如果是在故事里,为了让达男短暂的生命慢一点再燃烧殆尽,可以回过头来讲一讲他孩提时候的事情,讲一讲母亲憎恨突然失踪的父亲富繁,恨屋及乌,也讨厌起待在家里的达男的故事,讲一讲达男辗转流落在路地家家户户之间的故事,讲一讲看到了被刺死的半藏的尸体的故事,这样来争取时间,不过在天那头的佛陀之国被写出来的故事就不一样了,阿龙婆一边想,一边流泪叹息。

　　达男说,别在意,说着把手搭在身边小伙子的肩上,那一瞬间,达男感觉是自然神(卡姆依)或者是佛陀让他那么说的。一股巨大的神秘力量让达男注意到,聚集到这里的人,是来自纪州的与路地血脉相连的人,是朝鲜人,是阿伊努人,达男恍恍惚惚地想,这些人聚集在这里真是不可思议的缘分。达男一面感觉远处有什么东西正看着自己,一面喝了杯中的酒,看着只会说一点点日语的朝鲜矿工问,能搞到枪吗,能搞到火药吗,有人放话说,一切都没问题。

　　小伙子凑到达男耳边说,要趁着天黑之前,去见一下女人(屋塔里），说完走了出去。市松说："上次出了事之后，我们也不能轻举妄动了。"说是政府的人盯着小伙子呢。达男突然觉得落了单，不想再听市松讲话，也出了门。

达男跟着小伙子的背影，经过飘着男欢女爱声的走廊，一直来到凌空伸到屋后河流上方的走廊，看见女人（屋塔里）和小伙子正站在那里说话，不知为什么，顿时心安了下来。又见小伙子把那束纸交给了女人（屋塔里），就要折返回来，达男觉得自己的举止有点奇怪，不想让小伙子知道，便出了望希楼，顺路进了一个纪州女人开的小饭馆，一个人喝起了酒。关于这个女人，外头可有不少闲话。

鼻子里又传来每次喝醉了酒就会闻到的那种廉价油的气味，达男注意到周围突然安静了下来，外面的天也暗了，女人正要关店。达男起身说，酒钱找矿山要，就准备出门，女人说着"没事"，坐到达男面前的圆椅子上，用纪州方言说："你也会闹事啊，真有意思啊。"达男有点醉了，伏倒在酒台上，女人摸着达男的头发低语："大白天就喝醉酒，你也成了那些坏男人的同伙了啊。"

每次女人的手在头发上抚过，达男就感到一阵恶寒，他一边忍耐着一边想，白天和小伙子一起去的路地（古丹），和自己出生的路地真是太像了。

女人在达男耳边问："醉了吗？"达男摇摇头，女人于是来扶达男，说："那到里屋去吧。"又看着自己的手："天还没热呢，出这么多汗。"到了里屋，达男任女人把自己衣服给脱了，就和从前与路地女人们在一起时一样，她们把达男当作一个那玩意儿比她们老公的更大的性玩具，达男一面被女人摆弄一面想，不知道小伙子和女人是怎么做的。

小伙子和达男的身材很相似。在矿山的澡堂，或是夏天很自然地脱了衣服的时候，就会看见两人也许因为年龄相仿，胸肌、腰部上下都非常相似。达男的皮肤很白，在路地都算得上显眼，体毛很浓，不过没有胸毛。小伙子倒是有一点浅黑色的胸毛。不过，从体格来看，小伙子和达男没什么差别。小伙子觉得自己如果生在路地，那就是达男，达男觉得自己如果生在路地（古丹），那就是小伙子，两个人就有这么相似。达男说，自己每次都被女人当成性玩具，这才熟练起来，又问小伙子怎么样，小伙子非常认真地掰起了手指头。

　　女人释放后，达男才释放，他一边喘着气一边躺下来，并用女人刚才的方式抚摸着女人的头发，女人轻声说："你呀，还这么年轻，别和他们混在一起啊。"达男一抬起头，女人就凑过来亲吻他的脖颈，然后顺势往上亲吻他的嘴唇。"聚在望希楼里面的那些人，都是些在别的地方混不下去，流浪到这里来浑水摸鱼的家伙。"达男换了个方向，拉过枕头趴在上面，女人说"给"，递过来一根香烟。

　　女人说，二战前，矿山有很多劳工逃跑，然后被抓回来了，但是现在留下来的都是战后从别的地方流浪过来浑水摸鱼的人，住进章鱼棚，那也是自作自受。达男笑了，嘀咕说自己也是属于自作自受这一组的，女人把脚搭在达男的腰上，达男顺势将手伸向对面的女阴，说："差不多能放四根手指进去。"达男忽然想起，以前和路地的女人们睡觉时也说过类似的话，此时明明身处这女人家的里屋，却有种就在路地一角的错觉。达男扭过身子，想把在女人手中膨胀变硬的东西放进女阴。屋外传来下雨一样的响声。女人漫不经心地跨坐到达男身上，身子缓慢下沉，里面就像是发热的熟透的果肉，女人发出呻吟，达男一动，女人的身子就往后仰。

到了早上，达男想去望希楼冲个澡，裸露着上半身就出了门。朝女人的小饭店的屋顶上一看，二楼也是家女郎屋，有女人在倒水。达男想，原来昨晚的雨声就是这声音啊，大声斥责道"干吗呢"，二楼的女人得意地笑了，还招手示意达男上楼，小伙子突然从她背后探出脸来。达男一瞬间就火了，假装听不见小伙子叫他上楼，迈步朝着望希楼走去。小伙子迅速跑下楼梯，好像好久没见到达男一样说"上楼吧"，又用下巴指指穿着睡衣从后面跟过来的陪客女，对达男说："这个女孩不错哦。"又说："我有事要和你说。"

达男进入陪客女们用的浴室，洗净沾着小饭店女人气味的肌肤，一进房间，看见小伙子正要压到女人身上，小伙子有点不好意思地想要起身："我说是吧，没那么快就能完事的。"陪客女摇着身子说"不要"，又拉住小伙子的手腕说："反正你也是去别的女人那里。"

"当着朋友的面怎么做啊？"

小伙子这么一说，那女人却回答道："有几个人在都是一样的，我曾经和两个人一起做过，两根一起插了进来。"然后看向达男。女人正在兴奋的时候被搅和了，不高兴地盯着达男，却发现达男是个美男子，眼睛都看直了，达男觉得好笑，刚洗完澡的他身上只穿着一件内裤坐在地上，竖着双膝，此时低下头忍着笑，陪客女低声说："你真的好好看啊。"

"欸，好奇怪啊。这个人身上好像在发光呢。"

陪客女失了魂一样嘀咕着。达男笑着说，小伙子就像另一个性玩具一样,这女人被小伙子中途喊了停,开始胡说八道了。达男一边说着一边抬起头,女人又盯着达男看。

女人转过身像是有话要说,然后又转回去看着达男:"你全身都是桃红色的,隐隐发光,是不是有电啊。"然后抓住小伙子的手作势往达男身上贴:"看。"还没碰上,就慌忙把手抽了回来,咯咯笑了。

"吓得我一哆嗦。"

女人说着,又拉着小伙子的手去摸达男的胸肌,达男还在笑着,中途女人又想退缩,却反被小伙子抓住手,紧紧贴在达男的皮肤上。

达男打开了两人的手。小伙子有些害羞地告诉女人,第一次遇见桃红色身体的达男,是在兔子谷(伊瑟博纳伊)。小伙子看到达男在洗澡,以为是雷神(卡恩纳卡姆依①)从天上掉进了河里,然后从河里生出了达男。虽然知道这个男子是大和人(虾磨②),小伙子还是上前打了招呼,知道对方从小就没有父亲,母亲也不搭理养育,这遭遇简直和自己一模一样,吃惊极了。果然,路地里也有一个和巫普老太婆(福齐)、巫普婆一样的阿龙婆,做着接生婆。就像火祖母一样,经常在女人使劲把火一样红彤彤的孩子生下来的时候,在灶膛那儿烧水。小伙子拜访了路地。小伙子说,龙老太婆(福齐)当时正一边把灶膛里还烫手的炭往外取,一边不问自答地讲,佛祖延续七代的惩罚终于要消失了,算起来不知道谁会

---

① "卡恩纳卡姆依"是阿伊努语"カンナカムイ"的音译,此处汉字表记为"雷神"。

② "虾磨"是阿伊努语"シヤモ"的音译,汉字表记为"和人",意为阿依努人之外的日本人,大和人。

是第七代,不过,乘坐闪闪发光的摇篮(西恩塔)而来的普雅恩珮、被敌人剥皮杀害也不会死的中本普雅恩珮出现了,自然·神·世界(卡姆依屋塔里)将要被创造出来。陪客女又说着"好像在发光",想触摸达男,"好像燃烧起来一样发着光芒呢",达男却说,别摸,光芒会消失掉的,又说,和我们两个人一起做吧。

女人愣愣地看着达男的脸,达男站了起来,陪客女晃着身子说不要,又甩开小伙子搭在她肩上的手。达男蹲在女人面前,盯着她的眼睛,小声说,和我们做吧,妓女像被催眠了一样点点头。于是两个人像恶作剧一样,一个往嘴里戳,一个往女阴里戳,小伙子躺倒在底下,让女人跨坐在身上翘起臀,好让达男也挤进去,不过两根没办法同时进入,两个人于是互换着驾驭女人,像是在让女人确认,是有胸毛的好,还是肌肤泛着桃红色光芒、汗味香甜的好,两个年轻的普雅恩珮就这样一起玩弄女人。

阿龙婆想,两个年轻人就这样确定地知道了,他们是分别降生在路地和路地(古丹)的同一个人,在与路地所在的纪州环境完全不同的北海道,也有一个同样的路地(古丹),两个人生来就有相同的宿命。阿龙婆又想,这样的话,就别玩弄一个弱女子了,而是应该喝下彼此的血液,按下血印,发动盘踞在望希楼的那些混混,发起暴动,占领政府,炸了报社,建立一个新国家。不过,两个人似乎身体里某处缺了一根筋,起劲地一直晃着女人,直到女人流出血来,失去了意识。两个人像是认可了对方的手段一样,得意地笑了。两人穿好衣服准备下楼,陪客女醒来,看见两人像在空中滑行一般走开,把本想说的话又吞了回去。

两个人来到望希楼,把朝鲜人崔和申叫了出来,让他们转告大家后天就动手,并威胁说,如果不照做就是叛徒,要杀了他们扔到矿山后面去,两个朝鲜人装作不懂日语,小伙子猛地出手打了崔,申突然用流利的日语说了起来:"大家说了,不会跟从你们的。他们说,你俩就是闹着玩的而已。"

这回,达男掐住申的脖子,问:"为什么这么说?"崔吐着带血的唾沫,心一横说,大家从政府和矿山那里拿了钱。

达男明白了这就是真正的原因,怒火攻心,就像刚才玩弄女人一样狠狠地朝着崔打了过去,崔仰面倒下,申则突然用头撞达男的脸。

达男一个踉跄,小伙子赶紧扶住,达男的眼角被撞破,流出来的血模糊了左眼,达男用手去擦,感觉朦胧之间身体嗡的一声发出光来,冲着申就打,然后骑在倒下的申身上,用以前在路地的青年小屋消磨时间时自创的训练方式,就像当时赤手空拳击打绑着麻绳的木板那样,对准申的鼻梁狠命锤了三下,崔去叫人帮忙,小伙子喊"快要打死了",达男都不理会,继续殴打申,最后在小伙子的催促下逃了出来。

两个人一直跑到离街区很远的地方。到达山间的一个坡顶时,发现拐角有一座神社。小伙子在写着"义经①神社"的鸟居②下撒了一泡尿,那玩意儿还没收起来,就回头说"变红啦",和达男同时笑了起来。小伙子告诉达男,如果他们坐车来追,走大路就

---

① 源义经是广受日本人爱戴的传统英雄,生涯富有传奇悲剧色彩,诸多物语、戏剧均取材于源义经的故事,也有为数众多的神社奉祀源义经。源义经与同父异母的兄长源赖朝一齐举兵讨伐平家,战功彪炳,威名显赫,同时功高震主,为源赖朝所猜忌,兄弟最终反目成仇,义经最后在日本东北岩手县衣川馆自尽。

② 鸟居是日本的神社门口竖立的类似牌坊的建筑,代表神域的入口,用于区分神栖息的神域和人类居住的世俗界。

很危险，于是两人进了神社，从神社后面上了山，小伙子回忆说，小时候常到这山附近来玩。达男的心里一热，突然意识到自己身体里流淌的是中本的血，他清楚地知道，正如路地人所说，年纪轻轻地就死去是自己的宿命。山里安静极了，空气里都是萌芽的小草散发出的甜香和松树的气味，达男感觉它们从皮肤的毛孔钻进了肚子里，达男想，自己若是每天呼吸着这样的空气，靠狩猎为生，那还得需要从生下来到现在这么长的时间去适应，自己恐怕没办法彻彻底底变成一个住在路地（古丹）的阿依努人。达男意识到，虽然小伙子和自己是同一类人，但自己的路地，是大和人（虾磨）聚居地一座小山角落的一块狭小的地方，就像一块疮痂，出生在路地的中本的血，与谁都无法互换。达男想，现在跟小伙子说什么他都会反对，便说，等到太阳落山，回矿山所在的街区打探一下敌人的情况，再考虑怎么报复那些背叛的家伙，说完便在山坡的草地上坐了下来，等待天黑。

小伙子不知道突然缄默下来的达男在想什么，心中不安起来，于是集中精力听起风的声音。小伙子突然想起，达男曾说过他是在猫头鹰鸣叫的夜晚出生的，小伙子想告诉达男，猫头鹰是路地（古丹）的守护神，想留达男就在路地（古丹）住下，转念又想到，与从前相比，现在的生活已经大不一样了，没有人光靠狩猎为生，能找到工作的就去了城市，身体强壮的就去了矿山或者煤矿。留下来的都是女人和孩子，离开了生活补助都没法活。小伙子也沉默了。小伙子和达男就算像从前那样，吃小米和稗子，吃百合根，打猎吃野兽的肉，但因为修了路，砍伐了森林，食物上也没法自给自足了。小伙子叹了一口气。小伙子想起了巫普老太婆（福齐）曾长吁短叹地说，路地（古丹）的女人们一个个都去了大城市，去了繁华的地方,小伙子明白她讲的就是自己的母亲在父亲没了之后丢下他离开家的事情。像是要赶走心里的郁结,小伙子又叹了一口气。

天黑透了之后,两人又行动起来,进到矿山所在的街道以后,达男领着小伙子抄小道来到小饭店的后面,不停地敲打窗户,叫来了女人,达男小声说,开门让我进来。没想到昨晚的这个时候刚和自己缠绵过的女人今天好像又换了个男人,屋子里传来男人的声音。达男无奈地想,本来想在这里藏一晚,看来没戏,正准备离开,厨房的窗户打开了,女人招手说,我马上把他赶走,差不多过一小时再来吧。达男说:"不是的,我就来打探消息。"女人说,我知道,朝鲜人申快要死了,但还没有死,又说,别去路地(古丹)。

和小伙子在隐蔽处坐了个把小时,看见男子走出饭店大门回去了,达男敲敲窗户,说"不管什么时候,都还是美男子吃香啊",小伙子沉默着踢了达男一脚。正在达男喊痛的时候,女人开了门,两人进了屋,达男像告状一样说:"他吃我的醋才踢我的。"小伙子像是真的生气了,自言自语地嘟囔:"说什么傻话呢。"女人说申伤得很重。小伙子说,申可能会死,要观察他死后的事态发展,两个人总归很快会去下面的路地(古丹),一到那时,矿山那些人就不会按照之前商量好的那样,为了改善矿山待遇发起暴动,而是会把为暴动准备的手段原封不动地对准路地(古丹),将路地烧个精光,一起围住达男和小伙子,将他们殴打致死。比起在矿山发起暴动、占领政府、砸烂报社,杀了达男和小伙子两个人这样的计划更自然也更行得通。为了给申报仇,朝鲜人会一直紧紧盯着,纪州的混混如果把这两个人杀了,以后也不会再受到威胁。警察对这暴动,应该也会睁一只眼闭一只眼。

小伙子说完，女人摇摇头，说，监视路地（古丹）、在中间做联系人的更像是政府的人，那些放火烧房子（齐色）、把播过种的田地踩得一塌糊涂的人，说不定是拿了电力公司的钱，因为电力公司想在路地（古丹）一带造水坝，女人说，这些都是刚才回去的望希楼老板的看法。

"他知道我们来了吗？"达男问。女人笑道："他说知道你们的。刚才那位老板啊，他也不晓得到底有多少次在暴动和骚乱中被一直到前一天他还瞧不起的人威胁，被他们抢走女人、敲诈勒索，所以啊，他说要看最后的最后。要站到最厉害的人一边。"

"怕麻烦不碰自己店里的女人，所以跑到寡妇这里来将就了？"

"什么将就啊，那是聪明。"女人嘀咕。达男像是生气了，咂了咂嘴，女人缩回了脖子。

"总之，那个人就是打算观望，看我们和那些家伙到底最后谁会赢，才和你说了那番话的。他从你这里了解到我们两个来了，所以他知道，他的事你也会简简单单地就讲给我们听。"

女人盯着小伙子，似乎不明白他在说什么。达男又咂了一下嘴。女人铺好两床被褥，不过达男和小伙子都没有睡意，一面看着女人和望希楼老板交欢之后疲累入睡，一面等待天亮。听到外面有鸟儿开始叫了，两人便开门走到外边，像是想到了一起，不约而同地往路地（古丹）的方向走去。

途中有一回，小伙子停下脚步，小声念叨，我已经见过了那个女人（屋塔里），她已经收下请愿书。见达男沉默不语，小伙子笑了起来，说："我现在总还是觉得，普雅恩珮的故事是被骗了之后才开始的。"

"是被大和人（虾磨）骗了吗？"达男问道，小伙子捡起路边的一块石子，准确地打到虾夷松①的树干上，说："管他是大和人（虾磨）还是自然神（卡姆依）呢，总之首先是被骗。一切都是被骗了之后才开始的。"两个人就像是神谣（尤卡拉）的主人公在走路一样，轻快地、像是飘在空中一样地走着，走到河边时，日光才终于照射到了松林的下方。就像小饭店那个女人说的，也不知道有没有人在监视回到路地（古丹）的两人。小伙把关在铁笼子里的鸡放出来，然后进了屋子（齐色），过了一会儿，从里边唤达男。

等了一天，没有任何人从矿山方向过来。矿山发生了什么，申到底死了没有，关于这些没有任何消息。每天早晚，分散在路地（古丹）各处疏疏落落的人家（齐色）都会升起炊烟，女人们想起来了就去耕田，老太婆们则相互串门消磨时间。到了第三天，来了一个警察。马上有人来给小伙子和达男报信，两人便藏了起来。

警察说，申总算保住了命，申的同胞们为报复而发起的骚动也已经平息，这事儿就当作矿工内部的摩擦，小事化了，巫普老太婆（福齐）和女人们听了之后很高兴，来到两个人藏身的兔子谷（伊瑟博纳伊）乱石中报信。两人听了却非常失望。

有一瞬间，达男看到一团亮光从兔子谷（伊瑟博纳伊）的河流中飞上天空。正想告诉小伙子，看见小伙子正和巫普老太婆（福齐）站着说话，便打消了念头。知道申又活了过来，达男越发觉得被市松和朝鲜矿工背叛了，达男心想，升起的那一团亮光就是普雅恩珮乘坐的摇篮（西恩塔），又想，只要狠狠地揍市松一

---

① 虾夷松，学名为 Picea jezoensis，鱼鳞云杉，鱼鳞松，常生在北海道以北的山野，高约 40 米。

顿,剩下的那一伙人就会跟随自己和小伙子。于是,趁小伙子受巫普老太婆(福齐)所托去给旱田筑田垄时,达男一个人去了矿山所在的街道。达男来到望希楼,刚喊一位走出来的男人进去叫市松,吉挥着一把刀出来了,达男冷不丁地大叫一声:"我们是丧了胆吗?"

吉说,好不容易计划好在矿山搞一场暴动,你却打死了同伙,还和小伙子一起逃走躲了起来。达男听了很生气,鞋没脱就要进屋去揍吉,吉拔出刀,抡起胳膊就要砍。这时,申的伙伴们在里面听见声响,冲出来喊道,别杀他,先抓起来,说着就把吉撞到了一边,抱住想逃跑的达男。达男被死死围了起来。达男觉得不对劲,横冲直撞想要挣脱,却被人从四面八方拳打脚踢,等回过神来,已经被反手捆了,倒在土间地面上。不知是谁用小刀捅了达男,肚子那里被止不住的血染得鲜红。

达男想要睁开眼睛,却没有力气,听到耳后传来声音,他侧过脸想仔细听,却还是听不清到底在说什么。男人们出了望希楼后不到二十分钟,达男就听见外面骚乱起来,有人在尖叫,说路地(古丹)被放了好几把火。警察来了,吵吵嚷嚷地说"达男还有呼吸"。达男躺在地上,感觉身体里有什么像是破了,声音从脑袋中涌出来,耳朵周围像是有雷声般不停轰鸣。达男就这样被抬进了医院。

阿龙婆现在想起来了。达男杳无音信,过了三年,有一天,路地的一个叫佳惠的女孩子上山来到阿龙婆家,问知不知道一个中本家叫达男的人,阿龙婆说,没有什么知不知道的,那就是中本富繁的一粒种子,从登美肚子里出来的孩子,佳惠于是说,在车站碰见了那个达男,已经带回家一起住了十天,不可思议的是,那个达男既不知道半藏,也不知道弦叔父。要他出门去见弦叔父,他就不知所云地说什么"四肢健全、悠悠闲闲地活着是最好的",看样子是真不知道弦叔父是个什么样的人物。佳惠说,想带他去别人家玩,可他除了阿龙婆家都不乐意去,所以问阿龙婆,可不可以带他过来。阿龙婆回答说:"行啊,有什么不可以的。"

"不过,阿龙婆也是个女人,会被男人迷住的,要是真被迷住了,你不要吃醋啊。"阿龙婆添了一句,佳惠听了笑得东倒西歪。

阿龙婆一开始也跟着一起笑,接着想到,佳惠准是觉得这比自己大十几二十岁的阿龙婆真是个傻子,于是转而不高兴了,说:"阿婆不喜欢女孩子东倒西歪地笑。"

过了一会儿,小伙子跟在佳惠后面爬上石头阶梯,阿龙婆一眼就认出来了。

"阿婆,身体好吗?"浓眉、眼神锐利的小伙子说。

"是达男吗?"阿龙婆问。"是达男哦。"小伙子斩钉截铁地回答,仿佛完全变成了达男。

阿龙婆仍然觉得小伙子是在戏弄自己,于是说:"来,进来,进来。你是阿婆真正的男朋友呐。阿婆曾想过,要不要抛弃总是一身佛香气味的礼如,跟着达男你一起去北海道呢。"阿龙婆故意只准备了两杯茶,放到自己和小伙子面前。

这是阿龙婆擅长的手段。阿龙婆播撒误会,从中取乐。

佳惠打那以后逢人便说,达男和阿龙婆很早以前就有了男女关系,达男十五岁和那些小青年在一起时就和阿龙婆好上了,不过路地的人都知道,阿龙婆不可能这么说,达男也不可能这么说,事实就是只有佳惠到处宣扬而已。

"跟你说啊,礼如一看到达男就会吃醋。就连现在都还会回忆起当时的事情,问我们俩偷偷躲起来做了什么。怀疑我们俩的关系,真是不体面。"

阿龙婆都把话说到这个份上了,佳惠还是没有离开的意思,阿龙婆想,是没办法直接向小伙子询问真正的达男的消息了,于是转念问道:"达男啊,之前你带回来一个小伙子,他现在怎么样啦?"小伙子说:"那个小伙子碰到不得了的事啦。"阿龙婆顿时汗毛倒竖,凝神倾听小伙子的讲述,大气都不敢出。

那个小伙子啊,在阿依努人的路地里,在达男同巫普婆讲话那会儿,看到了阿依努人的自然神(卡姆依)展开翅膀飞上天空,明白了自己就是继承了自然神(卡姆依)血脉的、真正的阿伊努志士(磨犀利①)。

小伙子把达男留在那里,忽然一个人偷偷跑到敌人的阵营里去劝导他们。真正的敌人在别的地方。这位小伙子,这位过于地道的阿伊努志士(磨犀利),被狡猾奸诈的敌人给算计了,被人多势众的敌人捆了起来,中了他们的刀。衣服上、身体上全是血,但小伙子一直有呼吸,没有死。突然,发生了不可思议的事情。捆住小伙子的绳子被血染透的那几节变成了红色的毒蛇,从小伙子身上脱落下来,小伙子就在大家的眼皮子底下站了起来,那些红色的小蛇仿佛收到了信号,一齐咬向敌人。小伙子身后出现一对翅膀,被黏糊糊的血紧紧粘在背上,小伙子拍动两下翅膀,甩掉多

---

① "磨犀利"是阿伊努语"モシリ"的音译,汉字表记为"志士"。

余的血滴,第三下时飞到了空中。那是最后一次见到小伙子时的情景。

阿龙婆流下了眼泪。问"达男呢?",小伙子接"我啊",说:"那之后,我为了扑灭他们在路地(古丹)放的火,忙得手忙脚乱的。"又说:"我和他关系非常好啊,阿婆。"语气简直和达男一模一样。

"我想把他那一份也活下去。"小伙子这样说着,用手按住了快要掉出眼眶的泪水。

小伙子回去以后,他说"我是达男"的声音还萦绕在耳边,阿龙婆一边回味这声音一边想,第一个达男后面又来了第二个达男,也不是什么坏事。对着灶膛坐了许久,阿龙婆像是做了一个重要的决定,往阿弦的家里走去。阿龙婆对阿弦说:"你就只有在达男刚出生时在我这里见过他,还有他小的时候和他见过面,所以他记不得你的样子了。"阿龙婆拉上迟疑的阿弦,又说:"现在可是个不错的大小伙儿了。"然后一起去了佳惠家。

弦叔父若无其事地说:"体格是不错,但在中本一族中只能算个丑男。"佳惠听了这话,气得看着盘腿而坐的小伙子说:"这么好看,还说他是丑男?中本是个什么玩意儿啊?"结果阿弦掏出像兽蹄一样的、手掌前端只分叉成两块的左手,说:"除了中本,哪家还有像这样的?"阿龙婆拍了一下阿弦。

"这又不是什么值得自豪的事情。"阿龙婆说着,忽然觉得达男的身影重叠到了沉着脸坐着的小伙子身上,于是柔声教诲小伙子:"阿弦总是一下子很骄傲,一下子又很自卑,其实生下来都是佛,没有必要在意。"

小伙子像达男一样点头。又像达男一样难以抑制住不安的样子,用达男的声音说:"阿婆,我可是什么都见过的。"阿龙婆又流下了眼泪。

没有定下忌辰,中本高贵瘀滞的血液,又消除了一个来自佛祖的惩罚。阿龙婆在心中默念,这样的人生,的确符合降生于雷鸣之夜、猫头鹰鸣叫之夜的达男。

解

说

《千年愉乐》:阿龙婆眼中的六条性命物语

文/(日)佐藤康智[①]
译/刘国勇

路地唯一的产婆阿龙婆,与丈夫毛和尚礼如,一起俯瞰路地众人生生死死。《千年愉乐》由围绕同一主题的六个短篇组成,讲的是阿龙婆卧床不起,回顾"中本一族"六位年轻人的坎坷波折人生。

中本一族的人,继承了"高贵的淤血",喜欢歌舞音乐,清一色全是美男,却不知何故接二连三地芳华早逝。例如,被仇人刺杀,身体萎缩了一半,大量失血而亡的半藏(《半藏的鸟儿》);厌弃人生,在尘世中不能激情燃烧,最终自杀而亡的三好(《六道路口》);因为中本一族伙伴的死失去活力,上吊身死的文彦(《天狗的松树》);出国到了巴西,(有信件寄来说)卷入当地革命运动牺牲的东方康(《天人五衰》);与女人幽闭在家,喝水银而怪死的新一郎(《拉普拉塔奇谭》);在北海道想帮助朝鲜人旷工,不料反遭暗算的达男(《雷神之翼》)。

阿龙婆悲叹六人凄惨的结局,同时又据实肯定他们有反复盗

[①] 日本文艺评论家,群像新人文学奖(评论部门)得主。

窃、杀人等无法无天的行为。在阿龙婆的阐述中,这种粗暴行为是一种英雄行径,用以净化佛祖下在被歧视部落民身上的罚咒。阿龙婆的思绪纵横时空,在她的目光中,路地逐渐演变,最终成为英雄昂首阔步的幻想物语空间。

作品的最终篇,路地的人们围绕在死去的阿龙婆身边,为其彻夜守灵。这个场面,众人娓娓而谈,所说内容超越了真伪,使人联想到口传文学的发生。

"如果我要抗拒'天皇'语言统治的话,就不能用现有这套业已被书写记载且庞大无比的'言之叶'①语言,而必须采用一种完全不同的、异样的语言体系。或者,用抗拒书写、同时抗拒被书写的口语?"(见中上健次《伊势》,收录于《纪州 木之国·黄泉之国物语》)

物语的讲述者以不能阅读及书写的阿龙婆为主,同时又不止阿龙婆一人,叙事显得错综复杂。日本神话固化了天皇与熊野的歧视与被歧视关系,该作品祝贺"负的万世一系"(见中上健次《被解体的场所》),可以理解为与日本神话对峙的路地版《古事记》。

---

① 此处"言之叶",并非普通意义上"言叶"(即语言)的古语,在深受折口信夫影响的中上健次看来,"言之叶"就是"怨灵之声"。参见中上健次《物语系谱 折口信夫》。

《千年愉乐》论——差异的言说空间

文/(日)小森阳一①

译/华　兴

中上健次的言说是在试图讲述"物语"吗？

阿龙婆是讲述"物语"的"语部"②吗？

继承了中本一族血脉的青年们，是身为"物语"主人公的贵人吗？

"路地"是孕育"物语"的共同体空间吗？

《千年愉乐》的六则短篇从1980年7月至1982年4月连载于杂志《文艺》，1982年8月被收录于单行本出版。每次触及书中的语言，上述疑问就会连续不断地迸射出来，毫无头绪地在思绪中飞舞交错。然而肯定的答案与否定的答案总是结伴而至。或者可以这么理解：在本书中，我们与作者中上健次的某种意志相遇，即深谙肯定的答案——"物语"重力的不可抵抗性，却倾其语

---

① 日本文学批评家、东京大学荣誉教授。
② 语部在日语中为"語り部(かたりべ)"，是指在没有文字的古代讲述传承神话、传说、民谣的专职人员，后演变为在祭祀场合诵读祝词等祈祷文的神职人员。现在泛指重要历史记忆的讲述者，例如《朝日新闻》将讲述广岛原爆体验的志愿者活动称为"语部活动"。

言之全力朝着"否定"物语的方向勇往直前。

如果物语是在拥有相同的语言体系、共通的历史文化以及社会价值体系的共同体中被讲述的言说,那么在阿龙婆记忆中堆积着的、用以描绘中本一族青年们的语言则完全处于"物语"的对立面。

首先,阿龙婆脑海中"没有道德上的要求,什么不能偷别人东西,不能杀人、不能伤人","做什么都行,只要你人好好的就可以"是她"接受世间一切"的方式(《六道路口》)。因此,在阿龙婆记忆的语言里,共同体及其内部产生的"物语"必然包含的关于禁忌的逻辑秩序并不存在。虽然小说中的出场人物屡犯禁忌,但是首先需有禁忌的存在,其后才有冒犯一说,如果禁忌并不存在,冒犯的行为也就无从谈起了。

从中本一族的青年们不尽相同又彼此重复的行为中,如果能看出任何称得上罪恶或者侵犯的举止,那么它们成立的基础绝非阿龙婆记忆中的语言,而是我们读者的语言和价值体系。中本一族的青年们虽然在日本这个国度的法与制度内营生,但用于展现这个世界的语言中并没有出现法与制度的维度。比如"杀了人也不觉得有什么不对的三好,根本意识不到自己的罪过,正因如此他也是纯真的,哪怕干出在血海里把女人剥光这种常人意想不到的事情,三好也没有罪"(《六道路口》)。

即便如此,主人公们也并不会因阿龙婆的存在而得到救赎和宽恕,原因在于阿龙婆只是"准确地记住出生于路地之人的生日与忌辰"(《雷神之翼》),熟知路地每个孩子的父母是谁、祖父母是谁,熟悉兄弟姐妹、叔父姨母以及表亲堂亲等亲缘关系,仅此而已。她既不能孕育出某种正统血脉的物语,也没有包容一切的母性职能。

阿龙婆与同样属于中本一族的礼如曾经育有一子,孩子三岁夭折后她成了路地的接生婆。在她出生以前有关路地的记忆,都是根据"乳母讲的事情"(《天人五衰》)形成的。可以说,阿龙婆所处的位置拒绝了一切层面的"母性"。因此对于中本一族的青年们而言,任何情况下阿龙婆都不会作为救赎、宽恕或者帮助、认同的主体出现。

正如阿龙婆没有救赎和宽恕的职能,她从不对青年们说教,也不会在因果报应的"物语"中去评判他们。"七代或者十代之前,中本家出了遭天谴的,把怀了孕的野兽的肚子搞破了,或者不当心把路边讨水喝的人冷冰冰地赶跑了,没注意到原来那是释迦牟尼佛的化身,结果遭了报应——这样讲是不是好理解些?但就算这样,也没法挡住眼前这么一个年轻人逐渐走向死亡的步伐,就因为他身上流淌着这因瘀滞反而十分澄净的血液。"(《六道路口》)

相反,如果突破这一点,《千年愉乐》中所有的故事都会被纳入中本一族青年们"瘀滞又澄净的血液慢慢地枯萎消亡"的宿命论以及因果报应的"物语"中。重要的是,作者深刻认识到现实被纳入"物语"这一事实是"没法阻止"的,正因如此更凸显出他拒斥"物语"的意志,应该说,这种认识既非反论也非悖论。

如果悖论成立,那么在"瘀滞"和"澄净"的语言之间必须有泾渭分明的界线,以此为绝对基准,其前提条件正是严格区分界线两侧的歧视理论。构成神话和"物语"的,正是"上和下""圣和俗""贵和贱""净和不净""男和女"所有这些基于"歧视"理论形成的二元对立项。

"歧视理论"不仅直接适用于自我，同时还存在着本质的同一性及核心，以此为基准线，产生出将自我和他者区别对待的歧视性思维方式。歧视理论隐藏在所有的权力机制、支配性文化、共同体以及孕育"物语"的语言体系背后。但是，阿龙婆对中本一族血脉的认识处于歧视理论的对立面。

的确，继承中本一族血脉的青年中，有"路地那么多小伙子里头，算得上数一数二的"半藏，有"让女人们折腰的美男子"东方康，同时也有阿弦那样生下来双手就跟野兽蹄子一样裂成两半的人，他的身体缺陷"被认为是不幸的象征，预示着中本家男人早夭的命运"。由此可见，在小说中作为绝对同一性依据的纯粹血脉并不存在。

虽然文中设定了"中本一族"一词来表达其家族血统的延绵，实际上他们"身体里流淌的不仅是中本一族的血"，而是"汇聚到路地的所有人的血"（《天狗的松树》）。血统、种族等歧视范畴内的用语看似是身体存在的同一性的合理依据，但它们在"中本一族的血脉"以及"路地"面前被消解。"路地自诞生以来最大的家族以中本为首，然后是向井、楠本、田畑、松根共五个家族，此外还有池口、岩本、下地等旁支。他们之间虽然也有摩擦和矛盾，但都是一个祖先繁衍而来"，然而最初血脉的源头只能追溯到来历不明的"最早的那对夫妇"。在血脉延续的过程中，体现出的不是歧视（日语汉字为"差别"），仅是差异。在路地世界里，既没有构成历史的现在同一性，也没有被赋予特殊地位的血脉起源，存在着的只有人们的生日和忌辰。

在"差异"中同时存在着无数的"不同"和"相似"。因为血脉与血脉之间并不能彻底分离，一种血脉是将无数的"不同"和"相似"汇聚其中交织形成的。"差异"的存在有力地证明了一个事实,即世间绝不存在被一以贯之的连续性所支撑的纯粹性。中本一族的青年们和路地空间正是生产"差异"的场域。

因此,与毗邻的歧视性的城下町不同,路地空间与巴伊亚、圣保罗、布宜诺斯艾利斯等南美移民城市具有类似性。对阿龙婆来说,"路地上的人生生不息,犹如决堤的洪水散落到地球上,在朝鲜、中国、美国、巴西,不断增多"(《六道路口》),才是真正意义上的救赎。

诚如细川周平所言,仅依据法律并不能实现"四民平等",只有克里奥尔化①才能使其真正地实现。因此,像江藤淳那样从《千年愉乐》中读取"日本式的日本人""日本本身"的做法是无法让人接受的(《路地在南美的延续——〈千年愉乐〉试论》,载《发现:诗与批评》1993年3月)。

世界性的克里奥尔化,也就是在彻底的混血性中,中本一族的青年们以及他们生死相依的路地生生不息。正是在这样的言说空间中,才会有文彦这个"生下来就是个与众不同的孩子,头发黑油油不说,全身长毛,看上去又不是胎毛,像是异类的孩子",稍长大后"长相俊美,在什么节日上做童子也不会逊色",能看见"鸦天狗",还能和"浑身上下在喷血,宛如披着锦衣的耀眼天女,又仿佛阿弥陀佛的真身"(《天狗之松》)的女子交欢。

现实和幻影、眼前发生的事和脑海中想象的事孰重孰轻已不是问题,因为只要在同一意识内,或者说只要是用(阿龙婆)记忆中的语言所描述的事情,就仅仅存在着"差异"。在现实中真实发

---

① 克里奥尔化(Creolization)是指各种语言文化混杂交融的现象。

生的事情,和"现实当中根本就不可能发生,告诉谁都不会信"(《天狗的松树》)的事情并无二致,反之亦成立。

正因如此,路地的达男和阿伊努的小伙子才能互换身份。生于路地的达男是中本一族的一员,阿伊努小伙子仿佛是达男的二重身。两人在北海道的矿山联手企图发起暴动。暴动失败后达男丧命,而阿伊努小伙子以达男的身份回到路地探望阿龙婆,在聊天过程中他称自己为达男,将达男称作阿依努小伙子。如此,主体颠倒的景象通过言说本身被呈现出来。

> 阿龙婆问道:"达男啊,之前你带回来一个小伙子,他现在怎么样啦?"小伙子说:"那个小伙子碰到不得了的事啦。"阿龙婆顿时汗毛倒竖,凝神倾听小伙子的讲述,大气都不敢出。
>
> 那个小伙子(实际为达男)啊,在阿伊努人的路地里,在达男(实际为阿伊努小伙子)同巫普婆讲话那会儿,看见了阿伊努人的自然神(卡姆依)展开翅膀飞上天空,明白了自己就是继承了自然神(卡姆依)血脉的、真正的阿伊努志士(磨犀利)。①
>
> (《雷神之翼》)

阿伊努小伙子一直称自己是达男,阿龙婆顺着他的说法称他为"达男",同时称达男为那个"小伙子"。在连接对话的叙述文中,"阿伊努小伙子"还是被称为"小伙子",但是到了间接转述阿

---

① 此段是阿依努小伙子的转述部分。

伊努小伙子说话内容的段落时，达男成为"阿伊努小伙子"，而"阿伊努小伙子"则成为"达男"。通过这样的方式，两人的身份在言说中被互换。

当某一主体发出讲述虚假同一性的言说，再经由其他主体反复讲述后，言说脱离了各自的主体实现独立，主体的同一性被颠覆、事实和虚假被颠倒。对读者认识而言，在理解小说的出场人物时语言应起着决定性的歧视作用，通过上述颠倒，这种歧视性的语言被置换成了单纯的"差异"。

即阿伊努小伙子将自己的故事以达男之名、达男的故事以自己之名向阿龙婆娓娓道来。从正常的语言观来看这无疑是一种虚假言说，但是通过阿龙婆的认可接受，以及文中叙述部分的同化，主人公的重生在言说中呈现出具体图景。如此，在小说的路地世界中，"阿伊努小伙子"能够承担"达男"的那一份使命和重担继续生存下去。

可以说，在言说自身混血性的作用之下，诸主体之间多重交织激荡的主观经验结合在一起，孕育出一种运动的场域，在此所有主体都不能被还原到真正的本质或中心，只有重生变异的、没有中心的主体性才能留存。

堆积于阿龙婆记忆中用以描述中本一族青年们的语言如一台转换器，将现有语言即日语中蕴含的"歧视"价值体系全部转换成了"差异"。《千年愉乐》中的叙述语言绝不是由阿龙婆为主体讲述出来的语言，甚至可以说，在小说文本中谁都不被允许充当自己语言的主体。

早于《千年愉乐》而著的随笔集《纪州 木之国・黄泉之国物语》(1978年)中的以下段落可以从侧面印证中上健次的言说

目的。

> 如果我要抗拒"天皇"语言统治的话，就不能用现有这套业已被书写记载且庞大无比的"言之叶"语言，而必须采用一种完全不同的、异样的语言体系。或者，用抗拒书写、同时抗拒被书写的口语？
>
> （《纪州　木之国·黄泉之国物语》）

因此，如果简单地将《千年愉乐》看作用口语书写的作品，就等同于完全没有理解中上健次以言说做出的抗争。敢于用异于"书写以及被书写"的语言去书写，这就是《千年愉乐》中言说的首要战略。

语言体系作为一种象征性存在，早已在其内部将二元对立的歧视理论深深浸透于语言的每一个细微之处。这种歧视理论正是基于支撑着语言体系的文化价值体系形成的。在使用语言的瞬间，主体向文化价值体系中处于统治地位的"主人"屈服，并在"主人"之名的默许下获得自我同一性。所谓共同体，就是在言说的无限反复中确认共同性，所谓"物语"，就是重复再生产这种共同性和"主人"地位的语言装置。

只要使用日语讲述任何事物，我们就会立即置身"天皇"语言的统治机制内。那么，通过"物语"破坏日语中生产歧视的二元对立意义体系，进而摧毁讲述"物语"的语言秩序，使"物语"无法立足；在讲述"物语"的日语体系中，持续缔造让"物语"分崩离析的裂缝，在书写"物语"的过程中让现有日语的意义体系无效，以上这些才是中上健次言说中的千年愉乐。

附录

《千年愉乐》主要出场人物关系图

──────── 婚姻关系

──────── 血缘关系

- - - - - - 婚姻、事实婚姻或情人关系

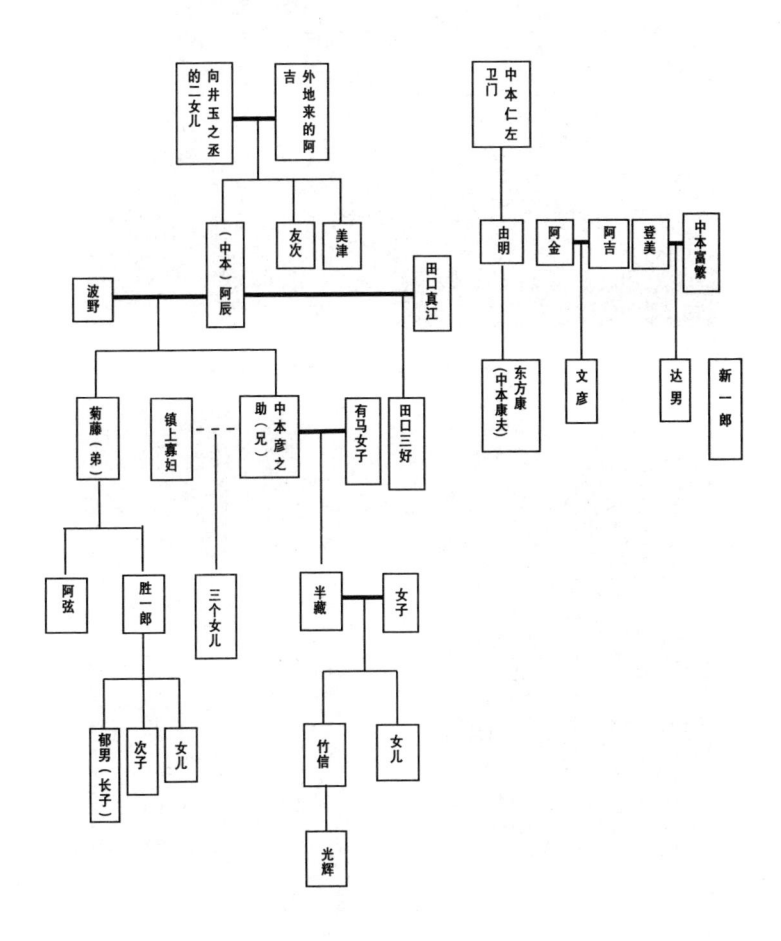

```
                                                              中本仁左卫门
      向井玉之丞的二女儿 ─── 外地来的阿吉                         │
                │                                              │
         ┌──────┼──────┐                              ┌────┬───┼───┬────┐
         │      │      │                              │    │   │   │    │
    (中本)阿辰  友次  美津                            由明  阿金 阿吉 登美  中本富繁
         │                                            │         │    │    │
  波野 ─── (中本)阿辰 ─── 田口真江                   (中本康夫)  文彦  达男  新一郎
         │                                          东方康夫
    ┌────┼────┬────────┐
    │    │    │        │
  菊藤  镇上  中本彦之助  有马女子  田口三好
  (弟)  寡妇  (兄)
    │    │    │
    │    │  三个女儿
 ┌──┼──┐ │
 │  │  │ │
阿弦 胜一郎        半藏 ─── 女子
     │              │        │
  ┌──┼──┐         竹信     女儿
  │  │  │          │
 郁男 次子 女儿    光辉
(长子)
```

相关图片

中上健次与大女儿中上纪（供图：刘国勇）

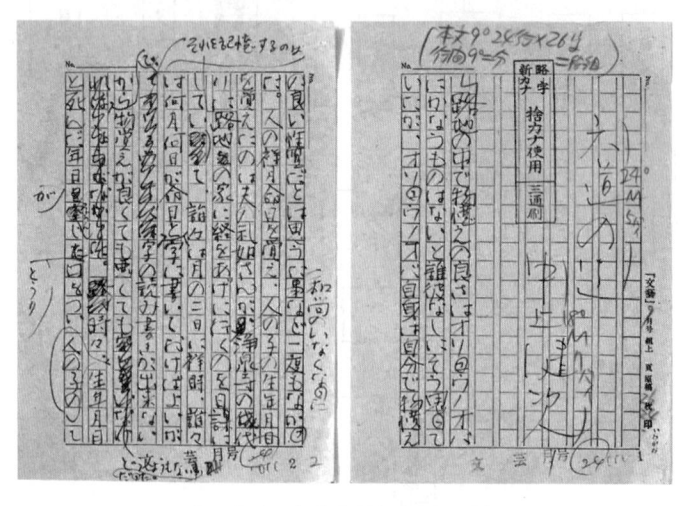

《六道路口》原稿（供图：刘国勇）

阿龙婆原型照片(供图:刘国勇)

图书在版编目(CIP)数据

千年愉乐 / (日)中上健次著；王奕红,刘国勇译.
— 南京：南京大学出版社,2021.10
(南大日本译丛)
ISBN 978‐7‐305‐24099‐7

Ⅰ.①千… Ⅱ.①中…②王…③刘… Ⅲ.①短篇小说—小说集—日本—现代 Ⅳ.①I313.45

中国版本图书馆 CIP 数据核字(2020)第 261139 号
千年の愉楽
Copyright © Kasumi Nakagami
Simplified Chinese translation copyright © 2021 by NJUP
All rights reserved.

江苏省版权局著作权合同登记　图字：10‐2017‐259 号

出版发行	南京大学出版社
社　　址	南京市汉口路 22 号　　邮　编 210093
出 版 人	金鑫荣
丛 书 名	南大日本译丛
书　　名	千年愉乐
著　　者	[日]中上健次
译　　者	王奕红　刘国勇
责任编辑	沈清清
照　　排	南京紫藤制版印务中心
印　　刷	江苏凤凰通达印刷有限公司
开　　本	880×1230　1/32　印张 7.5　字数 175 千
版　　次	2021 年 10 月第 1 版　2021 年 10 月第 1 次印刷
ISBN 978‐7‐305‐24099‐7	
定　　价	48.00 元

网址：http://www.njupco.com
官方微博：http://weibo.com/njupco
官方微信号：njupress
销售咨询热线：(025)83594756

* 版权所有，侵权必究
* 凡购买南大版图书，如有印装质量问题，请与所购
　图书销售部门联系调换